幻想儿童文学的多元化发展

星期八 ◎ 编

大连出版社

DALIAN PUBLISHING HOUSE

© 星期八 2018

图书在版编目（CIP）数据

幻想儿童文学的多元化发展 / 星期八编. —大连：
大连出版社，2018.2
ISBN 978-7-5505-1249-8

Ⅰ. ①幻… Ⅱ. ①星… Ⅲ. ①儿童文学—文学研究—
中国 Ⅳ. ①I207.8

中国版本图书馆CIP数据核字(2018)第006230号

出 版 人：刘明辉
策划编辑：马传思
责任编辑：侯娟娟
封面设计：刘　星
版式设计：侯娟娟
责任校对：李玉芝
责任印制：徐丽红

出版发行者：大连出版社
　　　地址：大连市高新园区亿阳路6号三丰大厦A座18层
　　　邮编：116023
　　　电话：0411-83621049 / 83621075
　　　传真：0411-83610391
　　　网址：http://www.dlmpm.com
　　　邮箱：2484903367@qq.com
印 刷 者：大连金华光彩色印刷有限公司
经 销 者：各地新华书店

幅面尺寸：160 mm × 220 mm
印　　张：13.75
字　　数：202千字
出版时间：2018年2月第1版
印刷时间：2018年2月第1次印刷
书　　号：ISBN 978-7-5505-1249-8
定　　价：28.00元

序言一

用幻想文学经营生命共感的空间

王泉根

　　进入 21 世纪第二个十年，我国原创儿童文学势头看好，亮点多多，其中最令人欣喜的是儿童文学新人新作新面孔越来越多，70 后已成为创作的中坚力量，80 后甚至 90 后正在大踏步地走向前台。由大连出版社携手北京师范大学中国儿童文学研究中心、大连圣亚旅游控股股份有限公司、大白鲸世界文化发展有限公司共同举办的大白鲸原创幻想儿童文学优秀作品征集活动及其评出的作品，同样有力地印证了我对儿童文学"新人辈出"的这一判断。

　　幻想不是古希腊神话中的雅典娜，已经成熟了才从宙斯的脑袋里突然爆发出来。幻想一直伴随着人类的漫漫长途。"遂古之初，谁传道之？上下未形，何由考之？""女娲有体，孰制匠之？"两千多年前中国诗人屈原振聋发聩的《天问》，如闪电惊雷，穿越历史隧道，至今依然回响在 21 世纪的思维晴空。

　　德国文学家赫曼·赫塞动情地说："大自然是上帝最伟大的创作，但是人类最伟大的创作尽在书本当中。"在我们迷茫、不知所措、生命面临危难的时候，那些用人类幻想之光烛照的幻想文学作品，就成为当今世界最重要的文学读物。因为，运行了三百年的工业文明已是千疮百孔，试图保留其内核，对社会结构修修补补，已很难能挽回人类文明衰落的命运。在漫漫的历史长河中，人类所用的材料都是大自然已经有的物质，从自然中来，也能回到自然中去。但进入工业文明以后，人类则越来越多地依赖于人造的物质。尤其是在化学工业产生之后，人类大大地改变了地球上的物质的化学组成。而这些人造的东西，比如苯和甲基叔丁基醚这样的物质，从来不是大自然物质循环的一部分，也无法正常地加入大自然的物质循环，并且必然会干扰和破坏大自然本身的物质循环（参见田松《警惕科学》）。人类在对工业文明进行彻底反思并探寻生态文明之路的同时，不得不将目光投向人文精神，从而情不自禁地向幻想文学发出了求助的呼吁。君不见，纠缠人类的不少问题，都在等待着借助幻想文学的神奇之箭击穿那些迷惘失控的靶心。

比如，"人虫大战"。人类与"害虫"已经战斗了将近一个世纪，但是"害虫"在人类发明的各种农药的磨炼下，反而越战越勇。据统计资料，我国每年农药用量高达 337 万吨，分摊到 13 亿人身上，即每人 2.59 公斤！这些农药除了一小部分（小于 10%）发挥了杀虫作用外，大部分进入了生态环境：或飘浮空中，污染大气；或被雨水冲刷，流入江河；或渗入地层深处，污染地下水。更糟糕的是侵入人体，危及生命。现在国家明文规定的食品中农药最大残留限量指标就高达 3650 项，其中与鲜食农产品相关的高达 2495 项！在漫长的人虫战争中，为什么昆虫总能立于不败之地？为什么农药越用越毒，而虫类却越治越多？当然，虫子多了就必然要再花钱去买农药，这就给农药生产厂商带来了滚滚利润，拉动了 GDP。但这是人类需要的 GDP 吗？或许消灭昆虫，并不是地球人要做的事情。未来的"人虫大战"又该怎么办？法布尔笔下《昆虫记》中人虫静好的画面何处去寻？看来人们只有从幻想文学中去探求人虫共存的正当性与途径。

再比如，全球气候危机。第 21 届联合国气候变化大会提出，到 21 世纪下半叶实现温室气体净零排放。我们知道，人要呼吸，就要吸入氧气呼出二氧化碳，这就是温室气体排放。烧饭做菜使用液化气、煤球或柴草，都会排出二氧化碳。养猪养牛养宠物，这些动物要呼吸要排泄，也会排出二氧化碳。"净零排放"就意味着你呼出的二氧化碳必须及时收回，除了在森林中生存，否则谁也无法做到。全球如果真的实现了"温室气体净零排放"的标准，那么人类自诞生以来的呼吸、做饭和吃肉这些天赋权利都将变成社会义务，也即你的呼吸、做饭和吃肉都得净排放，都得为此付出代价，说不定那时候就要交"呼吸税"。为了实现和推动"净零排放"，全球最聪明的人已经想出了办法，这就是使用"碳货币"，即将碳排放货币化。有专家称，"碳货币"的出现是非常重大的货币金融事件，在人类货币发展史上，是继黄金货币化、美元与黄金脱钩之后最重大的变革，其等级甚至要超过石油美元和粮食美元一级（张庭宾《气候协议或推碳货币成为中国新绞索》）。怎么办？"碳货币"真能解决全球气候问题？真的是人类解决气候危机的不二法门？看来人类也只有从幻想文学中激荡出更多的灵感与创意。

再比如，人类科技的发展，有望揭开生死之谜，从此阴阳两界的大门将被彻底开启。21世纪出生的人，将有可能生活几个世纪，远古神话中的不老泉、长生果将有可能变得如同网购一件 T 恤那样容易。然而阴阳大门两边的世界到底是怎样的？梦幻王国的色彩到底又是如何浸染的？这也只有幻想文学才能呈现给我们。中国第一位"冰冻遗体"者杜虹女士就是刘慈欣《三体》的编审，同时也是儿童文学作家。幻想文学给予人的精神力量是如此强大，愿人世间一切美好的梦都能成真，愿杜虹五十年后如同格林童话中的睡美人那样苏醒过来。

再比如，今日人类的想象力和智慧，已足够将自己送上火星遨游太空，欧洲一家公司正在招募第一批前往太空的移民。但是，这是一次注定有去无回的旅行。到达火星的人们将只能在那里建设和发展，直到他们建造出能回到地球的飞船。对于这样的探险移民，谁能告诉他们火星上会发生什么，怎样在火星上生存？这还是要依靠幻想文学，过去两百年里人们撰写的关于火星探险的幻想文学作品，无疑都将成为他们的培训教材。

再比如，3D 打印技术、媒体新技术、脊髓干细胞技术等等，都在改变着我们的世界。至于它们还将给世界带来怎样的变革，目前也只有依靠幻想文学来呈现。在这个未来与科技无限地嵌入当前的时代，幻想文学已然成为表现人类生命共感的最重要的文学形式。

但是，在今天人们的现实阅读环境中，特别是青少年儿童的阅读，理性、知识与幻想、游戏总是如同楚河汉界那样沟壑对峙，家长和老师始终不放心孩子们手上标明"幻想文学"的读物品质，因为他们不相信幻想能给孩子带来需要由理性与知识作为支撑的考试分数。对此，哈维·达顿敏锐地指出，理性说教类图书创作与幻想文学类图书创作之间的对决是一场哲学意义上的信仰的冲突，是针锋相对的厮杀。坚持理性原则、反对幻想的理性主义者本质上奉行的是功利主义的教育原则，将生活简化为数字与事实的功利主义，并进而把道德教育、理性原则与幻想精神、游戏精神完全对立起来。事实上，优秀的幻想文学作品能够激荡读者的心灵，激发他们的头脑风暴与想象力，理性与幻想并非水火不容，而是手心手背一体两面互相贯通的。正如托尔金所言："幻想是自然的人类活动。它绝不会破坏甚或贬损理智；它也不会使人们追求科学真理的渴望变得迟钝，使发现科学真理的洞察变得模糊。相反，理智越敏锐清晰，就越能获得更好的幻想。"这也正是爱因斯坦特别强调童话故事的重要性的原因所在：想象力比知识更重要，因为知识局限于我们目前所认识和理解的一切，而想象力却包容整个世界，包容我们想认识和理解的一切。正是在这个意义上，我们说，保卫想象力，用幻想文学托举远大理想，这是科学精神与人文精神协调发展的需要。我们希望在幻想文学的共感空间里，每一个灵魂都得到安抚，每一个生命都焕发出令人感动的容颜，而不会因剧毒的农药与"碳货币"而恐惧与迷惘。

【作者简介】

王泉根：北京师范大学文学院教授，博士生导师，中国儿童文学研究中心主任。中国作家协会儿童文学委员会委员，亚洲儿童文学学会副会长，中国儿童文学研究会副会长，国家社科基金中国文学评审组专家，终生享受国务院政府特殊津贴专家。

序言二

科幻文学：给儿童想象的空间

——吴岩访谈录

在知识爆炸的社会，人们必须要有想象力

少年儿童研究：前一段有报道提到，中国学生在某项国际测试中"计算能力第一，想象力倒数第一"。您觉得这种说法可信吗？想象力是可以测试的吗？

吴岩：因为没有看到这项调查是怎么做的，没有看到相关的测试题目，无法确定这些题目是否在测想象力。所以，盲目地说"中国学生的想象力倒数第一"，我是反对的。

关于想象力是否可以测试，严格地说，各种心理能力都可以通过某种方式去判断。但是目前成形的想象力的测验是很少的，好的我几乎没有见过。

少年儿童研究：有些调查问卷的题目是询问孩子是否觉得自己想象力差，但是每个人心里的标准可能就是不一样的，那么孩子的这种自我判断可信吗？有说服力吗？

吴岩：应该说是可信的。我们常常会感到，别人的作品好，有很多奇思妙想，但是自己的就没那么新颖，像拷贝前人的，没有新鲜想法。人自身确实是能够体会到彼此作品的创意差别的。当然，造成这种差别的原因，可能是某些人很有想象力，也可能是他们有更多的生活体验，或者看过更多的素材。

少年儿童研究：中国人的想象力是比外国人差吗？原因何在呢？

吴岩：从创意上看，我们的产品创意数量和质量都不如国外。我对想象力的理解是，它证实了思维的跨界能力。人们思考问题一般是有边界的，而且很清楚在边界之内可以做哪些事情，不可以做哪些事情。但有想象力的人的作品，总是会跨出这个边界，总能让读者感到陌生，让人感叹：哦，我怎么没见过没想过，怎么会是这个样子的！这种陌生、跳出边界的思考，就是想象力。

我们的教育很少有培养这种跨界思考能力的成分，多数是让大家界内思索。而且，中国文化一般是局限在社会关系和人际关系范畴，人和自然的关系在那些经典文学作品里是少有的。但在人和自然的关系中想象力是绝对重要的。就是人和人之间的关系中，也需要一点儿想象力，但不是很强。有人说《西游记》不错，是有一定想象力的吧？可它不是中国原创的，是来源于印度的创意啊！

以跨界思考为特征的想象力，过去没有是可以的，那时社会变化不大。20世纪70年代末到80年代初，是一个转折点。在此之后，通信更加便捷，交通更加发达，这使得人与人之间的接触非常频繁。所有的新思想、新产品都是人与人接触、思想碰撞产生的。一个人闷在那里，可能有点儿创意，但是没有和他人的交流更有启发。现在的微博、电子邮件、网络会议，可以说是产生了成百上千倍的思想碰撞。因此，知识爆炸，人们必须应对更多各种各样的信息，就越来越需要想象力这种跨界的思维去整合与拼接。

教育要创设氛围，鼓励孩子跨界思考

少年儿童研究：您在一次采访中谈到，中国儿童想象力不够丰富，是因为教育体制造成的。那您觉得现在的情况是否有所改观呢？

吴岩：创造力或者想象力，有一部分是带有个性色彩的，有的人就习惯于用这种方式思考和办事，遇到事情就靠想象和创造来解决问题，而有的人就比较墨守成规。所以，个性的培养也是一个方面。同时，还有基本技巧的培养，这些都是在教育上可做的。

中国教育应该重视孩子想象力的培养，给思想以更大的跳跃空间。想象力培养有两个部分。第一个就是个性培养。在广东职业技师学院，有一门个性培养的课，课堂任务是让学生做禁烟的宣传，做舞台剧、图画、产品都可以。每个学生都在做，每个学生都会到台前展示自己关于禁烟的创意，在培养个性方面效果确实很好。在此之前，老师出特别简单的题学生都不会做，也不跟着教学程序走，上课就睡觉。于是，老师改变教学思路，鼓励学生想象和表达。学生敢想、敢说，然后跟着动了，再培养他们的想象力和创造力。而北京人中国人民大学附属中学的科幻物理课则属于培养思维技巧的，他们把物理的知识加进科幻作品中，让孩子在想象中学习物理学。我去的那天，他们讲的是蜘蛛侠。老师问那些蜘蛛丝荡来荡去，能否加快行进速度；他们还研究了超人怎么拯救飞机；老师问学生能否算出超人有多大力量，学生们提出各种模型，匀速运动、减速运动等等，不同的模型算法真的能算出超人有多大劲，教师再点评每个小组的做法是否合理。两个课程都是重要的，从个性和思维方法上培养跨界思考能力，方法非常值得借鉴。

少年儿童研究：想象力对孩子的学习会有直接帮助吗？

吴岩：想象力可以促进学习，促进生活质量的改善。在学习方面，重庆有个小学校长和我谈过这样的体会，说很多孩子写不出作文，因为作文题目常常是"我的父亲""记一堂班会"之类的现实主义内容，孩子做不来。后来，老师发现，如果给孩子一个具有想象力的题目，孩子就能写出特别多的内容，比如让他们表达二十年后什么样。这个校长就想，让孩子先练习写想象作文，在写的过程先完成他们的语言训练，再逐渐引导孩子和现实接触，处理现实材料。我觉得这个校长的想法特别好，把想象用在一个特别合理的位置。此外，小学阶段孩子的想象力丰富，用这种方式可以适当保留想象能力。

对未来科技的幻想，能够让人忘记眼前的痛苦和烦恼

少年儿童研究：一些家长并不清楚什么样的作品算是科幻文学，请您帮助读者界定一下以下作品的区别，比如科幻文学、科普文学，以及像《哈利·波特》之类的作品。

吴岩：科幻和科普是各自单独在文学中出现的两种品类的作品。科幻小说是从 1818 年雪莱夫人开始的，那时还没有科普。科普是西方工业革命特别是加强民主化后，为了增加决策的透明度，需要老百姓了解科学、赞助科学的时候才开始产生的。科幻和科普在发展历程上是不一样的。到现在为止，科幻在西方一直属于文学，科普是附属于科学的。由于科幻属于文学，而文学是想象的天堂，是自由的领地，因此用来培养想象力、创造力比较恰当。而科普是依附于科学的，是科学权力下的奴隶，它可以教会人具体的处理生活的实用技巧。这两种读物都应该读，毕竟，人既需要想象力、创造力，也需要现成的知识。20 世纪 70 年代，加拿大的达科·苏恩文对科幻有一个定义，说科幻是以疏离和认知为宰制的科学。疏离和认知是科幻的两个特点。疏离就是陌生化，科幻永远是给人陌生的场景、人物、故事和新科技。科幻的第二个特点就是认知，陌生到底是怎么产生的，科幻作品会给人解释。同时科幻还以创新为宗旨。疏离、创新、认知加起来就是科幻。奇幻作品只有疏离没有认知，就像《哈利·波特》的魔法之类，都是陌生化的，但却不能通过认知解释这些陌生化，只能说是魔法。而科普作品，则是仅仅有认知却没有疏离，不做陌生化处理，因此科普作品读起来常常乏味。鲁迅就曾经谈到过这一点。

少年儿童研究：那是不是看科幻作品教育价值更大呢？因为包含了多种因素。

吴岩：我认为，每种作品的功能是不一样的，都应该读。读奇

幻作品，可更加关注人格培养，其中的道德价值比较重要。读科幻作品，主要给孩子跨界思考的引导。读科普作品，就是扎扎实实获取科学知识和科学方法，从中感受科学精神。因此，作品没有高低贵贱，父母可以根据孩子的特点给予指导。

常常听到有家长抱怨孩子"想象太多了，不切实际"，听到这种说法我感到好难过。我觉得家长的这些观念要改变。想象力是人的整体素质的一部分。在某些时候，想象力很有用，除了刚刚说的创意性解决问题，想象力还有疗伤功能。遇到事情解决不了，很痛苦，看些科幻作品，心情会恢复平静。科幻作品中会涉及漫长的人类历史和地球历史，你会发现眼前的困惑是非常短暂和微不足道的。世界上有那么难的问题都被解决了，眼前的苦恼根本算不了什么。不能小看这个疗伤的作用，这些都是科幻作品的价值。其实，科幻作品和奇幻作品都有疗伤的心理作用，但我觉得用奇幻作品疗伤不如用科幻作品疗伤。看科幻作品时，孩子会不由得展望未来科技，这样能使孩子见多识广，更有帮助其成长的价值。

如何引导孩子进行科幻阅读

少年儿童研究：父母如何引导孩子阅读科幻作品呢？

吴岩：孩子的阅读可以分阶段指导。科幻有两类，一类是少儿科幻，一类是普通的科幻。在当前的少儿科幻作家中，张之路、杨鹏等作家写得比较多，水平也不错。他们的科幻作品有一个很大的特点，是儿童文学体系的，很有教育价值，会给孩子世界比较稳定的感觉，其中没有那种颠覆世界的内容，比较适合低年级的孩子。小学高年级以后可以看普通的科幻，这种科幻想象就是无限的了，是可以颠覆现实的。

有一个很有名的美国天文学家叫卡尔·萨根，他小时候因为看了一套火星的科幻小说，于是对行星产生浓厚兴趣。他立刻找来许多相关的科普读物看，发现这个作家很多地方都写错了。但是卡尔·萨根却不断跟人说：科幻作品很伟大，因为它让我爱上了火星，爱上了行星学。科幻小说中的知识是否正确是没有关系的，给人生活的动力才是最重要的。家长要明白，如果某一个作品能启动孩子的某种生活动力，那真是求之不得的事情。人生里有什么比一种持久的动力更加重要的呢？

【作者简介】

吴岩：科幻作家，科幻理论家。中国科普作家协会科学文艺委员会副主任，《科幻世界》特邀副主编。曾任北京师范大学教育学部教授、科幻与创意教育研究中心主任。

采访人：《少年儿童研究》弓立新

第一篇　幻想儿童文学的多维叙事

第二篇　少儿科幻的多元化之路

第三篇　幻想儿童文学作品评论

第一篇

幻想儿童文学的
多维叙事

孩子为什么要读幻想文学

南希·克雷斯

我知道很多优秀的人并不阅读小说。他们看报纸，阅读专业期刊，他们在线阅读，他们还可能去阅读有关他们喜欢的某个方面的图书，例如园艺，或者历史，或者建筑。但他们不会阅读小说。我遇到不止一个人对我说："我为什么要去读那些从未发生过的事情，那些非真实性的东西呢？"

然而，几乎所有的孩子都喜欢那些讲述并不"真实的"事情的故事。所有幼儿都喜欢大人给他们读故事，而随着年龄的增长，绝大多数孩子会自己去读故事——至少，会读一会儿。那么，孩子们从那些并不"真实的"故事中获得了什么呢？

我认为他们获得了三样东西。一个著名的英国电影剧作家威廉·尼科尔森曾经说过，"我们通过阅读而知道我们不是孤单的"。对于一个儿童，这个世界是一个他无法掌控的所在，是成年人在决定孩子们该吃什么，什么时间可以走出家门，可以到什么地方去玩，什么时间应当上床睡觉，应当学习什么东西。孩子们可能喜欢和信任这些成年人，但孩子们知道，他们和成年人是不一样的。他们甚至和年龄大一些的孩子也不一样，因为年龄大的孩子有自主权，能够比他们做更多的事情，或者就像更幼小的孩子，能做的事情更少。一个孩子，无论多么受到关爱，只能感受到与他自己相似的同龄人，而且感到孤独。我认为成年人有时候低估了孩子们的孤独感。

然而当他把自己全身心地投入一个故事时，他就不再是孤独的了。故事里出现了其他的人，出现了动物或者巨龙，出现了历险，出现了种种危情险境，还有最终的胜利。最重要的是，这个故事表明，这些人物角色有自己的想法和情感！孩子能够知晓人物的内心想法，此时此刻能够在某种程度上成为那个人物。这就犹如在图书页面里（字里行间）拥有了一个亲密的朋友。

我还记得妈妈为我读故事的情景，我记得我自己去读的第一本书名叫《住在货运车厢里的孩子们》。它讲述四个孩子独自生活在一个被废弃的火车货运车厢里历险的故事。在现实生活中，这样的处境将是悲惨的、非常令人难受的。但在七岁的年龄，我对此一无所知。在我看来，这些孩子能够很好地照料自己，能够进行如此惊险刺激的冒险，真是非常美妙。在我阅读他们的故事时，我并不孤单，而是渴望那些惊险刺激的事情——带着美好的结局——发生在我身上。

在孩提时代，我也读了许多童话故事。这些故事里尽是女巫，会说话的动物、海盗、巨龙和美丽的公主，我喜欢他们。在那个时候，我已经知道所有这些事情都不是"真实的"，但这无关紧要。我在阅读这些故事时，他们对于我而言都是真实的，有时候比发生在房间里我身旁的任何事情都要真实。我就成为那个公主，我打败了那个女巫，我骑在巨龙身上，经历着一种全然不同的生活，这就是孩子们要读幻想文学的第二个原因。他们——和我们一样——只有一次生命，一个头脑，也是我们自己的头脑。然而在我们阅读时，我们就经历了许多次不同的生命。我永远也不会成为一个公主，带着一匹会说话的骏马，但在我阅读汉斯·克里斯汀·安徒生的故事时，我就成了一个公主。我永远也不会掉进一个兔子洞，陷入一个怪异的地方，遇见那些令人眼花缭乱的生物和可怕的皇后，但在我阅读刘易斯·卡罗尔的《爱丽丝奇境漫游记》时，我就成了爱丽丝，我就在一个遥远的异域经历着一种截然不同的生活。我永远也不会去打败那些海盗，但在我阅读罗伯特·路易斯·史蒂文森的《金银岛》时，我就成了吉姆·霍金斯，做了他所做的一切。虽然吉姆是一个男孩，我是一个女孩，但这并不重要。通过他的故事，我轻而易举地进入了一种完全不同的生活。

而且，似乎有些矛盾的是，正是从那些不真实的故事中，孩子们也了解了现实。他们不会在校园、家中或者操场上遭遇一个邪恶的女巫，但是他们会遭遇其他可怕的事情，在他们的脑海里会出现那些故事的主人公们如何遭遇恐惧的记忆。孩子们不会住在一个货运车厢里，但他们会面临其他的挑战，需要用智谋去应对。勇敢、智慧、善良，所有这些品性都建构在儿童的幻想文学作品中，这些特征将铭刻在那些喜爱故事人物和历险的孩子们的头脑中。即使那些没有出现美满结局的故事也帮助孩子们认识到，并非生活中的每件事情都会顺心如意。正是从汉斯·克里斯汀·安徒生的故事《卖火柴的小女孩》中，我第一次认识到，人们，即使是好人，甚至孩子，有时也会死去。

文学还给予孩子们那些平常难以被接受的情感一个宣泄出口。按照人们的期望，他们在学校不应该去仇视或者对付某个调皮讨厌的孩子，但是他们可以去仇恨童话故事中的邪恶女巫。按照人们的期望，他们应该无条件地服从他们的父母，但他们可以反抗那些邪恶的海盗或邪恶的国王。通过这些故事，他们可以成为完整的自我，而不仅是自己被社会所接受的部分。

所以幻想文学对孩子馈赠甚多。它树立可贵的性格特征，使那些不那么让人尊敬的性格特征得以展示出来。它让孩子们感同身受地去体验别的生活。并且它为孩子们提供了他们能够熟知的伙伴，而且把他们紧密联系在一起。然而当这些孩子长大成人，又会怎样呢？

正如我之前所说，我知道许多成年人从来不读小说，我也知道许多成年人读小说，但不会读科幻小说或奇幻文学，因为他们说，"这些事情不可能真正发生。我生活在现实世界当中，而科幻小说是给孩子们读的"。他们只会去读那些相似于他们熟悉的情景的家庭故事、历史故事或者侦探故事。

我认为这样的人错失了非常有价值的东西。我们并不是我们自认为的那样，了解别的年代、别的地域和别的文化。有时候，没有什么比公共汽车上一个坐在你旁边的人的头脑和心思更奇异陌生的了。一个优秀的作家使他笔下的人物角色和情景显得如此真实，至少在我们阅读这本书时，我们全然忘我，通过另一种方式去看世界。当我们回到自己的日常生活之后，我们的视野已经得到扩展。我们的心智中有了更多的空间，去容纳不同的存在方式，正是这些不同的方式界定了不同的人。

没有任何文学像科幻小说和幻想文学那样，如此深远地拓展了我们的思想。它要求我们去体验真正的外星人（异类）的另类视阈，通过巫师体验魔法的世界。它比任何其他文学都更能激发我们的想象力，因为与任何其他文学相比，它更能指向那些存在于显而易见的事实背后的真相。科幻小说是大写的生活，其中的人物所做出的选择会产生极大的影响，由此告诉我们，我们自己做出的选择会是多么重要。

阅读刘慈欣的《三体》，就是去体验面临整个人类灭绝时会出现什么样的情景——这对于我们人类自己的未来并非是不可能的。阅读乔治·马丁的史诗般的幻想之作《权力的游戏》，就是让我们自己能够比我们中的绝大多数人在我们的世界更深入、更紧密地投入在所有政治活动中如影相随的权力斗争。阅读阿瑟·C.克拉克的经典科幻小说《童年的终结》，就是对于人类在一个发展演进的遥远未来可能会变成什么样进行拷问。阅读厄休拉·勒古恩的经典小说《黑暗的左手》，就是去体验一个没有性别的世界，置身于生理上男女同性的生物之中，从而去洞察男人和女人的恰当角色是什么，为什么要这么认为。

奇妙的幻想文学不仅使我们去想象不同的世界，而且促使我们以不同的方式去想象我们自己的世界。科幻小说和幻想文学不是写实性的，但它们在最深层的意义上却是真实的。一位著名的美国作家——虽然不是科幻作家，但我们不会对此介意——约翰·加德纳曾经说过，"为了保持勃勃生机的绿色，一个作家必须保持稚嫩的绿色"。他的意思是，小说作家必须保持他们孩提时代的感觉，那就是，这个世界比我们能够去体验的更辽阔宏大，比我们个人的感知更久远，比它表面上所显示的更加深邃。孩子们通过这些故事明白了这些事情，为了创作这样的故事，作家们必须知道这些事情。创造取决于走出你自己的头脑，走进其他人的头脑，走进别的地方。

那些阅读过奇妙幻想文学的幸运的成年人也知道这些事情。阅读科幻小说和幻想文学不仅向我们呈现了其他的世界，而且通过更清晰地表明我们是什么样的，以及我们可能会变成什么样的，加深了我们对自己的世界的认识。

此外，当然，这是一种极大的愉悦，不过我无须对今天在场的人们说出这一点——你们已经知道了科幻小说和幻想文学的乐趣。我希望——在我们的所有希望中——越来越多的孩子们会幸运地体验奇妙的幻想文学的快乐，我们必须帮助他们实现这个目标。

【作者简介】

南希·克雷斯（Nancy Kress）：美国科幻小说家，雨果奖、星云奖得主。代表作《可能性空间》《地球的外籍人》《西班牙乞丐》等。

第二世界的创造

曹文轩

一、第一世界与第二世界

艺术与客观不属于同一个世界，我们通常把物质性的、存在于人的主观精神以外的世界称为第一世界，把精神性的、只有人才能创造出来的文学艺术称为第二世界。我们必须把文学艺术看成是另一个世界。

关于艺术的起源有各种各样的学说，劳动说、模仿说、游戏说、宗教说，等等。这些学说最终到底谁是真的，我们不负责甄别和鉴定，我要问的仅仅是人在劳动的时候为什么要创造艺术，为什么要模仿客观，为什么要游戏，为什么要有宗教。看来这些学说即使是对的，也只是次原因，并不是主原因。我认为，人之所以要创造艺术，是因为人类的天性，是与生俱来的精神欲使人类必须创造艺术，这种精神形式满足又进一步刺激了人类的精神欲。这样，艺术就从最初的微弱因子变成了今天现代人最壮观的精神世界艺术。它的效用始终如一，就是满足人类的精神需要。因此，我们指出艺术的产生始于人类的天性。

造物主在创造人类时就赋予人类物质欲和精神欲这两种机制，精神欲作为一种精神形式是先天的，并不是后天的，必须先有这种机制才有可能进行确切的活动。就像婴儿是先有饥饿的机制，才有吮吸的行动以及品尝美味佳肴的能力，就像一个人必须要精神欲这种先天机制一样，如果没有这种先天机制，后面的一切就无从谈起。精神欲是只有人类这个物种才有的，其他生命物质无论怎么培养都不具备这种欲望。阿拉伯人吹着短笛，眼镜蛇就会有舞姿，那并不是眼镜蛇有了精神的愉悦，而是在无数次训练以后，根据一种信号做一些机械性动作罢了。直到今天，我们还没有发现除了人类以外的其他生命有精神欲。我们从四五岁的孩子身上就能看到人类的这种精神欲，他们绝不会因为吃饱喝足就满足，而是"贪得无厌"地向大人要求精神的满足。他们赖在玩具柜台前大哭大闹，想要获得玩具，然而这些玩具既不能充饥也不能取暖，他们想要玩具仅仅是想要获得快乐。他们像藤一样缠住大人讲故事，而且总是听得津津有味，他们在进行这种享受的时候，甚至可以废寝忘食。这里我们顺便指出，他们的精神欲并不仅仅只有快乐一项内容，那些故事有很多是让他们悲哀、忧伤的。

其实人类的精神欲之强烈丝毫也不逊色于物质欲。它存在于人类灵魂之渊底，其执着和顽力使人根本无法抵抗。人最不能忍受的就是精神的孤寂和荒凉。由此看来，把艺术的产生看成是精神欲的驱使更合理一些。出于这种欲望，人类将原本是用来满足物质欲的东西，也同时赋予它满足精神的功能。例如，哥特式的大屋顶等建筑不仅能够遮风挡雨，还能够满足人类的精神欲审美。从巴黎上流社会贵妇人的裙摆到印第安土著人的披风，人们既可以用它们来抵御风寒，又可以由此获得各种各样的美感。进入现代社会，人类几乎让所有的物质都具有双重功能了。

与精神欲相随的另一天性就是创造的生命冲动。人类如果要满足这种欲望，就需要创造。因此，创造作为一种本能，也是与生俱来的。人不由自主地进行创造，这种创造在五六岁之前只表现为破坏。五六岁之后，破坏与创造并具，创造的倾向越来越明显。创造本身显示了创作的生命冲动，至于创作了什么并不重要。孩子们拾来贝壳，跪在沙滩上，用贝壳和沙子拼成各种各样他们想象出来或曾看到过的东西。有人把他们的作品称为潦草的现实主义、理智性的现实主义、视觉性的现实主义，而我认为他们的作品更多的是浪漫主义、象征主义和抽象主义，他们不用任何知识地自行创造。他们从创造的过程中，也从创造本身得到精神满足。

由于无止境的欲求和生命冲动，人类今天已经拥有一个灿烂而庞大的精神世界——第二世界。人类为了物质欲和精神欲，还改造了第一世界。造物主将第一世界交到人类手上的时候是单调、枯燥的，是人类调动伟大的想象力并且付出巨大的劳动才使它出现今天如此斑斓多彩的景象。如果有一天，造物主从苍茫的宇宙遨游归来，会对人类说，这不是我给你们的那个世界，这个第二世界完全是人类自行创造的。如今在人类浩瀚的精神世界中已经飘满了概念、音符和画面。总而言之，造物主创造第一世界，人类创造第二世界。这不是一个现实的世界，而是一个拥有无限可能的空白世界，创造什么，并不是必然的，而是自由的。

二、人类创造的三种形式

第一，省略。这是一种在第一世界基础上的创造。

第二，重组。世界根据某种规律井然有序地排列组合着。第一世界是一个有秩序的世界，而不是混乱的世界。现在哲学家不惜笔墨地描绘了它的杂乱无章、随心所欲、混沌和麻木。他们这些结论更多的是说现代人的失望、怀疑、伤感，而由这样的主观思维酿造出的哲学是不足为据的。

第三，空幻。这说的就是我们现在说的幻想文学。"我感觉到""我想""我判断"，这些言辞如果有一定意义的话，总要与某种存在的对象有着某种关系。"风使我感到了凉爽"，"我想太阳不会沉落吧"，"我判断小王今天不会来上课了"……意识总是依存于某种对象的，反过来说，没有对象也就没有意识。但对象可能不是一种客观存在，一种意识有可能与两种对象发生关系，一种是存在的对象，一种是空幻出来的对象。许多艺术的形象并不是被发现的形象，而是被创造的形象。我们发现不了蓝色的月亮，但是我们可以创造一个蓝色的月亮。《哈利·波特》《冰雪奇缘》《指环王》等作品中的形象都是不能被还原成事实的，但是我们人类需要这些形象。几千年过去了，人类利用空幻已经创造了无数非实际存在的形象，空幻始终是创造艺术以及其他精神形象的重要形式。没有空幻，第二世界就会变得一片苍白，我们的精神世界也会变得一片苍白。

三、创造与进化

创造对于进化有非凡的意义，我们为什么要保卫想象力，最根本的原因在于想象力使人类不断地进化。这个世界从无限的时空性来讲是进化的，但在某一宇宙时间里并不是什么都进化的。在一个宇宙时间里，人类的进化是分明的，人类的生存方式、生活方式、情感方式以及感知能力都与两千年前的人类有天壤之别。人类以连自己都吃惊的速度不断改变着自身，一次又一次超越祖先。人类一步一步走出蛮荒，使自身的文明程度一步一步地提高。正如有人说的那样，现在任何一个傻瓜比原来任何一个天才都聪明。

人类的进化有很多种因素，其中最重要的一点就是人类有想象力，人类有创造第二世界的能力。人类最初的创造是微不足道的，但是它反作用于人类之后使人类前进了一步，前进了一步之后人类就更有能力创造第二世界。人是一种可能性，并不是一种限制性，人没有被规定。人类可以不断地创造第二世界，不断创造优质的自我。

四、幻想回归美学

幻想必须回到美学这个地方来，幻想只是一种形式，从事幻想文学写作的人必须要清楚你所写的是一部文学作品。幻想甚至比现实的文学更容易与美联系在一起。

最后要说一点，想象力与记忆力的问题。我们一直强调想象力是没有问题的，但在强调想象力的同时也要注意另一种能力，就是记忆能力。从某种意义上讲，记忆能力是比想象力更重要的一种能力。真正的幻想，真正的想象力是根植在伟大记忆力之上的。如果没有记忆力，所谓的幻想能力是几乎不存在的。

（录音整理稿）

【作者简介】

曹文轩：北京大学中文系教授、博士生导师，中国作家协会全国委员会委员、北京作家协会副主席。曾获全国优秀儿童文学奖、宋庆龄文学奖金奖等四十余种重要奖项。2016 年获得国际安徒生奖。

"技托邦"、科幻未来主义与中国

吴 岩

在过去的两三年里，中国的科幻文学有了很多、很大的发展。我们在美国获得了英语科幻方向的最高奖项雨果奖，这是中国科幻作家四十年来一直追求的目标。应该说中国的科幻文学从梁启超、周树人等创始的时候，并没有设置这样一个目标。但从 1976 年以后，以叶永烈为代表的一批作家走上文坛就设立了这么一个目标。叶永烈老师提出，我们的科幻文学要比主流文学更早地走向世界。今天我们是否完成了这一心愿？雨果奖当然是一个国际成就，科幻人感到很高兴。

获奖以后，大家就一直在总结经验，到底怎么获的奖？写什么才能获奖？有人认为，这其中刘慈欣的"黑暗森林"很重要。也有人认为，郝景芳的"北京折叠"重要。《环球时报》说，折叠的也不只是北京，全世界都在折叠。进而，在科幻文学领域所谓的"科幻现实主义"开始繁盛。人们指出，中国科幻之所以能够在世界上占有一定的位置，最主要的就是描述一个比科学技术世界更神奇的现实。这也的确是我们大部分人的感觉。我们中的一些人，还在试图去复制这些成功，那就是更紧密地关注、表达现实。

但是，对刘慈欣和郝景芳的成功，乃至关于科幻的成功，也许还有其他解释。从历史上看，目前的状况非常类似一百年前的时代特征。在 20 世纪开始的二十年里，科学技术有了非常大的发展。爱因斯坦在 1905 年提出狭义相对论，到 1916 年提出广义相对论。同时，还有波尔等提出的量子力学。一系列科技成就使人们对科学能够改变世界抱有绝对的信心。当然，科技发展是一回事，社会发展是另一回事。全球性的资本主义经济危机和随后到来的两次世界大战打击了人们的乐观情绪，但科幻小说恰恰是在这样的时段崛起的。就在两次世界大战中间，当全人类对现实生活失去梦想的时候，科幻文学秉持梦想，重新把人的思想拉回到科技、民主、和平、进步的轨道。这不是我给科幻赋予了更多意义，而是那个年代的现实。

今天类似的事情也许正在发生。一种全新的"技托邦"社会正在兴起。在所谓的"技托邦"社会，人类全面相信技术能带来一个全新的未来。人类正在破解基因和长寿的密码，正在努力实现对外星生命的探索，正在逐步搞清引力的奥秘，正在制造高智商的人工智能。技术将又一次彻底改变社会，带来多种可能性。"技托邦"秉承乌托邦的气质，具有乐观主义倾向。

在"技托邦"的时代，还有更多伴随的现象正在发生。例如，按照中国艺术研究院孙佳山研究员的看法，在"技托邦"时代，好莱坞已经把它一部分职能转移到了硅谷。美国著名传记作家亚当·杰佛逊就写了一本书，叫《在火星上退休——伊隆·马斯克传》。这本书说，特斯拉的总裁伊隆·马斯克要带动一种不依靠政府的、民间化的航天事业，要用二十年的时间让100万人生活在火星的表面。于是，在"技托邦"的时代，好莱坞的想象力堂而皇之地嫁接给了硅谷。现在请大家看特斯拉的视频是怎样展示这些想象力的吧。

如果说我们开会还一直在说什么儿童读物中的想象力，童话中的想象力，电影中的想象力，甚至科幻中的想象力，那我们已经大大地落伍了。好莱坞向硅谷转移想象力这件事情，足见当前想象力在世界上的复杂存在。我从"技托邦"引出的第二个问题，就是孙佳山所说的这种想象力在人群中的迁移。科幻文学正在走出文字，走出影视娱乐，走向科技创新和科学普及。未来的一切都在全新的可能之中。

在作为马克思主义者的孙佳山眼中，上述"技托邦"状态下的想象力转移，是资本的更深的、极致的恶的体现。他最近在北师大的一次讲演中指出，NASA（美国国家航空航天局）目前没有足够的钱做更深一步的太空技术研究，但是，它巧妙地把这个问题转移到民间，由民间来融资，筹集全世界的资本来帮助美国完成任务！这样，一种新的、跟中国当前的科幻现实主义不同的观点，正在世界上逐渐形成。这种观点就是建立在"技托邦"基础上的科幻未来主义。这种未来主义夹杂着对资本的暗暗的勾引，但同时，承诺为全人类提供全新的、具有感染力的未来甜品。

科幻未来主义，是 2014 年未来事务管理局成立会议上我提出的一种全新的科幻理念。在那个会议上我根据中国的情况指出，今天生活在中国的科幻作家，已经不能简单地去描写和揭露现实，中国的现实具有太强的瞬间性和流动性。首先，一个有创造力的作家应该去描写一个具有感召力的未来。具体地说，科幻作家应该为未来写作，未来是科幻创作的最终家园。其次，在创作中应该摒弃那些陈词滥调的理论束缚，要做到感受性大于推理。再次，要让自己的思想抛弃束缚，科幻创作无论在科技、社会还是政治文化方面都应该具有无边性。我特别强调，在今天，创作不疼不痒的作品是可耻的，只有唤起人们对明天的渴望或者担忧，才是科幻作家成功的标志。最后，我指出了创造力是科幻作品的终极标准。所有的科幻文学的想象力，都是指向创新的。从凡尔纳到吉布森，从梁启超到刘慈欣，从《2001》到《1984》，评判这些作家和作品的唯一标准就是它们跟现实的分离。超越现实是科幻文学永恒的追求。

我的意见是，今天，当我们重温 2014 年提出的这些观点的时候，必须放在"技托邦"的全球化背景之下去考察。在这个大的社会背景中，中国的文化建构者是在场的还是缺席的，这是一个值得思考的问题。

近年来，我们并不缺少有关未来的谋划，但是我们讲好自己的故事了吗？"一带一路"和这样那样的"中国梦"，有多少正在成功地通过人们的心灵指向未来？科幻能否真正打动人并不在于你写不写科幻小说，而是在于你有没有科幻思维。

2016 年 9 月，中国召开了全世界第一次国家级的科幻大会。国家副主席李源潮出席了会议。我对他的到场是很感激的。因为他第一句话就说："我也是科幻迷。我期待所有的真正为中国发展和世界科技变革考虑的人，都是科幻迷。"只有大家都具有科幻思维，才能真正在"技托邦"的时代走向前沿，走向世界的领头位置。

我们还有很长很长的路要走。总结起来，想象力的问题不再是文学的问题、艺术的问题，而是时代的问题、生存的问题。2016 年我们北师大科幻创意研究中心发布了世界上第一个"科幻创意与创新方向年度报告"，报告把过去一年里的创意、创新提取出来，归纳整理，传向社会，传向各类研发部门。我们的目标是集中想象的资源，引起颠覆性的创新，给"技托邦"时代一个全新的推动力。

有关"技托邦"、想象力、中国和世界的问题，就想简单地谈到这里。小时候看过一些民间故事，是说你们将来出问题的时候，无论后面喊什么都不要回头。差不多每个故事的主人公都在最重要的关头放弃了承诺，他们不是坚定的未来主义者，他们心中缺乏想象力。

唯有拥抱想象，才能勇往直前，才能永不回头！

多元形态的幻想叙事及其精神价值

李利芳

大白鲸原创幻想儿童文学优秀作品征集活动创造出了丰富的幻想儿童文学现象，开掘出了多元形态的"幻想"叙事可能，这些成绩共同启示着我们再去反观一个重要的本体美学问题："幻想"。它的意义究竟是什么？对入选作品细读、概括归纳其内部的价值趋向，有三点我印象很深刻。

一、儿童本位：幻想是一种自由。

写给儿童阅读的幻想文学，其对"自由"的理解与追寻是有具体向度的，特别是其中蕴含了深刻的时代的、民族的文化内涵，或者说它潜藏着典型的中国经验，它特别昭示的依然是当下中国"儿童观"的解放问题。幻想是回归"儿童本位"最有效的途径。幻想的意义就在于它实现了孩子的精神自由。幻想激励并引导了更多的成人去自觉利用幻想的通道，其重要价值之一便是在更广阔的社会层面上呵护了中国儿童的心灵成长。幻想为孩子们吁求自由。即便在社会文明进步与观念变革前所未有的今天，在原创儿童文学繁荣发展的今天，有深度内涵的文学吁求依然是非常有限的。因为它首先必须是建构的，对童真自由不是一种表层的、现象性的、喧闹的简单理解，而是本体性的对童年生命自由内涵的挖掘、对其创造力量的彰显，"幻想"是具体的、有内容的，是内面的。比如第二届的玉鲸作品，谭丰华的《突如其来的明天》以抽签方式产生的儿童总统，以游戏的方式创新了对世界的治理，真正实现了儿童主体性淋漓尽致的发挥。第二届银鲸作品，龚房芳的《奇迹校园》深入儿童现实校园生活，以如何创新课堂教学为思路展开幻想，尊重孩子的自由天性与创造能力，开拓出"奇迹校园"的新景观。首届金鲸作品，刘东的《我爸我妈的外星儿子》以儿童本位生成幻想，书写了地球儿童与外星生命的真挚友谊，表达了真正来自孩子心底的自由之梦。

幻想的自由还表现在它的民间情怀，它是从真实的、现实的生活世界中生长出来的，它以平等的、关爱的态度进入儿童的常态生活中，围绕这一代孩子的成长环境、心理特点、表达方式而展开。幻想赋予了作为"平民"的孩子最珍贵的"权利"，幻想让那些普通的孩子放射出精神的光芒，幻想让孩子去拯救大人，拯救人类的现代病，幻想给予孩子有形的力量去陪伴他们成长。这些命题都是从入选作品中概括出来的。第二届的玉鲸作品，麦子的《大熊的女儿》，汤锐评论为，"是一篇奇特而内涵深刻的幻想小说，一个关于现代人迷失了自我又历经千辛万苦找回自我的动人寓言"，这个找回的过程就是由"老豆"这个平凡的现代少女完成的。在首届入选作品马士钧的《疯狂的鸡毛信》中，一个孩子变成了一根真正的鸡毛，鸡毛之轻与它所创造出的奇迹形成了巨大的审美张力，作者就是在不动声色的幽默中赋予底层儿童主体性的。首届入选作品王巨成的《故事呼啦啦地飞》完全基于儿童本位，扎根生活，让孩子的纯真去战胜成人的世俗。在第三届玉鲸作品杨巧的《阿弗的时钟》中，一只卑微的小老鼠可以去追问与探求"时间"的本质，我们可以想象其中包蕴着作者怎样深刻的童年关怀意识。第四届玉鲸作品黄文军的《凡平的奇幻森林》在深度体察儿童精神世界，以幻想进入儿童心灵并切实帮扶他们成长的问题上做得非常到位。

幻想的自由更本质的途径来源于作家对童年精神的体悟与把握，进而延伸到对儿童文学各文体的自由调度上。我们欣喜地看到今年第四届的入选作品里出现了非常优秀的童话作品，这是近年来童话文体领域难得的佳作。钻石鲸作品《寻找蓝色风》的童话感觉非常纯粹，人物、故事与语言感觉均获得了真正意义上的童年自由精神气质，可以说是本土原创幻想儿童文学的重要突破。

由于大白鲸原创幻想儿童文学优秀作品征集活动的世界性视野，基于儿童本位开掘的幻想自由形态也必然会是多元的，而且这种特点在未来会更加显著。加拿大的童瑞平是一位连续两届入选的作者，他的《刺猬英雄传》与《绿美人》在对自由内涵的解析上，令人耳目一新。两篇作品均叙事放达自如，思想深邃，字里行间渗透着"童真"眼睛看世界的深度和美妙的韵味，以及穿透俗世后所抵达的哲思之境。

二、人类未来：幻想是忧虑、注视与批判，是以童真思维对地球存在中一些本源性力量的寻回。

幻想是与现实拉开距离的一种审美形态，但是这种拉开却是基于现实的经验、对现实的思考、在现实中生长出来的思想与审美智慧而形成的。幻想的形体是"虚"的，但其内涵却是实体的。幻想具有本体存在的美学价值，但其本质却是解决人类现实问题的一种途径，一种必需的精神能量，一种方法论意识。所以，幻想总是提供出一些逆反的、另类的、非常态的、前瞻的思想内容，它总是以忧虑、注视、批判的眼光打量我们存在的地球，它总是在时时提醒人类，在文明进步的潮流中，一定不可丢弃那些建造生命结构最本质的精神资源。人类自我发展的进程某种程度上也许是个悖论，自我发展也正是丢失自我的过程。幻想的作用就是为人类预言了这种可怕的结果，并试图寻求解决的办法。

大白鲸原创幻想儿童文学优秀作品征集活动激励了幻想文学的创作，其实也正是调动了创作界对幻想这种意义的开发，而且奖项尊重民间创作力量，肯定了众多潜在的创作资源，建立了一个包容的、开放的幻想的"可能性"与作家的"可能性"融合的高端平台，所以在对"幻想与人类未来"这个命题的阐释上，当更多的主体介入进来时，我们有理由相信它会蓄积越来越多的优秀作品。

首届入选作品有三部从不同角度诠释了幻想的这种意义。左炜的《最后三颗核弹》讲的是地球的能源危机问题。唐哲的《未来拯救》讲的是可怕的 AHB 疾病横行世界的秘密，提出拯救未来的唯一办法是改变现在。刘红茹的《地球儿女》对没有爱情的未来人类社会进行了深刻的批判性反思。

第三届也有三部入选作品从不同维度去勘探这一命题。玉鲸作品，马传思的《你眼中的星光》讲的是地球儿童与外星生命相遇的故事，但它的主题是"爱"，"爱"是让星光不再寒冷、让生命不再是一次孤独的旅程的终极能源。王林柏的《拯救天才》打破固有的"天才"观念对人类的禁锢，努力为人类寻回真正的精神创造与自由。王晋康的《真人》则立意在对未来"人"的构造的思考上，如果大脑经过改造后的新智人被广泛应用时，"真人"实际上已经成为一个无法被还原的难题。

三、历史文化：幻想是传承，是民族身份认同的必由路径。

幻想是一支时间之箭，它总是不满足于停顿在现在，它青睐穿梭于未来，行走在过去。幻想让历史复活，让文明重现，让文化得以传承。在儿童幻想领域，生成幻想的路径尤其是多维度的，这其中"历史文化"的脉络是最厚重、根基最稳健、最能体现民族精神的，但也正是最考验作家的文学修养与艺术功力的。在国内儿童文学领域，深入中国的神话传说、传统文化底蕴中去构筑幻想世界，已经有作家进行了大胆的尝试，但还是远未被开垦的田地。实际上这也是当下及未来中国幻想儿童文学亟须发展的重镇。纵观四届大白鲸原创幻想儿童文学优秀作品征集活动，每届均有这个维度的重要作品，甚至看起来重要奖项的产生也主要来源于此，这种趋向一定会引领更多传承民族文化的佳作出现。

王晋康的《古蜀》是一部勘探传统神话资源的大气派之作，作家以瑰丽的艺术想象将古蜀文明再现了出来，半人半神的英雄，恢宏的气象与景观，刻印在族群记忆里渺远的历史，全都在作家的生花妙笔下复活。时代愈进步，今天的孩子离历史愈遥远，我们呼唤更多的秉持有文化自觉意识的作家为孩子们写作。第三届的钻石鲸作品，王君心的《梦街灯影》整体的幻境由宋词作体系性建造，第二世界的中国韵味十足，之于儿童的影响是深层结构的。第三届的金鲸作品，方先义的《山神的赌约》走入中国民间文化内部去创造幻想。第二届的金鲸作品，吉葡乐的《青乙救虹》中的人物形象就从远古神话走来。第二届银鲸作品，杨翠的《难得好时光》其叙事情致与对生命的感受全都氤氲在传统文化中，也是捕捉文化之根的较好代表。第四届金鲸作品《画镇》的幻想通道与幻想世界则主要汲养于中国画。

从四届大白鲸原创幻想儿童文学优秀作品征集活动的发展趋势看，深植于母体文化内部去勘探幻想资源的特征越来越鲜明，更多的中华传统文化的幻想能量正在被释放出来，这也是大白鲸原创幻想儿童文学优秀作品征集活动引领与带动原创幻想儿童文学发展所做出的一个重要贡献。

（原文标题：大白鲸幻想的多维叙事及其精神价值）

【作者简介】

李利芳：兰州大学文学院院长，博士生导师，儿童文学评论家。

传统与现代的融合

汤　锐

面向海内外华人中一切有志于幻想儿童文学创作者的大白鲸原创幻想儿童文学优秀作品征集活动自 2013 年启动，迄今已经连续评选了四届，一批又一批富于想象力的作家奉上了他们充满活力的幻想作品。

由于其独具一格的评奖机制，大白鲸原创幻想儿童文学优秀作品征集活动提供了一个突破既有的行业、资历等门槛，更加客观地检验作品质量的平台，也为有志者提供了更加自由施展才华的舞台，因此实际上吸引的参与者来源相当广泛，包括大量中青年作者，或创作资历尚浅的作家，乃至文学圈外的兴趣人士。而正是由于参与者普遍比较年轻，甚至连续四届评下来，入选者中名不见经传的新面孔比例相当高，而中国幻想儿童文坛则有了可喜的收获。

回顾这些入选的作品，颇有感触，年轻的作者们无疑带来了创新的活力，他们对当下的社会生活有着自己独特的观察视角和体会，对时代的流行文化有更敏锐的感受，他们的作品呈现出一些新鲜的特点，给中国当代童话创作注入了一些新的文化元素、新的观念与思考，也有与年轻一代审美更靠拢的艺术探索与追求。

本文拟谈一谈四届大白鲸原创幻想儿童文学优秀作品征集活动入选的童话类作品给我们带来了一些什么。

首先，这些作品在面对人、社会、自然时表现出了较宽广的视野，对现代高科技社会生活中个体的生存现状、人类的命运，有着独到的思考，因此在选择创作的题材和立意开掘方面，包括童话人物形象的塑造与刻画，都具有更浓厚的现代气息。譬如《大熊的女儿》，描写了一个失意而自暴自弃的小职员变成一只熊，在小女儿陪伴下去寻找爱的治疗偏方，在一路寻爱的旅途中，他在亲情的感召下渐渐找回自信和责任感，最终变回人的奇特故事。故事其实是一个关于现代人迷失自我、又历经千辛万苦找回自我的哲理寓言，故事中能看到当下白领一代对生活苦辣酸辛的品味与感悟。又譬如《寻找蓝色风》，描写了一群五花八门的角色，各怀千奇百怪的心思，在剪不断理还乱的利益交织下，走上了一条共同冒险之路，寻找女娲留下的蓝色风。透过故事中这些幻想人物的奇遇，向读者揭示了当下社会芸芸众生的若干种活法，传递出作者对于现代人的生存困惑，以及对生命之长度与宽度的哲理思考。作者在这部童话中刻画了一群意蕴深远的幻想艺术形象，如宁可放弃三百年寿命换取一个有鲜活灵魂的血肉之躯的泥娃阿丑，被困围于每天睁眼就磨牙的一地鸡毛之中的牙婆婆，还有外表华丽优雅、储存了一脑袋空洞的知识和足够消费一千年的物质财富却陷在无边的焦虑中难以自拔的蓝尾狐，等等，勾勒出了当下现实社会中几类典型生态人群的漫画式缩影。再如，《阿弗的时钟》描写一只有点儿忧郁、爱思考的小老鼠锲而不舍地探索时钟的奥秘，最终发现了时间的秘密，从而获得对生命的感悟。还有如《雪镇四十天》，描写现代科技文明对环境的破坏，探讨人和动物的关系、对生命的尊重与思考，等等。

同时，入选的童话作品也充分体现了贴近当代儿童心灵、走进当代儿童的世界的特点。比如《独耳猫和小老鼠灰灰》《现在是雪人时间》等作品所表现的儿童对友谊的渴望和珍视，《海盗船长女儿的夏天》《了不起的安迪和他的伙伴们》等作品所表现的儿童对于勇敢和智慧的向往。又如《疯狂的鸡毛信》，在以丰富夸张的想象、跌宕起伏的故事情节和激情四射的游戏精神，给小读者带来阅读快乐的同时，也向校园儿童中的弱势群体献上了一份真挚的理解和关爱。再如问题家庭的孩子，《海盗船长女儿的夏天》《大熊的女儿》等作品，倡扬勇敢乐观、自助与助人，尤其《大熊的女儿》的小主人公老豆，并非传统意义上的小公主或淘气包，而是带有鲜明的青春期叛逆和时尚色彩的当代少女，耍酷、痞气不羁，但是内心渴望温情、坚强勇敢。此外还有《亲爱的小尾巴》《章鱼兄弟》等作品，描写了儿童成长过程中的种种喜怒哀乐。

在童话艺术创作手法上，年轻作家们也更少受条框的束缚，入选的作品中能看到更多对传统童话创作手法的拓展。譬如，小说笔法与传统童话笔法相互融合的方式已经越来越普遍，传统童话笔法所营造的幻想与现实的间离感正在被很多年轻的作者有意无意地弥合，他们既要幻想的大胆与奇特，又要现实的逼真与走入内心。《阿弗的时钟》就采用了典型的小说笔法，其中关于小老鼠阿弗以及生活在城市下水道的庞大老鼠家族的描写，颇为细腻生动，并且紧扣老鼠的生物习性，十分自然。《大熊的女儿》将少年小说式笔法与跟人物性格高度统一的酷帅的叙述语言相结合，在近年来的童话创作中独树一帜，极具风格辨识度。《寻找蓝色风》艺术框架线条的粗犷与局部刻画的幽默、细腻相结合，节奏张弛有致，对善良小人物的诙谐刻画尤其出彩。《小丑之王》对十二个小丑在同样的舞台上演绎不同人生故事的花瓣式结构，以及《米米亚锺镪猫》以"猫有九命"串起九个转世传奇故事的链接式结构，都令人眼花缭乱。而《画镇》的艺术手法，则是传统与创新的结合，画师对古画的修补，成为画镇内外发生一切奇迹的逻辑密码，而画师本人竟也进入画镇的创意，则又依稀感觉到网络文学古今穿越剧情的影响。诸如此类，不胜枚举。这些年轻作者带入童话界的一股清流，正在渐渐融入并且参与塑造着 21 世纪中国童话的美学新风范。

【作者简介】

汤锐：中国作家协会会员。历任中国少年儿童出版社编辑、北京师范大学中文系副教授、中国美术出版社总社高级编审。

简述德国幻想儿童文学

朱 奎

因为受地理环境因素的影响，德国一向有"欧洲的十字路口"之称，政权亦常处于变迁状态，公元前后，在多瑙河和莱茵河流域，已定居着许多日耳曼部落，这些部落同企图征服此地的罗马帝国不断发生冲突。公元9年，日耳曼各部族在条顿堡森林战役中战胜了当时强盛的罗马帝国。日耳曼部落多是以语言、血统、生活习惯、文化及信仰呈族群生活，但因散居，个别文化语言差异相当大。所以西元4世纪起的大规模族群迁移时，并不是整个血缘民族集体行动，而是以较小的氏族组织为单位。历史学家将这些移动的日耳曼部落约略分成西日耳曼人、东日耳曼人及北日耳曼人三个大类别。

然后又经历了纷乱的法兰克人时期，直到公元919年，萨克森公爵亨利一世当选为东法兰克王国的国王，建立了萨克森王朝。地域大致位于今荷兰、德国西部、瑞士和奥地利，严格意义上的德意志历史就此开始。

因此严格意义上的德国文学迟至12至14世纪，开始在叙事诗和骑士故事中逐渐发展，乃至于16世纪盛行于民间的通俗小说，都为后来的儿童文学提供了丰富的素材。但德国真正有儿童文学，则是在18世纪末叶。以巴泽多为首的泛爱派，响应卢梭的教育学说，重视孩子的阅读需求，既创办了儿童杂志，也写了读本，还改编了其他国家的儿童文学名著。

到19世纪，真正为儿童写作的读物才陆续出现，约可区分为三派：

1. 来自启蒙主义以教育训导为主旨的作品：此类作品仍是以道德与宗教为传达主题，强调教育的效果。如克里斯特夫·芬恩·施密特

（Schmidt）的《儿童圣经故事》《复活节的蛋》。

2. 冒险故事的出现与盛行：由于《鲁滨孙漂流记》的翻译和传播，加上当时各国积极向海外拓展殖民地的风气，使冒险故事在德国大为流行，由康培《美洲的发现》一书开创先河。

3. 源自浪漫主义文学的童话：延续 19 世纪初期产生的浪漫主义风潮，德国文坛上兴起一股崇尚自然、欣赏想象的潮流，儿童文学上也随之反对过分的冒险小说、爱国故事和说教作品，而认为不受现实束缚、充满诗意和想象的"童话"，是一种高境界的文学形式。

第一次世界大战后，塞尔登、凯斯特纳等的作品纷纷以表现慈爱、和平为主题，因此，各类创作也随之活跃起来。

下面重点介绍一下有影响的作家和作品。

1. 鲁道尔夫·埃里希·拉斯伯（1737 ~ 1794 年）出生于汉诺威贵族家庭，他学识渊博，曾先后学过矿物、地质和语言学等。1767 年，他担任图书管理员和黑森州加塞尔古代艺术文物保管员，同时兼任大学教授。他生活挥霍，因此债台高筑，最后竟不惜铤而走险，盗窃和变卖了许多宝贵文物。1768 年，英国皇家学会任命他为学会委员，1775 年，由于获悉他盗窃古币，又将他开除出学会。拉斯伯通过刻苦和不懈的努力，以翻译和研究成就在英国获得了新的荣誉，1788 年大不列颠五百名优秀作家榜上称他为"享有极高荣誉的语文学家"。可是，同时他却不得不忍受饥寒威胁，因为还不起欠债，只好与裁缝对簿公堂，最后被拘留收审。1794 年春，一场猩红热最后夺取了他的生命。

德国学术界经过多方面的努力和考证，断定在 1786 年匿名发表的《敏豪生历险记》的作者就是他。该书到 1789 年在英国至少再版七次，并添加了新的故事。1786 年的原版共有 56 页，全书的副标题为"敏豪生男爵在俄罗斯的旅行、战斗奇遇记"，以后的版本不断增加海上的冒险故事，然而都保留全书的总结构，即使 G.B. 比尔格（1747 ~ 1794 年）在 1786 年匿名出版的德文译本也保持着原书特色，继英文版后，德文版很快取得了成功。

2. 恩斯特·特奥多尔·霍夫曼（1776 ~ 1822 年）是德国的重要作家，

他当过法官，却因为主持正义受到打击。他还会绘画，也当过乐队指挥和音乐教师。他写了多部小说，他的作品把悲剧和喜剧、崇高和卑贱、幻想和现实糅合在一起，用离奇荒诞的情节反映现实，别具一格。他的代表作《雄猫穆尔的生活观》就描写了一只会写作的公猫，以它作为德国市侩的典型，这部作品虽然不是童话，但使用的已经是幻想和童话的手法了。

《咬核桃小人和老鼠国王》是霍夫曼专为儿童而作的童话。根据这个童话改编的芭蕾舞剧《胡桃夹子》，至今还在上演，产生了世界性的广泛影响。欧洲人把核桃夹做成一个人的模样，用其大嘴夹破核桃，所谓"咬核桃小人"就是一个核桃夹。童话通过一个小姑娘幻想核桃夹是一个英俊武士被施魔法所变，他和凶恶的老鼠国王作战，在作战中，小姑娘帮助他打败了老鼠国王。

3.《格林童话》是包括《白雪公主》《灰姑娘》《青蛙王子》《不来梅镇的音乐家》等 200 多个童话的童话集。

格林兄弟是德国文学史上的两颗巨星。格林兄弟是哥哥雅各·格林（1785 ~ 1863 年）和弟弟威廉·格林（1786 ~ 1859 年），兄弟俩只差一岁，他们出生在德国的哈瑙，父亲是学法律的。在兄弟俩不满 10 岁时，父亲就去世了。此后，他们的家庭经济状况就窘迫起来，兄弟俩的学费全靠姨母接济。大学毕业后，格林兄弟潜心研究德国语言学和民间文学。从 1808 年起，他们深入民间，收集方言，记录民间流传的故事。他们从收集到的大量故事中提炼出 200 多个儿童故事，编成《儿童与家庭童话集》，于 1812 ~ 1815 年陆续出版，这就是《格林童话》。之后，这部作品被译成 140 种文字，在世界各个国家广泛传播，深受成人和儿童的欢迎。

4. 威廉·豪夫（1802 ~ 1827 年）生在德国斯图加特。幼年时，父亲就去世了，在母亲的熏陶下，他自幼就有了讲故事的才能，凭着外祖父的藏书，自学接触到了德国古典文学。22 岁在神学院毕业后，他当了家庭教师，同时也为孩子们写童话，开始了他的创作生涯。豪夫才华横溢，著作甚丰，除童话外，还有《月中人》《魔鬼回忆录》

等等，他的全集有 36 卷之多。在他 25 岁那年，任斯图加特《晨报》编辑时，夏天外出旅行时患热病而逝世。

威廉·豪夫的童话取材于民间传说，但经过豪夫的艺术加工，显得更精练、形象、明朗、自然。他将丰富的幻想融合在民间故事里，创作出了《小矮子穆克》《冷酷的心》等一幅幅绚丽多彩的童话画卷。

5. 威廉·布施（Wilhelm Busch，1832 ～ 1908 年）是一位风趣的诗人和连环画画家，也是现代漫画的鼻祖。他的作品中许多语录早已成为德国人的口头禅，比如："谢天谢地！坏事情总算过去了！"

他创作的《马克斯与莫里茨》是一本以两个淘气小男孩为主角的图画故事书，也是德国最受欢迎的儿童读物。本书第一版于 1865 年10 月底推出，总共印刷了 4000 份。作者原本打算将这个故事刊印在当时著名的幽默讽刺周刊《会飞的树叶》上，但是出版商卡斯帕·布劳恩（Kaspar Braun）却坚持将本书作为布劳恩·施耐德出版社的儿童读物出版。其中配有木版画插图，由布施本人绘制并用模板进行手工彩色印刷。1908 年布施逝世时，《马克斯与莫里茨》已经出版到了第五十六版。该作品在德语系国家十分受欢迎。

6. 海因里希·霍夫曼（Heinrich Hoffmann，1885 ～ 1957 年）创作的《蓬头彼得》历史更久远，首版是在 1845 年。该书被译为许多语言和方言。在反权威的儿童文学兴旺时期，德国插画家弗·克·魏希德 1970 年还创作了一部反权威的儿童书《反蓬头彼得》。《蓬头彼得》分 10 个故事，其中的训诫就是如果儿童不听话，就会遭到严厉的惩罚。故事中的很多句子，比如"不，我的汤我不喝"都成为德国人的口头语。

7. 埃里希·凯斯特纳（Erich Kastner，1899 ～ 1974 年）是德国著名儿童文学家，曾获博士学位，当过教师和编辑，写过诗和小说，但以儿童文学著称于世。法西斯在德国统治期间，他的书被焚烧和禁售，二战结束后，他重新开始写作，1952 ～ 1962 年曾任联邦德国笔会主席。他于 1929 年创作的儿童小说《埃米尔捕盗记》使他享有盛名。其余重要作品有小说《两个小洛特》《小不点和安东》，童话《5 月 35 日》《飞翔的教室》《理发师的猪》《野兽会议》等等。由于凯斯特纳对儿童文学的卓越贡献，1960 年，国际少年儿童读物联盟授予他国际安徒生奖。

《世界上最大的最小的杂技演员小不点》由凯斯特纳创作于 1963 年，童话中的主人公小不点因为小到能睡在一个火柴盒中而得名。在双亲被一阵风吹走后，他被杂技团的魔术师收留并传授以绝技。后来，他被两个绑架者偷走，因为过于微小，连警察也无力寻找到他。在困难时刻，小不点依靠自己的智慧逃出魔窟，解救了自己。

8. 奥斯利特·普雷斯勒（Otfried Preussler，1923 ~ 2013 年）是联邦德国儿童文学代表作家之一。他当过小学教师和小学校长。他于 1963 年和 1972 年两度荣获政府设立的少年儿童文学奖金。给他带来巨大声誉的是他的三部著名童话：《小水妖》（1956）、《小魔女》（1957）和《大盗贼》（1962）。除了创作，他还大量翻译了捷克语和英语的儿童文学作品。

他创作的《大盗贼》，描写远近闻名的大盗贼抢走了卡斯帕尔和佐培尔奶奶的会唱歌的咖啡磨。两个孩子设计捕捉大盗贼，结果反被大盗贼捉住，大盗贼将卡斯帕尔卖给魔法师，而他自己却也被魔法师变成一只小灰雀。卡斯帕尔按照被魔法师变成蟾蜍的仙女的指点，找到仙草，救出了仙女，仙女留下能用三次的魔戒帮助他们找回了奶奶的咖啡磨，并将大盗变回人形交给了警察。

说到这里我说几句题外话，我和作家普雷斯勒有一点儿关联，我太太是普雷斯勒成名作《小水妖》第一个中文译者，我太太去德国又是普雷斯勒发出的邀请，这个邀请，改变了朱奎的后半生，因此我去了德国一直到今天，也就有了朱奎创作童话的今天的回归。

9. 德国作家米切尔·恩德（Michael Ende，1929 ~ 1995 年）原来接受的是演员的教育，1954 年开始剧本写作，20 世纪 50 年代末开始为孩子创作，70 年代后闻名世界。处女作《小纽扣杰姆和火车司机卢卡斯》（1960）获得联邦德国少年儿童文学奖，1974 年又因中篇幻想小说《莫莫》（即《毛毛》，该书自 1973 年出版以来已被译成 30 多种文字，发行达数千万册，风靡全世界）第二次获奖。1979 年出版的

《永远讲不完的故事》曾被定为少年一代的必读书。

《永远讲不完的故事》讲的是一个喜爱阅读的男孩巴斯蒂安（Bastian）在"幻想国"冒险的故事。这部长篇童话吸取了许多经典作品，如《一千零一夜》《古希腊神话》等华丽的幻想色彩，并采用了古典寓言式的故事套故事的叙事结构，充满哲理的光辉，又不失儿童文学的生气和灵动，堪称当代童话的杰作。

《火车头大旅行》（原译为《小纽扣杰姆和火车司机卢卡斯》）也深受孩子们喜爱，除了小纽扣杰姆和火车司机卢卡斯两位主人公外，故事里还有火车头、假巨人等众多形象。

10. 马克思·克鲁泽（Max Kruse）创作了《神奇的小恐龙》（暂时没有找到国内译本），作家笔下最著名的形象是小恐龙，围绕它还有一系列奇特的角色，比如武则（Wutz）、Tibatong 博士、企鹅 Ping。小恐龙是从一个巨大的蛋里孵出来的，被 Tibatong 博士定义为介于恐龙和哺乳动物之间的某种生物。故事中几乎所有的角色都有点儿语言障碍，比如小恐龙就老是咬着舌头说话。

11. 柯奈莉亚·冯克（Cornelia Funke）的《墨水心》是墨水世界三部曲中的第一部，曾多次获奖。它诞生于《哈利·波特》问世期间，成为畅销书。故事围绕一个 12 岁的少女美琪展开，她有着一项特异的功能，可以将一本名为《墨水心》的书中的人物从书中"念"出来。这个故事也被拍成了电影。

12. 红头发、猪鼻子、大肚子、脸上长满蓝色雀斑，这就是保罗·马尔（Paul Maar）深受欢迎的系列少儿读物中的小山姆斯（Sams）。由于书中有很多语言游戏，这一系列很难被翻译成其他语言。国内二十一世纪出版社集团已经成功地译介了六本《小怪物六六》（1~6；"六六"即山姆斯）。山姆斯生活在塔舍比尔先生（Taschenbier）家里，几乎没有他不爱吃的东西，他和孩子们也相处融洽。这一系列有很多本被拍成了电影。

13. 雅诺什（Janosch）1931 年生于波兰边界的一个小村子，他没上过什么学。13 岁到 22 岁的 9 年时间里，他一直在打铁铺和工厂里做工。他是一个绘画迷，可以用酷爱来形容他对画画的热爱。他除了利用业余时间学习绘画外，一心向往慕尼黑艺术学院，可惜他没能通过入学考试。但雅诺什并没放弃自己的兴趣，凭着勤奋和自学，他创作了一系列家喻户晓的儿童小说和图画书，终于成为当今德国最有名的专业作家及插图画家。

他的作品《噢，美丽的巴拿马》讲了一头熊和一只老虎共同住在一所房子里，生活得很愉快，直到有一天发现了一只上面写着"巴拿马"字样的箱子。箱子散发着香蕉的味道。熊和老虎于是决定踏上旅程，去那个令他们向往的国度。这样的故事加上他的极具魅力的插画，在孩子们的眼里是非常完美的。

美好的文字加上美丽的插画，这正是雅诺什故事的魅力所在。

最后我再谈一点，德国和我们中国不同。在德国，很多人不知道根特·格拉斯，他是德国诺贝尔奖文学奖获得者，或者不知道很多影视明星，但是没有人不知道奥斯利特·普雷斯勒和他的作品，没有人不知道米切尔·恩德和他的作品，没有人不知道保罗·马尔和他的作品，也没有人不知道作家和插画家雅诺什。在德国，一个成功的儿童文学作家，他的影响力会超过任何一个社会名流。在中国，一个影视明星就可以做到家喻户晓，但是在德国，只有一个出色的儿童文学作家可以做到家喻户晓。这就是我们中国对儿童文学作家的认同和德国对儿童文学作家的认同的最大区别。

【作者简介】

朱奎：童话作家，中国作家协会会员。曾任《北方文学》编辑，河北少年儿童出版社期刊编辑室主任，《儿童大世界》《大童话家》杂志社主编。

安徒生童话的当代启示

汤素兰

"在那寒风白雪之中，忽然露出一朵鲜艳的花来；这朵花儿童们都极其欢迎，就是壮年和老年的人，受了这朵花的感动，也莫不归到天真的路上去。诸君要知道，这朵花便是安徒生。"这是90年前，我们的前辈赵景深在介绍安徒生的时候写下的话，那时候安徒生的作品刚刚开始被翻译到中国来。如今90年过去了，安徒生的童话在中国依然拥有大量读者。安徒生一生只写了170多篇童话故事，比起今天的许多畅销书作家庞大的创作数量来说，并不算多。但这170多篇童话故事，却具有超越时代与国界的魔力。因此，对安徒生童话特殊魅力形成的原因进行探究，对于当代中国童话甚至儿童文学的写作，具有重要的启示意义。

一、优秀的童话故事都是人生故事

《丑小鸭》是安徒生的名作，同时也被认为是安徒生个人的童话自传。一只出生在养鸭场里因为模样丑陋、动作笨拙而饱受欺凌的丑小鸭，最后成为最美丽的白天鹅。凡是了解安徒生本人遭遇的人，都能从这个童话中看见安徒生自己的影子。

细读安徒生的童话，那个天真、敏感、心地善良、在生活中饱受打击的作家本人无处不在。因此，有人说安徒生的童话犹如擦去了字迹的羊皮纸卷，虽然表面的字迹擦去了，但仔细辨认，原来的内容还是清晰可见。在《小意达的花儿》里，他是那个会讲故事的学生，偶尔经过门口的那个烦人的、古板的老枢密顾问官也一定是有所指代。《夜莺》是对他苦苦单恋的瑞典歌唱家珍妮·林德的赞美。在《坚定的锡兵》《恋人》《缝衣针》等故事里，或多或少我们都能看见爱情失败对安徒生这个敏感的丹麦诗人、作家的刺激。

所以，安徒生童话给我们的启示是：所有优秀的童话故事都是人生故事。因为是人生故事，所以能唤起读者的人生体验。在《丑小鸭》这个故事中，很多孩子都会代入自己，因为每个孩子都是丑小鸭，都渴望自己能变成白天鹅。优秀的童话故事，不管写得多么离奇和荒诞，都是作家的生命传记，是作家所体验过的人生的童话式表达。

每一个生命都是独特的，每个生命都有独一无二的生命轨迹。写自己的故事，表达自己的人生体验，这样的写作才更具有独特性。也因为是真实的生命体验与表达，故也更能引起其他生命的共鸣。

二、物性与人性的矛盾交集，产生独特的安徒生童话

童话是幻想故事，往往让动物、植物和非生物，或者精灵、魔法等神奇之物来当主人公讲述故事。幻想应该是自由的，没有疆域与限制的。幻想的新、奇和趣，往往是童话作品成败的关键。比如德国作家舒比格的《当世界年纪还小的时候》，就是借助新奇的想象征服读者取得成功的。为了让童话的想象力不受约束，我们以往所强调的童话的"物性"已经渐渐淡出了当代童话理论。然而，在我们阅读安徒生童话的时候，他讲的《缝衣针》的故事，主人公确实就是一根缝衣针，哪怕她是一个小姐，也是一个缝衣针小姐——刻薄、自大、虚荣得恰好像一根缝衣针："我出门时是带着随从的呀！"（因为针的后面总是穿着一根线，这根线可不就是片刻不离的随从嘛！）"人为什么要长五个手指头呢？是为了能捏住我呀！""太阳的光线照进水里来了，阳光一直在水底下找我呀！"因为她只能从针眼里看世界，她的世界也就只有针眼那么大。安徒生写的衬衣领子、茶壶、枞树、蝴蝶、香肠扦子、银币、影子，都有这些动物、植物或者非生物本身的特征，而且非常鲜明，但同时又是一个充满了人性的故事。并且往往这些东西自身的局限性与人性的局限性交织着，构成了不可调和的矛盾，因而产生喜剧感。

所以，勃兰兑斯说，安徒生偏好通过动物与植物去描写人，并观察他从本性的要素中逐渐成长。"安徒生描写的动物不是兽性的、残暴的。它们唯一的缺点是愚笨、浅薄和保守，安徒生并不描写人类的兽性，而是描写兽类的人性。其次，他所描写的动物有着某种新奇的品格、充沛的情感，感情迸发时热烈奔放、强劲有力，这是在家畜身上从来没有发现过的。"也正是这种独特的写法和发现，使安徒生的童话别具魅力。

三、天真的童心世界和深刻的人生智慧，使安徒生的童话老少皆宜

天真的童心是安徒生童话与儿童心灵相通的法宝。

赵景深认为，安徒生的童话"和儿童心相近，处处合于儿童心理"。这是因为"他活了七十岁，还是一个小孩子；因为他的天真，实在没有沾染过恶的污点，洁白好似一块莹润的玉"。勃兰兑斯认为安徒生"能使他自己潜进到孩子的天地里"。安徒生的童话，大多是从儿童的视角来看待世界的。安徒生自己天性善良，富于幻想，仿佛一个永长不大的孩子。因此，他的作品也多从儿童的视角出发来看待世界，进入故事，或者从动物、植物与非生物的角度出发来展开故事，而动物、植物与非生物，也与儿童天性相近，"从儿童到动物之间仅一步之遥。动物是一个永远不会超脱的儿童"（勃兰兑斯语）。

从儿童心理学来说，儿童本身都是幻想家，而且所有的孩子都是泛灵论者，相信万物有灵。因此，以动物、植物与非生物或者神奇之物为主人公创作的童话故事，天然契合儿童的心理。同时，安徒生也善于从儿童的角度、儿童的立场、儿童的知识范围来讲述故事，表达情感。比如他写一个人非常富有，能买得下整个哥本哈根，还有哥本哈根所有的糖猪、陀螺——这种表达正是孩子能理解的。他写公路上一个大兵在走，"大兵迈开大步，一，二！一，二！"（《打火匣》）这种描写形象生动，也正是孩子乐于接受和喜欢模仿的。

但安徒生的童话看似天真的表面上，却蕴藏着深刻的人生智慧。一个个有趣好玩的故事仿佛一面面多棱镜，能照见人性的方方面面，因而他的童话绝不只是讲给孩子听的天真故事，而是表达了超越时空流传的人性真相的经典。

《老头子做事总不会错》讲的是一个笨老头如何将一头牛换成一

袋烂苹果的荒诞故事，故事里却有老太婆的大智慧：事情已经发生了，与其抱怨，不如接受，而这种包容与接受正是夫妻相处的法宝，也是人生的智慧。每个孩子在读到《皇帝的新衣》的时候，都会笑出声来——但成年人读过之后更会反思：为什么所有的大臣和大人都能被骗子蒙骗呢？这样的故事发生在从前，不是也正发生在现在、还会发生在将来吗？庆幸的是，我们还有孩子——说真话的孩子，说明这个世界并不是毫无希望的。

安徒生自己也说过他的有些故事"含义比较深，只有大人能够理解；但是我相信，孩子们光看故事也会喜欢它的：故事情节本身就足以把孩子们吸引住"。安徒生童话的译者任溶溶先生也说："我年届七十，有机会又读了一遍安徒生童话，颇有以前没有过的感受。因此我深深领悟到，安徒生童话真是可以从小读到老的书。"

如果说一个作家的天真更多属于与生俱来的个性的话，一个作家的对人性的洞察和对生命意义的思索却和作家的见识、道德价值观和精神信仰相关联。安徒生从一个鞋匠的儿子成长为一个享誉世界的童话诗人，一生充满曲折，同时，旅行构成了安徒生的大部分生活，这使他的人生阅历丰富。安徒生还是一个基督徒，他曾说："上帝，让我笔下的每一个字都赞美你！"因此，在他的童话中，爱是一个永恒的主题，而且宗教具有救赎灵魂的意义。感人至深的《小美人鱼》（也译作《海的女儿》）写的就是灵魂救赎的故事。在严格的基督教义里，没有灵魂的小美人鱼是异类，但是即便是这样的异类，因为对于灵魂的不懈追求，最后也能得到上帝的爱，被允许进入天国，这正是信仰的力量。

克尔恺郭尔认为安徒生是一个毫无人生观的作家，"他更适宜于走马观花地观察欧洲，而不适于细致入微地体察人的心路历程"（《克尔恺郭尔论文选段》）。这是对安徒生的偏见，而且他观察的也只是安徒生不成熟的长篇小说，而并非对安徒生的童话做出研究后而得出来的结论。正如勃兰兑斯所言，安徒生是一个"关注心理探索的人，一个不能把握复杂人格而又拥有精于观察个别特征的能力的人，动物，尤其是那些我们已经熟悉的动物会提供莫大的转机"。于是他创造了动物与人类特征之间那种诗意的、让人惊异的相通性，通过童话的夸张、变形，用天真的孩子的口吻指出事物的本质与人生的真相，就像那个孩子，指出皇帝原来什么也没有穿。因此，安徒生创作了《影子》《癞蛤蟆》《枞树》等许多生命内涵丰富的作品。但安徒生的人生观和哲学思想也是充满矛盾的，因此，对于他的同一个作品，比如《小美人鱼》的解读，往往也会出现完全相反的结论，但这也恰恰说明了其作品内涵的丰富性。

四、将创作植根于民间童话的传统之中

研究童话的人都知道，文学童话是从民间童话、民间故事发展演变而来的。从最早的口头讲述到书面文字，从面对面的交流到通过文本的间接交流，从短暂的现场性到印刷物的持久性，从讲述集体的事件到描写个人的经验，从固定的模式到个性化的创新，童话发生了巨大的变化。但是，安徒生的童话有意识地对民间故事的传统进行了继承。他说："我是由济贫院的纺织老大娘用民歌和民间故事教养出来的。""我感到自己是民间故事财富这个古老宝藏的合法继承者。"（安徒生：《真爱让我如此幸福》）

安徒生最早的童话是对他小时候听到过的民间故事的转述与加工。比如《小克劳斯和大克劳斯》《打火匣》《豌豆上的公主》等故事。有些故事，是他基于民间故事母题的重新创作，比如《拇指姑娘》，属于"小拇指"的故事类型，但是安徒生笔下的小拇指姑娘和格林童话的《小拇指》已截然不同。安徒生的《拇指姑娘》不仅语言完全是文学化的，故事的情节发展也是全新的，拇指姑娘对于爱情的执着追求明显打上了安徒生本人的烙印。

安徒生还特别继承了民间童话"讲述"的传统，他说："我要用一种体裁能使读者感觉到讲故事的人就在面前，因此必须用口语。"（安徒生《为我的童话和故事写的说明》）

安徒生不是在写，而是在说，他以说故事的形式、和孩子交谈的形式来写作童话。因而具有：a.口语化的特点：口语化，以及语言的朗朗上口，是安徒生一直追求的。他的故事适合于讲述与朗诵。而且，他的语言一定要普通的人也听得懂，他认为他们才是真正懂得文学艺术的人。b. 现场感：安徒生的语言很生动，有现场感。孩子们坐进了马车，"再见，爸爸！""再见，妈妈！"嘚，嘚，马车开动了……他就是这样写的。c. 模仿对象：模仿写作对象的声音、动作，他模仿自然，就像舞蹈家模仿波浪、鸽子的飞翔一样。d. 因为有了明确的讲述对象，所以故事也特别适合孩子的理解力与接受心理——不超越儿童的审美经验。为孩子讲故事，必须让孩子的注意力不涣散，因此，必须照顾到孩子的理解力。"太阳照在亚麻身上，雨雾润泽着它，这正好像孩子被洗了一番后，又从妈妈那儿得到一个吻一样，使它们变得更加可爱。亚麻也是一样。"安徒生这样写亚麻，孩子们即使不认识亚麻也能感受到了。在《小意达的花儿》里，安徒生还把小意达的话也写进了童话里。e. 具象：安徒生的写作是特别具象的。比如他写海的深，"要想从海底一直达到水面，必须有许多许多教堂尖塔一个接着一个地连起来才成"；写水的清，"像最明亮的玻璃"；写水的蓝，"像最美丽的矢车菊花瓣"；写海底的太阳，"像一朵紫色的花，从它的花萼里射出各种颜色的光"。每个形象都是具体的，可以让孩子想象出来的。

在故事的结构上和故事的寓意上，安徒生也继承了民间童话的基因：紧凑的结构和善良必胜、正义必胜的信念。

安徒生的童话，有的是从民间童话中取一颗种子，而发展出与它的原型完全不同的故事，比如《白雪皇后》《拇指姑娘》。有的是民间的谚语、传说演变而来的，比如《癞蛤蟆》《鹳鸟》等乍看来是"原来如此"的故事，但事实上已经突破民间故事的框架，创造了别具一格的新结构。

辛格说："文学如果没有民间的因素，深深植根于某一块特定的土壤，文学就要衰落，就要枯萎。如今，儿童文学比民间文学更加植根于民间。"

安徒生的童话正是因为植根于北欧民间故事的土壤，才能这样历经两百年依然根深叶茂。同时安徒生也启示我们：我们需要回顾与检讨我们的童话创作传统，需要向我们自己的民间童话借鉴与吸收，才能创造出具有中国风格与气派的中国童话。

五、不断探索与开掘童话表达的新途径

安徒生说："在诗歌的整个领域里，没有一种体裁能像童话那样宽广，无论是古老阴森的坟茔，还是儿童画册里虔诚的传说，它都可能吸取为题材，它可以容纳一切种类的诗……"

可见，在安徒生看来，童话不是束缚，不是小儿科，童话虽然是为少年儿童创作的，但是它的题材并没有明确的限制，它适宜于表达一切事物，它可以容纳一切种类的诗。所以，在安徒生的童话里，我们能看到恋爱、结婚这样的成人题材，也能看到皇宫的故事，能读到渴望长大的小枞树的故事，也能读到被自己的影子异化并谋杀的老学者的悲剧。写什么并不重要，重要的是怎么写。

在童话的表现方式和手法上，安徒生是一个极具探索精神的作家。他说："多年来，我试着走过了童话圆周里的每一条半径，因此，如果碰到一个想法或者一个题材会把我带回我已经尝试过的形式，我常常不是把它们放弃掉，就是试一试给予它们另一种形式。"

安徒生一直在求新，他的一些写法在今天看来还具有启发性。比如《幸运的套鞋》中，仙女那双幸运的套鞋只要谁穿上，就能到想要了解的人的心里去看一看。一位先生穿上了那双幸运的套鞋，走到一位女士的心里去看，发现这位女士的心里除了时装首饰店什么也没有，这对心灵空虚的女人的讽刺可谓入木三分。而《影子》的表现手法和表现内容，与20世纪60年代以后流行起来的魔幻现实主义和人的异化问题异曲同工，可是安徒生的创作却早在19世中期。

是安徒生最后创造和完善了今天的文学童话。童话是属于安徒生的，是他的标签和身份证明，他当年的创作勇气是令人敬佩的。勃兰兑斯在论及安徒生的时候，开篇第一句话就是："有才华的人也应该有勇气。他必须敢于信赖他的灵感，他必须确信在他脑海里忽然闪现的奇想是健康的，确信他感到得心应手的文学形式，即便那是一种新

的形式，也有权利维护它的存在。"当权威告诉安徒生"人们不是这样写的"的时候，安徒生回答"我不照人们那样写，我有我自己的写法"。因为安徒生的勇气和不懈的探索，于是，美的每一个相面——美的、喜剧的、悲剧的、幽默的、动人的等等，全部编织在他自己的童话中，让后来者看见一颗闪亮的巨星，永远亮在童话的天空，昭示着童话天空的高度与广度。

六、对孩子的爱是安徒生童话的灵魂

安徒生的第一本童话集是 1835 年圣诞节出版的，是送给孩子们的圣诞礼物。从此以后，安徒生在每年的圣诞节出版一本童话故事，一直持续了 16 年，也将这个爱的传统坚持了 16 年，所有的作品最后留存下来，成为今天我们所读到的《安徒生童话》。

安徒生说："我用我的一切感情和思想来写童话。"

有的研究者认为，在丹麦是安徒生第一个发现了儿童的存在。虽然自从有了人类就有了儿童的存在，但将儿童当作儿童，尊重儿童独立的人格与地位，而不是将他们当成成人的附庸或者成人的预备，在全世界都是晚近的事情。不管安徒生是不是丹麦发现儿童存在的第一人，但有一点可以肯定：安徒生用自己毕生的心血为儿童写作童话故事，这些故事带给孩子们快乐、安慰，让他们对人类生活中的愚蠢行为进行嘲笑与反思，激发他们的想象力，培养他们乐观的生活态度，使他们对未来充满信心。

在安徒生的真实生活中，早在 1835 年他出版第一本童话故事之前，他就一直是孩子们的朋友。每到朋友们的家中，都会有孩子纠缠着他，让他剪纸，讲故事。安徒生的第一篇纯创作童话《小意达的花儿》最先就是拜访诗人蒂勒时，跟他的女儿意达谈到园中的植物时讲的故事。小意达看到花园里的花凋谢了，担心花就要死了，于是，安徒生编了一个童话故事，告诉小意达：花们并不是死了，而是因为晚上参加皇宫的舞会跳舞跳累了，白天才没有精神呢！将花的凋谢与死亡转化成花精灵的故事，化解了孩子对花死去的担忧，从而让孩子获得了安慰。

安徒生对孩子的爱，表现为对人类生活中的种种愚蠢与虚荣进行批判与嘲笑，以及对于世界上可能存在的黑暗的提醒。比如在《缝衣针》《衬衣领子》等作品中，刻画了虚荣的男男女女。在《白雪皇后》中，当魔鬼的魔镜的微粒进入加伊的眼中时，善良纯朴的加伊立刻变得冷酷。安徒生告诉孩子：正义与邪恶总是同时存在的，但爱的力量最终能融化冰雪（《白雪皇后》），爱的力量也能拯救灵魂（《小美人鱼》）。

安徒生对孩子的爱，也体现在对孩子的理解与同情以及对孩子的信任与信心上。在安徒生的童话里，坚定的小锡兵、丑小鸭、小小的格尔达、小美人鱼……他们都是孩子，他们勇敢、坚强、乐观，最后总是苦尽甘来，结局圆满。通过这些人物，孩子们看到了像自己一样弱小的同类是如何通过努力变得强大的，因而信心百倍。而从《皇帝的新衣》里那个孩子的身上，安徒生看到了人类的希望只要有孩子在，一切的虚假会被揭穿，一切的愚蠢将成为笑料，人类将会拥有更加美好的未来。

正如布鲁纳所言："为儿童创作的优秀文学作品，要促使孩子们哪怕不情愿地去严肃地、批判性地进行思考，并且要给他们以希望：他们能迸发出道德和伦理的活力，不仅是为了单纯地活着，而且是为了能够在他们自己创造的、称心如意的社会规范和安排下幸福地生活。"

安徒生曾在给友人的信中说："我现在热爱艺术，因为艺术负有一个崇高的使命。"对安徒生来说，或许这个崇高的使命就是对孩子的爱与责任，这也是一切为儿童写作的成年人的崇高使命。

【作者简介】

汤素兰：中国作家协会会员，中国作家协会第九届全国委员会委员，湖南省作家协会副主席。创作出版儿童文学作品 40 余部，曾获得全国优秀儿童文学奖、宋庆龄儿童文学奖、冰心儿童文学新作奖、陈伯吹儿童文学奖等。

谈大白鲸原创幻想儿童文学神话幻想类
作品的当代复苏

崔昕平

大白鲸原创幻想儿童文学这个平台自设立以来，仿佛产生了一个磁场效应，越来越多风格各异的幻想类儿童文学作品不断汇聚，也逐渐凸显出了不同的创作路径，如童话类幻想、科学类幻想、人文类幻想和神话类幻想。

神话可以说是我们民族文化之根，是最古老、最本色，也最具生命力的民族精神之源。将我国传统的神话传说等资源引入儿童文学创作，其实是许多儿童文学作家曾经致力去做的一件事，如汤素兰、薛涛等作家都曾有此类传递民族文化之根的幻想类儿童文学作品。但是，借助这个平台，神话幻想类儿童文学创作零星的火花终得逐年汇聚，不断放大并日益闪光。

怎样利用这些神话资源，怎样让这些神话资源在当代绽放异彩，这成为我们在当下亟须去思考、去关注的一个话题。在历届的大白鲸作品中，有许多作家都在自觉地承载这样一种思考。我们欣喜地看到，先后有一系列作品为我们展现了以当代作品承载、传递古风新韵的努力。

中国神话哺于文学创作的资源是非常丰富的，这样自身丰富的艺术资源首先为本土幻想儿童文学创作开启了多重的素材空间。首届优秀作品评比中，王晋康的神话幻想作品《古蜀》极富创意地以神话为切入点，将西部昆仑神话和中国古代典籍中关于古蜀文明的点滴记载、四川金沙遗址和三星堆遗址的出土文物三者巧妙糅合，复原了一个古神话世界。《古蜀》的成功，为许多创作者提供了一条可资借鉴的路径。之后几届优秀作品征集活动中，涌现了一大批从中国神话传说中汲取素材的幻想儿童文学作品，并逐渐形成了神话幻想这一原创幻想儿童文学创作支流。如方先义的《山神的赌约》，作品中的山野诸神不像古希腊神话中的神那样天生完美、天生高人一等，而是于世间万物中幻化而生，充满乡间野趣，让我们领略到了传统道教文化的韵味。

更为重要的一点是，人之初接受什么样的神话故事，是事关文化之根的。中国神话植根于中国古代文化之壤，是我国传统文化的精神之源。对比古希腊神话中神之间因贪念、欲望、美色而引发人间的灾难，我国神话传说中的神则多是心怀大公、甘于自我牺牲的，如盘古开天、后羿射日、大禹治水等。这样的传统价值观念，借助神话幻想类儿童文学作品得到有力弘扬，如《山神的赌约》传递的仁爱、忠义、礼和、诚信等具有恒久生命力的中国传统文化价值观，如《青乙救虹》中"为了环环相扣的恩情"推动故事情节，弘扬信守承诺等简单而质朴的价值观念。中国神话传递的美善的传统文化价值观念，对当代中国儿童人生观、世界观的塑造及其精神归属感的获得具有重要意义。

在历届大白鲸原创幻想儿童文学作品中，神话幻想类作品是呈上升趋势的。但是我们也会发现，这类作品往往在初评时入围数量不少，但是经过重重筛选后，被保留下来并最终入选的作品却并不多。这就需要提及两点：第一，创作者对待宝贵的神话财富，需要深读精研，防止随意解读，尤其应杜绝随意窜改。第二，切忌生搬传统神话符号，主题先行，盖过创作者真切的情感表达，削弱作品的文学性。

　　总之，期待借助大白鲸原创幻想儿童文学的创作平台，凝聚更多优秀的、承载神话精神气韵与民族文化底蕴的、焕发恒久艺术魅力的神话幻想类儿童文学作品。

【作者简介】

　　崔昕平：北京师范大学儿童文学博士，太原学院中文系教授。山西省作家协会会员，山西省作家协会首届签约评论家，全国师范院校儿童文学研究会常务理事。

中国幻想儿童文学的方向

侯　颖

参加了两次大白鲸原创幻想儿童文学优秀作品的评审，发现这次作品的整体质量明显提升，有越来越多的作者把幻想文学当成自己文学事业的一种突围方向。阅读幻想文学也是中国当下成人和儿童都需要的一种审美期待，中国人想象力的张扬从未如此盛放，像一朵高山雪莲花，从现实工作的重负或学校生活的压力下破土而出，茁壮成长，洁白无瑕，又芳香四溢。

因为读者对幻想文学期待之高，造成了作家创作的焦虑和幻想的焦虑。幻想是作为一种工具、手段，还是作为一种功能、目的，还是作为一种属性、本质，还是作为一种生成、建构与创造，很少有人做系统的学理的归纳、分析和研究。所以说，面对当下对幻想的焦虑，或者是中国创意文化的乏力，创作幻想儿童文学作品是在播种想象力的种子，并能够在文学作品中进行多触角的探索和延伸，幻想儿童文学从来没有这么受重视和被期待着。

大白鲸原创幻想儿童文学这一旗帜的树立，既是一种儿童文学创作的新探索，又起到用汉语承载民族文化想象力奠基石的作用。因为儿童的事业从来没有小事，它代表民族文化的未来和希望。

在中国幻想儿童文学作品中，对幻想的认识和感悟还在路上，如何处理幻想和现实的关系，永远是作家面临的一个创作难题。经典的儿童文学甚至经典的成人文学，都是人类现实生活的种子开出的理想的彼岸花，如果没有现实的种子，很难长成参天大树，如果没有彼岸花的绚烂，很难让人们看到希望之光。《红楼梦》中的大荒山和《西游记》中的水帘洞、花果山从来都是文学自足的审美空间——令人无限向往的世界，带给人梦幻般的感觉。如果不是对幻想进行多元思维和考量，即他者的自我化、自我的陌生化、智慧的前瞻化、情感的逻辑化，以及本土化、人性化、灵魂化和神秘化等等，就很难进入幻想的自由王国，幻想的诗性正义以及幻想的叙事伦理很难达成。抵达幻想文学的理想彼岸，创造如大白鲸一样让世界和时间同时惊艳的幻想儿童文学，一直是大白鲸原创幻想儿童文学同仁共同努力的方向，也为中国儿童文学未来发展做出了极大贡献，其意义和价值不言自明。

　　当下是一个信息时代，知识不可能完全改变命运，因为一个人所储备的知识可能还没有一块移动硬盘存储的信息量大，但是，想象力完全可以改变命运，不只是个人的命运，还可能是国家、民族和人类的命运，所以，才有爱因斯坦的那句名言："想象力比知识更重要。"这就是大白鲸原创幻想儿童文学存在并可能辉煌的理由！

【作者简介】

　　侯颖：东北师范大学文学院教授、博士生导师、儿童文学研究中心主任。

拓展与提升：近五年国内童话创作述评

舒 伟

童话是人类历史上最古老的文学样式之一。由于能够满足不同时代人们的精神和艺术需求，童话在现当代社会仍然经历着持续不断的重写和讲述，尤其成为当代儿童文学创作领域不可或缺的一个重要类型。在当今社会，对于内心体验缺乏逻辑秩序和理性秩序的儿童，童话滋养着他们内心各种愿望的满足性，能够为他们的精神成长提供现实世界和幻想世界所能提供的最好文学养料。当然，要写出优秀的童话作品并非易事，需要通过"精灵般的技艺"，通过以实写幻、幻极而真的童话艺术构建童话叙事内在的"一致性"或"自洽性"。纵观近年来童话的中国书写，可谓多姿多彩，尤其在若干重要题材方面进行了积极探索与拓展。

万物平等：构建人类与大自然和谐共处的命运共同体

从童话心理学看，无论古今中外，童话总以特殊的象征形式去洞察和投射人类那些潜藏于内心深处的愿望、需求和渴望。事实上，童话的愿望满足性是与人类的基本愿望息息相关的。人类并非独自生活在浩瀚宇宙中的这个寂寞星球上，他们与这个星球上的所有其他生物、与他们赖以生存的大自然形成了无法逃避的共生关系。在谋求生存的斗争中，人类为什么要害怕那些怪物异类呢？人类能够与这个星球上的其他生物和异类和谐相处吗？人类对于这些问题的深层拷问和探寻同样会沉淀在童话故事里。正如托尔金所阐述的："童话故事从根本上不是关注事物的可能性，而是关注愿望的满足性。"就人类与其他生物进行交流和沟通的愿望而言，童心世界乃是实现苍穹之下，万物平等愿望的最理想的艺术表达。

郭姜燕的《布罗镇的邮递员》、汤萍的《透明心石》、葛翠琳的《幸运的小金鼠》、常星儿的《想念那木斯莱》、金朵儿的《虹朵朵的梦：狸猫乌卡卡》、张玉清的《鼠洞奇遇记》、梁安早的《教科书失踪了》、葛冰的《星巴的梦》、常新港的《小芬的蝈蝈》、李丽杰的《爱我就抱抱我》、李丽萍的《嘘，安静！》、马传思的《住在山上的鲸鱼》、刘鹏艳的《航航家的狗狗们》等从不同层面、不同视野、不同的情趣和背景，殊途同归地揭示了苍穹之下，万物平等的童话理念，表达了新时代人类构建与自然万物和谐相处之命运共同体的愿望。

源头活水：依托和发掘中国传统文化的童话

如何依托本土文学和文化传统，创作精彩卓越的中国童话无疑是提升当今儿童文学创作水准的一个重要命题。从上古神话传说、先秦诸子著述及历代志怪传奇等古籍文本，到脍炙人口的《西游记》和引人入胜的《聊斋志异》《镜花缘》等小说，中国神话传统和文学传统中的神奇因素一脉相传，源远流长。唐代段成式的笔记故事集《酉阳杂俎》中的《叶限》，被公认为是世界上最早的"灰姑娘"类型童话的完整记录，比法国贝洛的《灰姑娘》早出800多年。而更早的中国"灰姑娘"故事可追溯到《列女传》中有关舜服鸟工龙裳以救井廪之难的记述。中国远古神话虽然零散，却是含金量很高的富矿，其神话材料质朴而真实，犹如未经雕刻打磨的璞玉美石。但遗憾的是在相当漫长的历史时期，这一传统并没有受到后人足够的重视和关注。令人欣喜的是，近年来许多童话作者继承和发掘本土文化传统，或者从中汲取养料、智慧乃至想象力，进行了积极和富有成效的探索与拓展。汤素兰的《奇迹花园》、周静的《一千朵跳跃的花蕾》、汤琼的《魔镜·心玉》、左昡的《毛毛球》、葛冰的《蒲家花园的狐狸》、萧袤的《魔法星星海》、鲁冰的《鲁冰花开》、赵菱的《故事帝国》等在这方面做出了有益的尝试。

与此同时，哲理童话也成为发掘中国文化和文学传统的童话叙事的组成部分。吕丽娜从自己女儿打量外部世界时那天真、好奇与新鲜的目光中得到启发，创作了《小女孩的名字》。这部童话呈现了一个天真可爱且富有好奇心和活力的小女孩的成长历程，洋溢着温馨怡人的幸福、喜悦和亲情。如果说古埃及神话中有关女巫伊西斯（Isis）的故事体现了埃及神话叙事中名字的神秘性，格林童话《侏儒怪》中知晓侏儒怪的真名"嘟波儿斯迪尔钦"的重要性体现了西方经典童话叙事中似非而是的怪诞性，那么《小女孩的名字》体现了当代中国童话叙事中儿童成长的精神诉求。

陈诗哥的《童话之书》用睿智的中国哲思阐述世界经典童话的意涵，揭示了别样的童话精神。此外值得关注的还有书写地方风情与民族特色的童话，如南珠归的《海螺的传说：源于北部湾渔家的家教故事》呈现了北部湾渔民的民间文化传统以及对于下一代的关爱和守护，娜朵的《边地丛林密码》展现了云南省澜沧江流域拉祜族的文化传统。

物我互涉：融汇世界经典童话因素

如果说出现在西方民间童话中的精灵多为邪恶的女巫和善良的仙女，那么在中国文学和文化传统中，更多的是动植物精灵，尤其是狐精或狐仙之类的神奇故事。魏文帝的《列异传》就出现了狐狸、蛇怪、鲤鱼怪、鳖怪等动物类精怪，甚至还有金、银等矿物类精怪，以及植物类、器物类精怪等等。在《聊斋志异》所描绘的人鬼狐妖的艺术世界中，不仅狐类精灵的故事出神入化，就是树木花草等植物类精灵的故事亦非常感人，其艺术水平之高，令人赞叹。各色花妖狐魅，幻化变形，有情有貌，千姿百态，物性人性，相映成趣。近年来的童话创作不仅融汇了世界经典童话的精灵巫仙因素，而且发掘和拓展了中国传统文化中的精灵狐妖因素，更具有适应当代少年儿童阅读需求的时代性和审美性。这方面的代表作有汤汤的《水妖喀喀莎》、汤萍的《树精灵之约》、翌平的《云狐和她的村庄》、顾鹰的《亲爱的小尾巴》、李姗姗的《面包男孩》、唐池子的《精灵谷的伊莎贝拉》、王秀梅的《魔术师的荣耀》、陈天中的《剪瀑布的小巫仙》、奇联欢的《极品笨妖怪 2：神秘原野》等。

跨域投射：动物体童话更具时代气息

从认知美学看，童话中以各种动物为主人公的幻想性文学叙事具有跨界、跨域投射与互动的特征：跨越动物世界和人类世界的自然疆界，将人类的思想情感、性格倾向，以及包括家庭关系在内的社会属性投射在作者描写的动物角色身上。在动物体童话中，动物角色既是动物，又是人类；既是儿童，又是成人；作者既能够以自然状态下的动物特征去摹写人，又能够以人的微妙性情去刻画动物；从总体看，动物主人公既保持着童年的纯真和纯情，能够带着童真的热情去追寻人生的意义，同时又超越了儿童的限制，能够进入广阔的生活空间，去体验成人世界的精彩活动和丰富多彩的人生况味，为超越一成不变的低级生命状态而追求那"不断变化的地平线"。近年来的动物体童话创作继往开来，形态多样，更富有时代气息，更注重契合当代少年儿童的多种多样的阅读心理。

张秋生的《公猫阿漆的奏鸣曲》、汤素兰的《梦想号游船》《笨狼和胖棕熊》、王一梅的《红花草原》、朱奎的《森林里的约克先生》、余雷的《我要长大》、宋庆艳的《小猪悠悠：走进梦想之门》、周公度的《一头很猪的驴》、葛冰的《鼠皮皮的小快乐》、周志勇的《白鲸传奇：锐舞王子》、安亦然的《大象的女儿》、迟慧的《大象学校 1：冒失鬼上学》、于文胜和吴彩霞的《蚂蚁王子历险记》、段立欣的《喵达贡伯爵的秘密》、冯与蓝的《一只猫的工夫》、黄宇的《蔬菜学校·魔术兔》、尚垒的《小鼠濮小木》、陶潜鸿的《猫青青和她的朋友们》、赵华的《雌雄大盗》、晓玲叮当的《吹牛排行榜》等作品中，正是他

们竭尽所能去编出各种动物最荒诞离奇、最夸张有趣和最具想象力的
故事。

科学认知与童话幻想：科学童话

20 世纪 20 年代出现的白话文自然科学知识童话可视为早期的本
土科学童话。发表于 1920 年 9 月 1 日陈衡哲的《小雨点》是最早发
表的白话文科学童话之一。1936 年至 1937 年发表的高士其的《菌儿
自传》堪称本土第一部中篇科学童话。新时期以来，越来越多的科学
家和作家投身于科学童话的创作，而且人们的视野更加开阔，突破了
过去往往专注于生物学题材的写法，开始关注其他自然科学学科和新
科技知识方面的题材。根据现代认知科学对人类想象力的研究，知识
越丰富，想象力就越深远。没有人能够幻想出一个与人类的经验世界
毫无联系的世界。理解了事物之间的因果关系，人们的想象力并不会
受到破坏，反而能够插上知识的翅膀尽情翱翔。当然，特别值得注意
的是如何区别科学童话与科幻小说和科普作品的异同。与一般普及科
学知识的科普读物不同，科学童话是科学认知与童话幻想的结合，通
过童话艺术去讲述相关的科学认知因素，进入特具认知意义的童话奇
境。例如通过童话方式解释动物的特殊习性（推源故事），解释自然
现象，讲述事物的起源，等等。

常立的《从前，有一个点：事物的起源与秘密》、黄春华的《生
命之球》、金妤的《风生水起：二十四节气的故事》、霞子的《安
特儿出世》、章建华的《朱鹮路路》、赵长发的《美人鱼的传说》、
雪梨的《水天堂的春天》、杨鹏的《装在口袋里的爸爸·瞬移少年》、
赵琦的《大耳兔搞发明：魔力晴天花》、英娃的《耳朵睡着了》
等既有知识内容，也弘扬了儿童成长所需的情感、责任、勇气和
梦想。

值得关注的还有大自然探险童话，如李澍晔和刘燕华的《丹增和

达瓦奇遇野牦牛世界》《丹增和达瓦漂流雅鲁藏布大峡谷》《丹增和达瓦应邀进入藏羚羊王国》等。

现实生活与幻想世界连通类童话

当代童话叙事中可以进行现实世界和幻想世界之间的时空转换，主人公借由某种原因从现实世界的某一地点或通过某种特别方式进入幻想的时空世界，从而由敞开的时空阀门进入更为广阔的历险和认知空间。主人公可以从当下时代出发，进入平行的另一个世界，也可以回到过去，回到远古，或者进入"最近的未来"及遥远的未来。这体现了人类认知的包容性特点，极大地拓展了童话幻想世界的活动天地，如夏商周的《北川女孩的异想》、张之路的《飞翔的小樱桃》、小河丁丁的《老街书店的书虫》、小兰安缇的《老姑母的船形别墅》、常怡的《秘密特别多的巧克力工厂》、陈一陶的《月梢上的星星》等。

"当时只记入山深，青溪几度到云林。"纵观近年来的童话创作，几大题材的原创童话蔚为大观，形成亮丽的风景线。众多作者以各自的审美追求和叙述方式进行了非常有益的创作实践，形成了不同的艺术风格。从总体看，如何满足不同年龄层次的儿童和青少年读者的认知需求和审美需求，对于讲述中国故事的优秀童话作品的经典性的形成具有重要意义。事实上，童话叙事追求的是人类本初之心的愿望的满足性，体现的是一种微妙的心理真实性。它可以消解日常的理性逻辑，带来空间的移位、时空的转换、时间的交叠，万物有灵，物我相融，人、兽、植物相互转化，非人类也具有和人类一样的语言能力。从童话文学发展史看，童话不仅承载着人类的历史经验和文化记忆，而且越来越多地融入了作者个人的人生体验、生活感悟以及对人际关系、人与自然万物关系的认知。在中华民族砥砺前行，走向伟大复兴的历史时期，时代呼唤更多更优秀的原创童话作品，呼唤中国童话大家的出现。为此，我们的童话作家需要更好地把握童话的艺术本质，避免同质化的创作现象，进行有深度的写作。如果说，童话是表达思想的最好方式，那么我们的作家就需要具备深邃的思想、广博的知识以及丰富深厚的文学修养，才能创作出无愧于这个伟大时代的童话作品。

【作者简介】

  舒伟：天津理工大学外国语学院教授，外国儿童与青少年文学翻译研究中心主任，中国科普作家协会科学文艺专业委员会委员。

第二篇

少儿科幻的
多元化之路

少儿科幻的多元化之路

董仁威

一、少儿科幻的困惑

2012 年，全球华人科幻同仁创建的全球华语科幻星云奖增设了最佳少儿科幻图书奖，我写过一篇讨论少儿科幻的论文《浅论中国少儿科幻》，在中国作家网发表，引起过一些关注。以后，我们在全球华语科幻星云奖设最佳少儿科幻图书奖，坚持至第七届，感觉只设一个图书奖分量不够了，第八届又设立了最佳中长篇少儿科幻小说奖和最佳短篇少儿科幻小说奖。对此举，业内众说纷纭，有人赞赏，有人持有异议，乃至有人认为这是中国科幻的逆流。因此，从理论上探讨一下少儿科幻的问题十分必要。

回顾新中国科幻史，少儿科幻曾经是中国大陆科幻的源头。大陆科幻之父郑文光就是以写少儿科幻起家的，大陆科幻发展期的代表作家叶永烈、萧建亨、刘兴诗，也是以写少儿科幻出名的，叶永烈的《小灵通漫游未来》、萧建亨的《布克的奇遇》、刘兴诗的《美洲来的哥伦布》，都是少儿科幻的经典名著。

后来，大陆科幻作家发生了一场科幻"姓文还是姓科"的争论，最后，大多数人统一了意见：科幻小说首先是小说，是文学。于是，大陆的科幻作家大多去追求科幻小说的文学性，向主流文学靠近。当然，这并没有错，而且，这种倾向引导新生代作家发扬光大，创作了许多文学性很强、为文学界瞩目的科幻小说。

这是中国大陆科幻界的一大进步。可是，令人遗憾的是，在追求科幻小说文学性的时候，却有人批评大陆的科幻小说"少儿化"，写少儿科幻是"小儿科"，科幻理论界和一些科幻作家，把少儿科幻当成"幼稚期"的作品，转向写成人科幻。有一段时间，大陆很少有科幻大咖去写少儿科幻小说了，坚持写少儿科幻小说的杨鹏等科幻作家，也难登大雅之堂了。中国大陆的少儿科幻如同"倒澡盆水连同婴儿一起倒掉"一样，在社会上几乎销声匿迹了。

然而，少儿科幻小说是科幻的一个重要的分类型，是社会需要的一类重要童书。由于成人科幻与少儿科幻读者对象、写作方法、评价标准不同，不能用同一方法来评判其价值，用成人科幻的标准来衡量少儿科幻的水平，既是不公正的，也是不科学的。

首先，少儿科幻小说与成人科幻小说一样，它们都是文学作品，都能产生世界一流的作品来。在世界科幻经典名著中，不乏少儿科幻作品，如霍金的《乔治的宇宙大爆炸》。这本书是由霍金主创的儿童科幻小说，书中讲了一个男孩乔治结交了一名科学家及其女儿，加入了一次冒险旅程，进行种种宇宙历险的故事。美国科幻作家威廉·科兹文克的少儿科幻名著《外星人》，描写一个小男孩艾略特结识了一位流落在地球上的外星人，和他交了朋友，把外星人藏在自己的家里，竭力加以保护。外星人在艾略特和一群孩子的同情和帮助下，克服种种困难和险阻，安全返回自己的星球。当代著名科幻作家尼尔·盖曼的名作《车道尽头的海洋》，也是一部少儿科幻小说。这些少儿科幻小说在世界各地流传，产生了很大影响。

其次，少儿科幻有许多分类型，从年龄段分，有适合12岁以下儿童的儿童科幻，适合12岁至15岁的少年科幻；以写作方法分，有重科学流派的"核心科幻""科普式科幻"，有重文学流派的"社会型"科幻。不同类型的少儿科幻，评价标准也是不一样的。

同时，少儿科幻有很大的读者群，能对民族素质的提升产生很大的影响力，其市场前景亦不可限量，研究这一类作品，促进其发展，非常有必要。

在当代中国，有中国的少儿科幻小说。除叶永烈等著名科幻作家的《小灵通漫游未来》等一系列名著外，新生代科幻作家杨鹏一直坚持少儿科幻小说创作，多年来孤军奋斗，写作出《校园三剑客》等发行量达 300 多万册的少儿科幻名著。进入 21 世纪，在杨鹏的带动下，超侠、陆杨、伍剑、周敬之、姜永育等少儿科幻作家成长起来，写出了大量深受少年儿童欢迎的科幻作品。随后，重文学流派的马传思、赵华、小高鬼（张军）、汪玥含、王林柏等少儿科幻作家涌现出来，出现了一批甚至可与世界少儿科幻名作媲美的科幻杰作。

除了上述少儿科幻作家外，主流科幻作家群体中，也有不少人涉足少儿科幻创作，如刘慈欣的《超新星纪元》、王晋康的《少年闪电侠》，以及黄海、赵海虹、凌晨、张静、萧星寒等的许多优秀少儿科幻小说。

迄今，中国的少儿科幻作家队伍已初具规模，少儿科幻这一文学门类的影响力日益扩大。但是，少儿科幻的理论研究仍然滞后，除赵海虹、马传思等少数科幻作家外，几乎无人问津，对于什么是少儿科幻小说、少儿科幻小说有哪些要素、评判优秀少儿科幻小说的标准是什么，没有几个人说得清楚。这种情况亟待改变，毕竟，中国少儿科幻要继续发展，甚至向世界水平进军，理论的建构就应该更上层楼，以发挥对少儿科幻文学创作的引领作用。

二、少年科幻与儿童科幻

少儿科幻小说是为少年儿童写的。细分一下，有为 12 岁至 15 岁孩子写的少年科幻小说，有为 12 岁以下孩子写的儿童科幻小说。还有按学校学生年级分的，一种是为小学高年级（小学五六年级）至初中三年级学生写的，也叫少年科幻小说，一种是为小学中低年级（小学一年级至四年级）写的儿童科幻小说。

其中，以少年科幻小说的影响力最大。小学中高年级和初中，年龄在 9 岁到 14 岁之间，这一时期的少年有着充足的阅读时间，也有一定自主选择的能力，富于想象，有强烈的好奇心与求知欲，能迅速接受新事物、新思维，所以，这一年龄阶段的少年儿童成为少年科幻文学作品的主要阅读者，他们从喜欢童话为主的儿童阶段跨入以喜欢少年科幻小说，乃至成人科幻小说的少年阶段。

因为读者对象不同，少年科幻小说和儿童科幻小说的创作方法是有区别的，一些少儿科幻作家对这种区别把握得很好。中国当代少儿科幻第一人杨鹏曾经这样说：他写少儿科幻，采取的是少年儿童视角和思维方式，并照顾了他们受年龄局限的认知度。他写少儿科幻小说，就分别面向两类不同读者对象写不同系列的少年科幻小说或儿童科幻小说。他以小学高年级和初中学生为读者对象的少年科幻小说系列是《校园三剑客》，该系列代表作品是《疯狂薇甘菊》《变成猎豹的男孩》《吃人电视机》《北京玩偶》等作品，已出版70余部，为中国目前最长的少年科幻系列小说，曾获中央电视台《东方书城》栏目及《中华读书报》等10余家媒体的大力推介。

杨鹏面向小学中低年级的儿童科幻作品系列是《弟弟弟奇遇记》。该系列代表作品有《来自未来的小幽灵》《魔术猫》《外星鬼远征地球》《魔力古棒》《小人国来的大侦探系列》等等。这些作品均为杨鹏的早期作品，曾在国内大部分小学生阅读的刊物和报纸上发表过，影响很大。

三、少儿科幻小说的三大特征

1. "少儿"特征

少儿科幻作家马传思在《少儿科幻：在乱象与迷思中前行》一文中这样谈道：顾名思义，"少儿科幻小说"这种特殊的文学门类，是由"少儿"、"科幻"和"文学"三要素构成，因而它的创作，就应该是兼顾这三者，向这样三个维度进行延伸。对于他的这个观点，我比较赞同。

我们要研究少儿科幻小说，首先就要研究"少儿"这个要素有些什么特点。

"少儿"特征表现在少儿有独特的视角上，这种视角，其中之一是，少儿读者追求一种心理认同感，因此，少儿科幻读物中的主人公往往是与他们同龄的孩子。刘慈欣的少年科幻小说《超新星纪元》、杨鹏的《校园三剑客》、威廉·科兹文克的少儿科幻名著《外星人》、霍金的《乔治的宇宙大爆炸》，主人公都是孩子。当然，也有例外。

少儿独特的视角，还表现在少儿独特的童趣上。写出具有童趣的故事，在成人看似无聊，他们则可因这些故事乐得哈哈大笑。

同时，少儿喜欢听故事，爱憎分明，常常简单地把人分为好人和坏人，他们喜欢一波三折的故事情节、性格鲜明的人物形象，还有好人打败坏人、正义战胜邪恶、光明压倒黑暗的美好结局。因此，一般少儿科幻作品都是很阳光的。

2. "科幻"特征

科幻包括两个方面，一为"科技"，二为"幻想"。

少儿科幻小说对"科技"有何要求呢？科幻小说中的科技是关于未来的科学技术，少儿的科技知识储备有限，对未来科技艰深的设想难以理解。因此，一般少儿科幻作品中包含的科技内容较为浅显，曾被误认为是在推广科普教育。

少儿科幻小说中的科技知识虽然是浅显的，但浅显并非浅薄，且在少儿科幻文学作品中将深奥的科技知识变得浅显，比在成人科幻作品中写科技知识更为不易。

少儿科幻小说中的"科学"，更重要的是宣扬科学献身精神。科幻文学是面对未来的文学，少儿科幻文学面向正在成长的少年儿童，将他们的目光导向未来，激发他们去探索科学的真谛，为科学献身。少儿科幻文学作品在培养他们的科学献身精神以及科学思想、科学方法上的熏陶，作用不可低估。

少儿科幻文学作品中的"幻想"有何特别的地方呢？想象力本来是孩子的天性。在少儿科幻小说中，要充分展示与少儿天马行空的想象相适应的故事、情节。少儿科幻小说有保卫孩子想象力的重任。现在孩子的学习压力越来越大，家长和学校重视知识和技能的教育与培训，却忽视了对于孩子想象力的保护和培养。目前教育体制在一定程度上限制甚至扼杀了孩子的想象力。少儿科幻小说能够给孩子提供丰富的想象天地，可供孩子遨游，最大限度地抚慰孩子的心灵，让他们得以充分展现自我。

3. "文学"特征

人的少儿时期，有特殊的心理特质，他们的喜恶，他们的语言嗜好，都带着鲜明的年龄印记。少儿科幻文学的创作，必须运用他们熟悉的语言——他们生活当中经常使用的活生生的语言，有时看似缺乏文学色彩，却备受孩子们喜欢。

同时，少儿科幻小说是小说，是文学，必须要服从文学的规律。人们常说，文学是人学。少儿科幻小说必须在人物的塑造、情节的提炼、环境的烘托、语言的文采、社会内涵的丰厚上下功夫。

我同意马传思关于少儿科幻小说在文学性方面要注重"审美追求"和"价值取向"的观点。在价值取向上，"理性精神"与"人文关怀"并重，才能增加少儿科幻小说的厚度，创作出具有世界水准的优秀少儿科幻小说佳作。

关于少儿科幻小说中的人文关怀，杨鹏曾指出国内科幻小说缺乏"刚性"，即思辨和灵魂拷问。这种说法可谓一针见血。诚然，少儿科幻小说如果缺乏了必要的人文关怀，就容易流于浅薄，变成纯粹的科幻冒险故事。

另一方面，少儿科幻小说不能只写世界的阳光面，也要揭露社会和人性的阴暗面。安徒生的童话给我们以启示，《卖火柴的小女孩》中的现实世界是何等悲惨，何等黑暗。但是，我们看过后获得的不是负能量，而是改造社会的决心和勇气。这种对人性的挣扎与温暖的书写，在马传思今年频获关注的少儿科幻新作《冰冻星球》中，同样体现明显。

少儿科幻小说的"文学"特征还表现在作品的美学价值上。我国著名少儿科幻作家刘兴诗的少儿科幻小说《美洲来的哥伦布》，虽然作者后来自认在科学性上有些欠缺，但这部作品不仅在情节设计上充满想象力，文字上也充满了诗意，充满了音乐感，读来给人一种美的享受，这便是少儿科幻小说美学价值最好的例证。

四、以市场为取向，多元化发展中国少儿科幻文学

市场对少儿科幻的需求是多元化的，以杨鹏为首的塑造英雄、冒险、推理为特征的传统型少儿科幻，有很大的市场，形成了市场主流，并有超侠、陆杨、周敬之、彭绪洛为主力的强大少儿科幻创作团队支撑，应该继续大力发展。同时，以马传思、赵华、汪玥含、王林柏、小高鬼（张军）为代表的重文学流派少儿科幻小说，屡获文学大奖和科幻大奖，是一个十分值得关注的新动向。此外，以姜永育为代表的科普型科幻流派，以普及科技知识为目的，继承发扬叶永烈《小灵通漫游未来》传统，也有很大的市场，亦应予以支持鼓励。

五、大力发展少儿科幻影视作品

在抓成人科幻向影视转化的同时，也应重视少儿科幻小说向影视作品的转化。在世界科幻影视史上，以少儿科幻小说为蓝本转化成著名的科幻影视作品，不乏其例。《安德的游戏》《星球大战》《外星人 E.T.》等，开始都是少儿科幻，由于越来越受到不同年龄段读者的喜爱，才变成全年龄段读者共有的科幻小说或科幻电影名品。

中国的少儿科幻正在经历重新被行业及公众认识，逐渐进入蓬勃发展的阶段。让我们一起努力，迎接中国少儿科幻黄金时代的到来。

【 作者简介 】

董仁威：著名科普作家、科幻作家、科幻活动家，世界华人科幻协会创始人，全球华语科幻星云奖创始人，中国科普作家协会科学文艺委员会副主任。

儿童科幻未有穷期

姚海军

科幻小说出现在全国优秀儿童文学奖的书单之中，既是对科幻这一类型文学的有力扶持，也是对儿童文学奖的必要丰富。

儿童科幻无论从儿童文学角度还是从科幻小说角度都是方兴未艾的新领域。

儿童文学与科幻小说的关系演化经历了一个世纪。清末民初萌芽的原创科幻小说，基本与儿童文学没有什么交集。而中华人民共和国成立之初的 17 年，科幻小说却呈现出完全不同的样貌。受苏联文艺理论的影响，科幻小说在强调科学普及、科学展望的同时，干脆变成了儿童文学的一部分。那 17 年，几乎没有出现过不属于儿童文学的科幻小说。"文革"结束后，科幻小说迎来了短暂的春天，一时百花齐放。正是从此开始，科幻小说分化成为作为儿童文学的科幻小说和非儿童文学的科幻小说。虽然此后科幻小说的发展仍经历波折，但儿童文学与科幻小说的交集之领域，却有了越来越多的收获。

但总体而言，科幻小说（当然包括儿童科幻小说）并不是一个热门的文学类型，近年来因刘慈欣的《三体》系列的畅销以及开创性地获得了雨果奖，这一文类才得到社会的广泛关注。第十届全国优秀儿童文学奖有两部科幻小说榜上有名，我们应该为全国优秀儿童文学奖的开放与敏锐点赞。

自 1818 年玛丽·雪莱创作出被誉为世界第一部现代科幻小说的《弗兰肯斯坦》以来，这一文类在两百年的发展历程中，与冒险小说、侦探小说、言情小说、历史小说等相互借鉴交融，并在文化、政治与科技潮流的多重作用下，形成了多种流派。在我国，无论是技术科幻，还是社会科幻，或者说严肃科幻和通俗科幻，再或者说黄金时代式的科幻、新浪潮式的科幻、赛伯朋克式的科幻，也都有大量的创作实践。面对复杂的科幻，我们应该清楚科幻小说的两个"不好"：其一是不好定义，它至今也没有一个被广泛认可的定义；其二便是不好分类，任何一种分类方法都会引发一些新问题，沿用某种有缺陷的分类方法只是为了言说的便利。

不同的价值取向都应该得到同样的尊重，就目前科幻创作的现状而言，我们应该鼓励作家们创作更多为大众喜闻乐见的科幻小说。长远看，这有利于科幻这一文类的生存与发展。基于此，赵华的《大漠寻星人》最终获得全国优秀儿童文学奖，便有了特别的意义。它传达出一种认同、一种对科幻大众化的鼓励。

《大漠寻星人》是一本中短篇科幻小说集，五个故事虽然各有其曲折的情节，集中起来却展现出科幻小说所特有的神奇与玄妙以及对探索与冒险的张扬（这其实也是对儿童文学阳刚之气的张扬）。作者采用了传奇小说的写法，着力于故事而避免科学小说中常见的知识硬块，却有效地将科学的种子在不知不觉间埋入小读者心中，体现了科幻小说在调动读者对世界乃至整个宇宙的好奇心方面的优势。尽管科幻小说当中也经常出现不切实的幻想甚至科学上的谬误，但不可否认，有很多人因为科幻小说而步入科学的殿堂。比较有代表性的是美国著名的天文学家、科普作家卡尔·萨根，儿时的他偶然在家附近的糖果店里买到一本科幻杂志，从此一发不可收。他在成为一位耀眼的科学明星之后，还亲自创作了一部长篇科幻小说。这部名为《接触》的科幻小说在被改编成电影时，为表达对萨根在科学传播方面做出突出贡献的敬意，时任美国总统的克林顿还在其中客串了一个角色。我相信再过一二十年，在中国也会举出很多这样的例子，因为现在在很多前沿科学领域，都可以寻见因学生时代接触到科幻而选择从事科学研究的专业技术骨干。

与《大漠寻星人》相比，王林柏的《拯救天才》更具儿童文学特质。作品贴近儿童生活，阳光、温暖而富于智趣。主人公是一位不会与同学融洽相处的少年天才，他在生活中闹出了很多令当事者难堪、旁观者忍俊不禁的笑话，饱受同学们的孤立之苦。他无意间成为"拯救天才协会"的一员，穿越时空，去拯救历史上的那些似他一样身陷困境的天才。这一过程中他寻得了友谊，拯救别人的同时，最终也拯救了自己。如果说《大漠寻星人》代表着科幻小说发展的一个类型方向，那《拯救天才》则是一部综合之作。它既是一部科技时代的传奇，也有更多对文学主题与思想的关注，展现了科幻小说应有的丰富性。

科幻小说出现在全国优秀儿童文学奖的书单之中，既是对科幻这一类型文学的有力扶持，也是对儿童文学奖的必要丰富。但若希望让这一良好局面得以延续，我们便不得不进行一些理论的思考，比如儿童科幻与非儿童科幻的区别、优秀儿童科幻作品是否有一定的标准、如何看待儿童科幻中的文学与科学属性、如何看待儿童文学中科幻与奇幻的融合等等，这些不仅是本届儿童文学奖评奖中遇到的问题，也是儿童科幻创作所亟须解决的问题。

仅儿童科幻与非儿童科幻的区别一题，就有非常大的探讨空间。我们知道，科幻小说作为一种类型文学，有着自己独特的核心价值，其中对开创性想象的追求和独特的思想实验性可以说是核心中的核心，儿童科幻很难包容这样的内容。那么，这个问题有解决方案吗？可以作为儿童科幻与非儿童科幻区别的指标吗？儿童文学奖中的儿童科幻的艺术特性又主要体现在哪些方面？一个问题会变成无数问题。这很正常，因为儿童科幻无论从儿童文学角度还是从科幻小说角度都是方兴未艾的新领域。

我们很难在有限的篇幅里为这些问题找出清晰明了的答案，但如果你关注儿童科幻，就应该在内心深处尝试着给出自己的答案。

【作者简介】

姚海军：科幻世界杂志社副总编，著名科幻编辑，科幻理论家。

儿童科幻的力量

——从《谁博士》到《奥特曼》

吴 岩

　　儿童科幻文学对孩子具有许多无法想象的作用。首先，它保卫一个富于幻想的童年。科幻作品能够给孩子提供丰富的想象天地，最大限度地抚慰孩子的心灵。在科幻作品中，科学技术就是当代的魔法大师，它给宇宙万物创造新灵魂。在这样的作品中，古代神话、自然之谜等种种可能与不可能的世界，敞开自己的胸怀吸引着孩子。种种充满激情的科幻的探索，把孩子们从日常的、灾难性的生存困惑中拯救出来，让他们恢复元气，恢复智力和体力，并以全新的姿态投入到未来的生活之中。

　　在心灵的抚慰之外，科幻文学还能重建小读者的道德与人格。科幻作品中常常展现的那种正义与邪恶的较量、那种对宇宙万物的普遍尊重、那种对民主和法制的关切、那种对自然界的爱，都会给未成年的孩子带去积极的影响。

　　当然，阅读科幻文学也能够获得一些科学：知识、方法、态度。著名科幻作家童恩正认为，了解科学的人生观可能是最重要的。当然，也有一些人担心：要是科幻作品中的知识不清晰、有错误怎么办？其实在科学的范畴中，知识并不很重要，探索的方式才是重要的。世界著名的科幻作家阿西莫夫曾经说："即便科幻中的内容是错的，也没有关系。因为一个人热爱上了科学，就会自己去探索和发现科学知识本身的真假。"美国天文学家卡尔·萨根也谈到，他看过一篇关于火星的科幻小说，对火星大气的颜色印象颇深。正是这种好奇心，使他发狂地找出许多有关火星的书来读。最终他发现，这本科幻小说中关于火星大气的色彩写得并不正确，但他自己却成为一位天文学家！

在国外，从半个多世纪之前，人们就开始重视利用影视表现科幻主题。在英国，有名的科幻连续剧是《谁博士》。谁博士是个典型的英国绅士，他用一个电话亭一样的时间旅行机游走时空。每一集他都有一次新的探险，每次探险都是一个拯救世界、热爱宇宙的小故事。几十年中，扮演谁博士的演员换了三茬，但仍然有新一代的少年守候在电视机旁看着这些色彩老掉牙、技术老掉牙的作品。这是为什么？

在美国，影响最大的科幻电视剧可能是《星际旅行》。这个电视剧与《谁博士》播放的时间一样久，但比《谁博士》辐射面更广。它不但衍生出像《星际旅行：下一代》或《巴比伦5号》这样的新电视剧，还被拍摄成了电影。《星际旅行》系列故事，讲述的是人类为寻找太空中的新领地和新生命所进行的单一飞船的茫茫宇宙航行。几十年里，无论美国还是世界其他国家，都产生了一大批"星际旅行迷"。他们凑到一起，就会谈论电视中看到的故事。出版商还适时地出版了相关的百科全书，帮助读者增长行星探索相关的知识。

在日本，《铁臂阿童木》《奥特曼》都是著名的科幻连续剧。与西方的科幻连续剧不同，像《奥特曼》这样的连续剧还加入了东方特有的对开发武术等人体能力的关照，作者试图通过科幻作品把东方文化带给读者。我以为，新版的《奥特曼》克服了老版中的一些不良因素，因此很适合儿童观看，其相关图书则可以更大限度地补足影视这种一瞬即逝艺术所带去的不足。

科幻作品的最大功用是使人适应未来的变化。科幻就是科学和未来双重入侵现实产生的叙事性文学作品。在对科幻的阅读和观摩中，人将遇到无数不同的未来，而这些适应练习，有助于读者去迎接属于自己的那一个真正未来。

（原文有删节）

科幻认知与文学想象：
试论少年科幻小说创作

舒　伟

　　从科幻文学史看，真正意义的科幻小说无疑是现代社会和现代意识的产物，尤其与工业革命密切相关。只有当人们明白了科学认知具有何等力量，如何以不可思议的力量改变现在，影响未来，只有当人们认识到宇宙是按照自然规律运行的，而不是按照上帝或魔鬼的意志运行的，现代科幻小说才可能出现。工业革命以来，科幻小说受到最广泛欢迎的时期正是科技迅猛发展的时期。各种科幻小说史都追溯了科幻文学的前辈，甚至追溯到荷马史诗，追溯到创世神话等，但它们都是处于前科学或原型科学状态的意识。19世纪初随着工业革命的进程，英国社会所感受到的变化是前所未有的，与过去相比更是不可同日而语的。工业革命带来的变化对知识分子和作家群体产生的影响是重大而深刻的。英国诗人拜伦和雪莱以及他们圈子里的人士都清楚地意识到他们生活在一个新的时代。雪莱在牛津大学读书时就拥有一台显微镜，而且他在伊顿上学时阅读了大量自然科学的书籍。他的夫人玛丽对科学实验也有浓厚的兴趣，她的《弗兰肯斯坦》向人们表明，生命是如何通过实验室的电流被注入那些僵死的躯体的。玛丽对她那个时代的科学知识是非常关注的（塞缪尔·瓦斯宾德尔的《玛丽·雪莱的〈弗兰肯斯坦〉中的科学态度》对此进行了全面考察）。工业革命时期，众多科学发现深刻地拓展了包括刘易斯·卡罗尔在内的知识分子的认知视野，爱丽丝从兔子洞往下坠落时的所思所虑就反映了维多利亚时代人们对于地心引力的推测（卡罗尔本人还曾设想过利用地球重力作为能量来驱动火车行驶）。从诞生于英国工业革命时代的《弗兰肯斯坦》，到那些后来的对未来的科学和科技发展的可能结果做出各种正面或者负面预见的当代科幻小说，日新月异的科学理论和科技发展为英国的科幻叙事提供了无限的可能性。

当然，在工业革命以来的漫长岁月中，科幻文学潮起潮落，但总是以成人为读者对象的。专为少年读者打造科幻叙事作品无疑是一项极为有益的创举，而且具有现实的可行性和重要的时代意义。自2012年以来，大连出版社提出"保卫想象力"的少儿文学创作理念，启动了幻想儿童文学系列工程，形成了出版界、评论界和作家群体共同努力、齐心协力推动本土幻想儿童文学创作的良好格局，且取得了令人振奋的成就。科幻文学作品是幻想文学的一个重要文类。我们注意到两种现象，一是近期推出的《刘慈欣少年科幻科学小说系列》（共五册，分别是《孤独的进化者》《十亿分之一的文明》《第三次拯救未来世界》《爱因斯坦赤道》《动物园里的救世主》）。作者采取的方式是选取几部已出版的作品，调整其表达手法及降低阅读难度，以求适应少年儿童的阅读心理和接受能力；同时配上手绘的插图，为文字增色，提升小读者的阅读兴趣。此外，每册图书的后面都有理论物理学家李淼教授对书中故事所揭示的，或引以为据的科学知识的讲解。这无疑是一种全新的结合，是科幻叙事与科学认知的结合。这种科学解读为少年读者打开一扇新的神奇视窗，是科学认知的拓展，也是前沿理论科学的讲述和启迪。另一种值得关注的现象是充满童趣的少年科幻叙事，如《拯救天才》等作品。这是设置在当代学校背景下的幻想故事。天才少年麦可为自己的天赋奇才而烦恼不已，因为没有任何适龄伙伴愿意与他交朋友，甚至与他来往。这一特殊的生存境遇引出一个富有现代气息，同时又跨越时空的引人入胜的故事。通过未来世界"拯救天才协会"的时光机器，少年天才麦可和他的朋友乔乔回到了三千多年前的西周，经历了一系列不寻常的冒险行动。这个故事让尘封在古籍故纸中的久远的天才人物和被埋没的历史事件跃然而出，化作一幅幅栩栩如生的画面，带着逼真的生活气息和历史细节展现在读者眼前。

当然，这一旅程注定是不寻常的，随着故事的展开，这一特殊的古今碰撞引发出一系列富有现代气息，同时又跨越时空的引人入胜的情节和悬念。少年天才的人生困境同样需要走向助人与自助的成长之路。从整体看，《拯救天才》表现了当代少年儿童的现实生活与精神活动空间的广度和多样性，为少年读者敞开了相当广阔的生活空间和探险空间。而且，通过敞开时空的大门而引领少年儿童进入广阔的历险和认知空间，它再一次向我们表明，"时间和空间只是一种思想形态"，只要能展开幻想的翅膀就可以心游万仞，跨越古今。自然的逻辑讲述超自然的故事，涉及超常与平凡的碰撞、天才与常识的对话，使故事透射出智慧的哲理和闪光的启迪，使现代性和童趣性交相辉映，水乳交融。

从总体看，当代少年科幻小说具有重要的现实价值：既能满足少年儿童的文学阅读需求，又能让他们提升科学认知的素养和兴趣。更重要的是，少年科幻小说为人们解决长期困扰自己的关于知识和想象力之博弈提供了一种行之有效的应对之道。众所周知，科学家钱学森生前那个难以释怀的"世纪之问"引发过人们的热议与思考："为什么我们的学校总是培养不出杰出人才？"与此同时，我们还可以在媒体上看到对某个国际评估组织进行的一项调查结果的报道：中国孩子的计算能力世界领先，但想象力却非常之低。由此人们自然要对我们的教育进行反思，进行拷问。有不少人进而认为，是应试教育策略和灌输式教学方式造成了学生高分低能、尤其缺乏想象力的状况。这自然向我们的教育工作者发出了重视培养孩子们想象力的呼唤。人们也认识到，儿童与青少年幻想文学作品在启迪小读者的想象力和审美敏感性方面具有无可替代的作用。然而，人们在引用爱因斯坦所言的"想象力比知识更重要"的同时，也容易产生另一种倾向，即把想象力和知识对立起来，甚至将它们看作一对"冤家"。难怪人们担心，成人在给少年儿童传授知识的过程中，会导致他们想象力的消隐。这是因为"知识符合逻辑，而想象力无章可循"。当代社会的学校教育十分注重知识因素，但在现实生活中，成人为少年儿童灌输知识的同时可能会消蔽他们的智慧，因为知识化不等于智慧化。当代哲学家马修斯曾这样表述这个两难问题：幼童必须学习常识（知识与经验）。但常识作为前人成熟化的认识结果，对它的汲取正可能遮蔽和消解幼童的思维智慧。常识合理地解释一切现象，但不幸的是，许多知识和判断容易陷入常识的规范，导致想象力和创造力的弱化，即整个思维变得机械和平庸了。这无疑是一个悖论现象。

实际上知识和想象力两者之间并非水火不容。人类的想象力在很大程度上依托于自身的认知水平。尤其是工业革命以来，现代认知科学对人类想象力的推动和启发是前所未有的，同时也催生了现代科幻小说的兴起。1818 年，英国女作家玛丽·雪莱发表了被称为第一部现代意义上的科幻小说的《弗兰肯斯坦》。1895 年，威尔斯发表了《时间机器》，随后以一系列科幻作品开创了英国科幻小说创作的第一个高峰期。回顾人类社会历史，社会生产力的发展就是科技的累积发展，并由此改变着人类的生活环境。今天，即使那些没有接受过专门科学教育的作家，仍然要比过去的作家们了解更多的科学知识，在论及科学知识时更加娴熟。在当今社会，科学技术已经渗透到社会生活的方方面面，包括各种信息媒体当中。新的科学技术催生了新的叙事主题，由此激励着科幻小说的创作。无论是克隆技术、生物技术、航天技术以及计算机科学的新进展，这一切都可以在科幻小说的世界里得到形象的、夸张的反映。

从文类特征看，科幻小说具有"包容性"特点，即人类认知的形象化包容性，因此对于启迪少年儿童的思维和想象力具有无可比拟的优势。首先是对科学之美的直观感受，因为科学发现和科技进步所激发的可能性总是令人振奋的，也是丰富多彩的，正如《西方科幻小说史》的作者奥尔迪斯所言，"自从开普勒以来，人类在科技现实方面所取得的科学想象的发展和完善精细，本身就是一个令人激动不已的故事"。科幻小说正是兴起于激荡着科技变革浪潮的 18 世纪。从诞生于充满探索与求知的英国工业革命时代的《弗兰肯斯坦》，到那些后来的对未来的科学和科技发展的可能结果做出各种正面或者负面预见（包括它们对人类社会和人类生活产生的影响）的当代科幻小说，日新月异的科学理论和科技发展为科幻小说的创作提供了无限的可能性。作家洛夫克拉夫特在致好友的信中写道："在我的生活中，最震撼我心灵的事情是 1896 年我发现了古希腊世界，还有 1902 年，我认识到无穷尽的宇宙空间存在着无数的太阳和星球。有时我认为这后一件事对我的冲击和影响更加强烈，因为关于宇宙的不断发展的认识所揭示的天长地久、绵延不绝之磅礴壮观仍然在产生着那无可比拟的震撼。"

科幻叙事由于其内在价值（叙事、认知、启示、预见等）和文学意义，具有特殊的崇高之美和想象之美。奥尔德斯·赫胥黎在《文学与科学》中论道："那些根子扎在当代生活事实里的科幻小说家，即使是二流作家，他们的幻想跟过去对乌托邦和千禧年的想象一比较，也是无比的丰富、大胆和神奇。"的确，恰如刘慈欣本人所认识到的，现代宇宙学的大爆炸理论比之于古代的创世神话，显得更加壮丽，更震撼人心。广义相对论的时空观具有无限遐想的诗意，量子物理学的微观世界能容纳多少精灵！科学和科学幻想的世界并不排斥文学的审美，但科幻叙事必须使来自科学认知的想象得到形象化的文学体现。而且，科幻叙事既要对现实世界进行映射，也要对人类的内心世界、对深邃的人性进行探索。威尔斯笔下的那些火星人、莫洛克人、月球人，还有兽人等，难道不可以视作人类内心冲突的一部分吗？

当然，值得人们大力探讨的是如何为少年儿童创作适宜的科幻作品，少年科幻毕竟异于成人本位的科幻叙事。少年儿童的阅读心理和接受能力具有什么特征，也是一个具有科学认知性质的命题。在哲学意义上，童年是生理的，更是心理的；是个体的，更是普遍的（人类的童年、宇宙的童年等）。在一般意义上，要认识童年，就要认识儿童的特殊生命状态和特殊精神世界。一方面，童年包容了太多的东西，出于好奇而渴望探索和历险的时期；另一方面，童年又是一个受到诸多限制甚至禁锢的时期，是一个渴望长大而逃离大人管制的时期。一方面，童年是无畏的，心比天高的；另一方面，童年又是摇摆不定的，甚至充满恐惧的。一方面，童年是童言无忌的，天马行空的，充满想象的；另一方面，童年又是蒙昧无知的，正所谓"年幼无知"，需要成人的呵护和引领。例如，与成人相比，儿童更多地生活在当下，虽然他也会在头脑里产生对未来的担忧，但对于未来可能会发生什么事情却只有最模糊的概念。他们的内心经历与现实世界之间存在着巨大差距，用成人理解的逻辑去解答不会产生理想的结果。由于儿童思维不成熟和缺少相关知识，他们头脑中汇聚的迅速增长的信息往往是十分杂乱的，更多的东西是受到幻想支配的。他们要通过自己的幻想来填补理解中的巨大差距。

根据现代认知科学对人类想象力的研究成果，知识越丰富，想象力就越深远。没有人能够幻想出一个与人类的经验世界毫无联系的世界。理解了事物之间的因果关系，人们的想象力并不会受到破坏，反而能够插上知识的翅膀尽情翱翔。诚如托尔金所言，"幻想是自然的人类活动。它绝不会破坏甚或贬损理智；它也不会使人们追求科学真理的渴望变得迟钝，使发现科学真理的洞察变得模糊。相反，理智越敏锐清晰，就越能获得更好的幻想"。少年科幻小说"呈现了一种现实性的非现实性，表现了人性化的非人类之异类"，是根植于这个世界的"另外的世界"。它把想象之美和认知之力结合起来，是少年儿童的最佳读物之一。

"大白鲸"为原创少儿科幻带来的改变

姚海军

我一直觉得儿童文学是我们每个人在儿时搭建的一座树屋，感谢"大白鲸"入选作者用优美的作品让我重新回到树屋的世界。

一、大白鲸原创幻想儿童文学优秀作品征集活动科幻作品背景

近几年，中国的幻想文学、科幻文学发生了翻天覆地的变化。仅仅在 6 年前，中国科幻可能还是如同 20 世纪 80 年代后期，像个"灰姑娘"，但现在变得非常华丽，有那么多的聚光灯围绕着她。

首先是刘慈欣在 2015 年荣获了雨果奖，媒体把雨果奖评价为科幻界的诺贝尔奖。2016 年又一位更年轻的作家郝景芳也获得了这个奖项。这可以说是中国科幻类型文学的一个突破。尤其是，《三体》登上了美国《纽约时报》畅销书榜，对中国科幻来说，这是头一回，对整个中国文学，这可能也很少见。雨果奖之后，大家对科幻的关注越来越多。2016 年，首届中国科幻大会在北京隆重举行，国家副主席李源潮出席并做重要讲话。影视界也兴起了科幻 IP 热，大家对科幻电影也寄予了很高的期望。科幻电影热对原创科幻文学创作也产生了一定的推动，尽管到目前为止观众们还没有看到一部真正的现代意义上的本土科幻电影。

实际上，大家看到的火热场面背后，隐藏着两方面的突出问题：

第一是就整个中国科幻来说，原创新生力量不足。

我们看到这么多的资本涌入市场，但是作者和作品的资源是非常有限的，特别是每年对新人的培育是很缺乏的。大家变得越来越浮躁，大家都想去摘果子，鲜少有人愿意下功夫培育新人。

第二是从整个科幻界内部来看，儿童科幻的发展较弱。

　　从科幻文学自 19 世纪 90 年代后期开始再度复兴，从事儿童科幻创作的作者就变得很少，也缺乏经典作品，这一方面是因为传统科幻界对儿童科幻的轻视，另一方面是因为儿童文学作家没有认识到科幻的价值，缺乏科幻小说的创作经验，对科幻文学的理解还不够深入。

　　在这样的大背景下，大连出版社牵头连续四年征集幻想儿童文学作品，并将科幻小说设为征文的四个大类之一，今年更进一步，还开办了科幻写作研修班，培养作者，对此我心怀敬意。当今出版行业的浮躁是大家有目共睹的，很少有出版机构能够沉下心来从源头挖掘科幻作品，推动这个产业。

二、四年大白鲸原创幻想儿童文学优秀作品征集活动为原创科幻文学带来了什么？

　　1. 少儿科幻写作上的变化：科幻逻辑逐步代替童话逻辑。

　　科幻逻辑对童话逻辑的逐步替代，让科学的美在科幻小说当中有了更多的呈现，像《地球儿女》《重返地球》《你眼中的星光》《冰冻星球》，这些作品总体来看表现了三种科学之美。

　　第一是科学的奇境之美，例如马传思创作的《冰冻星球》，对异星世界进行了一个完整的概念设定，给我们带来一个只有在科学幻想的世界才能感受到的异域美感。

　　第二是科学的逻辑之美，这是科幻小说特别强调的。例如王晋康创作的《真人》，故事大概是讲如何从一群孩子中检测出一个智力超群的新人类。这种故事特别讲求科学逻辑、科学的思辨性。环环相扣、层层递进、富有节奏感的逻辑之美对儿童的成长是非常重要的。

　　第三是与冒险精神相伴的硬朗的人生之美。长期以来，我们的儿童科幻小说因偏于童话逻辑而倾向于柔美，科幻逻辑的增强在很大程度上也意味着探索与冒险精神的增强，将塑造出更多的更硬朗的成长少年。

　　这里需要说明一下，我强调的科幻逻辑，并不是否定原来长期存在于少儿文学中的童话逻辑，童话逻辑主宰下的科幻小说的价值的认定，以及童话逻辑与科幻逻辑能否在少儿科幻小说中融洽相处，这些还有待研究。比如第四届入选作品《鲸灵人传奇》就是童话逻辑和科幻逻辑并存的一个作品。还有一些偏低幼的作品中也会同时存在这两种逻辑。科幻逻辑越来越被认同，大白鲸原创幻想儿童文学优秀作品征集活动也已经将原创少儿科幻提升到了一个新境界。

2. 强化源自生活的富有童真的幽默感。

科幻界并非没有富有幽默感的作家。比如美国作家罗伯特·谢克里一生都在写这样的幽默作品，也取得了很大的成就。科幻写作可以天马行空，相当于为幽默搭建了一个更广阔的舞台。但可惜的是，从总体来看，在成人科幻作品中幽默元素并不多见。不过我非常欣喜地发现，几乎所有的儿童科幻作品中，甚至包括童话幻想、人文幻想等等都渗透着幽默感。我觉得这对科幻来讲有非常重要的价值，是对科幻文学的一种丰富。

3. 对文化之根的寻找。

中国文学并不缺乏幻想的传统，我们无论在什么场合提到中国幻想文学，都会溯源到《西游记》，甚至更久远的文学作品。也就是说，我们的科幻文学本来拥有幻想与文化之根。可惜，后来我们却迷失了。在 17 年文学发展当中，虽然也有科幻作品，但是这些科幻作品并没有与我们传统文化有更深的关联。然而，今天我们看到大白鲸入选作品呈现出非常具有创造性的对文化之根的寻找。第三届大白鲸钻石鲸作品《拯救天才》就把传统文化与科学幻想进行了紧密结合，效果相当出众。原创科幻文学只有找到了自己的文化之根，才可能真正地枝繁叶茂。这个寻根过程中，儿童科幻正在做出自己的贡献。

4. 强化了科幻世界中的爱的家园。

当今中国科幻的"四大天王"——王晋康、何夕、刘慈欣、韩松，其中王晋康、何夕、刘慈欣三位都在关注遥远的宇宙，给我们展现宏阔的图景，而韩松则迷恋于描摹这个世界的荒谬。正是在这样一个背景下，新一代的儿童科幻作家，找寻到了我们内心最渴望的世界，那个温暖的、将铭刻于记忆深处、陪伴我们一生的世界。对爱的找寻与强化，正在成为科幻文学庞大而意义深远的补完计划。

三、大白鲸原创幻想儿童文学优秀作品征文活动的遗憾

我刚刚讲了大白鲸原创幻想儿童文学优秀作品征集活动对科幻世界的改变，少儿科幻渐成热点的发展形势可以作为这一成就的佐证。当然，从未来发展的角度，我们也应该看到大白鲸原创幻想儿童文学优秀作品征集活动还有一些不足，需要在未来进行改进。

其一是创造性的想象不足，作品中难见令人难以忘怀的画面。

其二是题材的创新不足，作品多还是围绕外星人、机器人、克隆人这种传统科幻的"老三样"展开。

其三是幻想奇境的童趣化不足。刘慈欣的科幻文学中对经典场面的描写与科学是有着非常紧密的联系的，需要一定的阅读基础。这种内容如何童趣化，能让更多孩子接受，也是各位作家需要去考量的一个问题。

其四是背景、知识点与故事的融合不足。写科幻小说难免会涉及科学，第四届玉鲸作品《冰冻星球》在背景设计和故事的融合上还可以更好。这可能是我们需要长期面对的一个课题。

总体来说，大白鲸原创幻想儿童文学优秀作品征集活动极大地丰富了中国科幻的版图，并正在对科幻小说这一门类的未来产生持久而深刻的影响。

（原标题："白鲸"改变世界）

少儿科幻：在乱象与迷思中前行

马传思

【按】马传思这篇文章是"及时雨"，很有"看头"。全球华人科幻同仁创建的全球华语科幻星云奖，从第四届开始，增设了最佳少儿科幻图书奖，坚持至第七届，感觉只设一个图书奖分量不够了，第八届又设立了最佳中长篇少儿科幻小说奖和最佳短篇少儿科幻小说奖。对此举，业内众说纷纭，有人赞赏，有人持有异议，乃至有人认为这是中国科幻的逆流。因此，从理论上探讨一下少儿科幻的问题十分必要。

目前，中国的少儿科幻作家队伍已初具规模，影响力日益扩大。但是，少儿科幻的理论研究滞后，除赵海虹等少数科幻作家外，几乎无人问津。对于什么是少儿科幻小说、少儿科幻小说有哪些要素、评判优秀少儿科幻小说的标准是什么，没有几个人说得清楚，这严重阻碍了中国少儿科幻小说（儿童科幻和少年科幻）的发展，以及向世界水平进军。因此，马传思这篇文章很有意义，开了一个好头。希望有更多这样研究少儿科幻的理论文章面世，这对于中国少儿科幻走向世界具有重要作用。

董仁威
2017 年 5 月 25 日

一、现状：增势喜人的少儿科幻创作

作为当代华语科幻界的顶级大奖，第八届全球华语科幻星云奖的推荐评选工作正在有条不紊地展开。在今年的参赛作品中，我们很高兴地看到少儿科幻的爆发式增长：一方面，作品数量增多，短篇、中长篇全面发力，其中，短篇超过250篇，中长篇也超过30篇；另一方面，在参赛作者中，我们既能看到科幻名家的身影，也能看到儿童文学界的大腕，同时也有很多冲劲十足的新锐作者。

但对这种爆发式增长，我们或许需要冷静地分析和对待，更需要认识到一个问题：如果少儿科幻理论建构上的空白局面长期得不到改变，这种量上的增长就会表现为乱象丛生。

这一点，在时下已经表现了出来。

二、乱象：处境尴尬的少儿科幻文类

少儿科幻总是处于一种尴尬的境地，似乎和科幻文学、儿童文学都沾边，但都进入不了两者的主流视野。

当然，这种尴尬主要还是由现有的少儿科幻创作领域的现状导致的。一方面，有些少儿科幻作品在"科幻性"上严重欠缺，只是随便窃取点儿科幻作品的边角料，就敷衍成篇，甚至敷衍成系列；另一方面，很多的少儿科幻作品仅仅是纯粹的冒险想象故事，没有在"文学性"上多下功夫。

当然，这样说不是要让少儿科幻作品远离冒险故事。实际上，"冒险"主题是少儿科幻中一个不可缺少的部分，能把这个题材写好，并不容易。在这方面，科幻作家超侠倒是做得比较成功，他从传统武侠中汲取了充分的营养，以至于他的"冒险"故事总带有几分侠气。

但我们需要清楚地认识到，纯粹的科幻冒险故事，与冒险主题的科幻小说，两者的区别就如同儿童故事和儿童文学的区别一样：儿童故事侧重于故事情节，儿童小说则侧重于典型人物的塑造。

以上两种典型问题的存在，导致了少儿科幻似乎成了一件可以随便穿搭的外衣：似乎任何故事中只要随意添加几个科技名词，或者加一艘飞船，或者加两个外星人，就可以名之曰"少儿科幻"。这种情况，无疑在拉低当代少儿科幻创作的总体水平。

三、少儿科幻的三大维度指向

顾名思义，"少儿科幻小说"这种特殊的文学门类，由"少儿"、"科幻"和"文学"三要素构成，因而它的创作，就应该兼顾这三者，向这样三个维度进行延伸。

如果要做一个比较简单的描述，那就是："少儿"为本位，"文学性"和"科幻性"为两翼。

1. 首先是"少儿"维度。

少儿科幻有特定的阅读主体——童年期和少年期读者群。

须知少年儿童并不是不成熟的人，而是特定的群体，他们生活在一个独特的心灵世界中。那个世界里有精灵，有魔法，那里万物有灵，天人通感；那个世界与成人世界也有很多交集，但并不是像我们通常以为的那样，他们只是"受教育者"。当我们俯下身来，我们会发现，在他们的世界里，他们有自己看待事物的眼光，有他们对事物的价值判断。

举个例子，在尼尔·盖曼的名作《车道尽头的海洋》中，有这样一个细节：

> "警察打来的电话。"爸爸说，"有人报警，说看到我们的小车停在车道尽头的路边上。我说我不知道车被人偷走了。运气真不错，我们现在就去把车开回来。嘿，面包又焦了！"
>
> "他们是想偷我的漫画书吗？"
>
> "不清楚。警察在电话里没有提到你的漫画书。"

是的，这就是一个孩子眼中的世界，哪怕是一辆车，也不如他的漫画书宝贵；只有在成人的世界里，你才会去计算一辆车和一本漫画书的价钱区别有多大、一辆车有多么实用等等。不好意思，在你这么计算的时候，你或许就已经关闭了通往那个世界的一扇门。

正是这个世界的独特性，决定了少儿科幻作品应该有这样几个特点：一是重故事性，轻描写成分，因为这符合少年儿童特有的阅读兴奋点；二是鲜活、幽默、童趣化的语言；三是最难的，即把握住儿童特定的视角。

2. 其次是"科幻"维度。

少儿科幻作品应该有好的科学背景设定，有充满想象力和前瞻性的科幻元素的使用，以及在故事情节的推进中体现出鲜明的科幻逻辑。

仅仅从这个角度来说，优秀的少儿科幻作品和成人科幻并没有太大的区别。只不过，这里的科学背景和科幻元素都应该是以少儿能够理解、接受的方式呈现出来，甚至还可以是与童话、魔法、神话混合在一起。

需要说明的一点是：在少儿科幻创作上，有的作家侧重其纯正的科幻性；有的作家则不局限于此，而是侧重于"广义的幻想"，打通神话、童话和科幻这几大幻想门类的围墙。

两者的区别，其实在所有的科幻文学创作中已存在。比如科幻作家王晋康老师就提出"核心科幻"的观点，他认为核心科幻的科幻点应"具有新颖性、独创性，其科学内涵具有冲击力，科学的逻辑推理和构思能够自洽"，小说的"科学内核能符合科学意义上的正确"。他认为正是"核心科幻"可以承担"激发青少年的想象力，培养创新性思维，浇灌科学知识，激发对科学的兴趣"这样的科普功能。

对于王老师的这一理论观点，同为科幻作家的赵海虹提出了自己的观点："我完全认同王晋康的意见，科幻小说具有'科'字，必然不能如纯幻想小说那样天马行空。但是科幻小说中的科学，既可以是符合已知科学规律的假设，也可以是以无法证伪为底线、以丰富想象力来引导的奇想。"

3. 最后是"文学"维度。

客观来说，这也是时下少儿科幻创作中存在问题最严重的一个方面。

少儿科幻作品中的文学性到底有什么样的标准？这其实也是一个仁者见仁、智者见智的问题。依愚所见，所谓的文学性，首先当然是不仅要讲出一个好故事，还要塑造出饱满的人物形象。但除此之外，最少还应该包含以下两个方面。

其一，审美上，追求欢愉、质朴、谐趣、惊奇之美。

少儿科幻的"儿童文学"属性，决定了它相对于成人文学来说，应该洋溢着更为浓郁的谐趣与欢愉，以幽默、滑稽、可笑的形式来表现具有美感意义的内容，也就是游戏精神的张扬。另外，简洁朴素的表达风格和作品心理内涵的素朴，这两者表现出了"天然的淳朴美"。

总之，以浑然天成的方式去体现美感，而不是以暴力、血腥等方式去博人眼球，这是少儿科幻应该有的基本的审美追求。

其二，价值取向上，"理性精神"与"人文关怀"并重。

一方面少儿科幻作品应该引导少年儿童去理解科学，去关注科学与社会的关系，让他们明白科学具有造福人类的能力，也有毁灭人类的危险。

而另一方面，一部优秀的少儿科幻作品，一定缺少不了必要的人文关怀。

人文关怀是一个内涵丰富的概念，"它与人的生存、人的价值、人的命运、人的尊严等命题休戚相关，集中体现为对人的尊重、关心和重视，着眼于人的命运与人性善恶，尤其是对人的心灵、情感和精神关怀等"。

有人说：少儿科幻的"科幻文学"属性，决定了它关注的应该是科技发展、宇宙等宏观问题，在这里，"人"的问题并不重要。

这种观点其实是对少儿科幻与成人科幻界限的混淆所致。实际上，就算是纯正的成人科幻，也经常会从科技的角度来审视现实社会中人们的生存状况，以达到对个体和人类的终极关怀；而少儿科幻特定的读者对象，决定了它更应该侧重关注"人文"，而不是"科技"。

换句话说，少儿科幻作品在引导少儿读者重视科学与理性的同时，更要引导他们通过理性、科技来认识人与自然的关系，来实现身份的认同，来反思道德观念，以及从他们的视角来进行"人到底来自何方，去往何处"的终极思考。

由于不同的作家关注的侧重点不同，有的可能会侧重其"理性精神"的一面，注重科学，重视作品的科普功能，有的则在人文关怀上比较用力，由此衍生出董仁威老师所说的"科普型"和"文学型"两种主要的少儿科幻类型。

比如被视为科普型少儿科幻作家的姜永育，他的少儿科幻作品一直致力于将科幻与科普、防灾避险等因素结合。这一点，在陆杨近期的《小鱼大梦想》系列中亦有体现。相对而言，我个人的创作则更加侧重人文关怀，在我的作品《你眼中的星光》中，主人公阮小凡面对着成百上千只章鱼的死亡，产生了对生命和死亡的思索；在《冰冻星球》中，主人公塞西则在那段星际逃亡旅程中，不得不面对"失去是生命的常态"这一永恒的人生问题。

本文粗略谈了一些对少儿科幻的认识，旨在抛砖引玉，引起理论界对少儿科幻这一独特文学门类的重视，错漏之处，欢迎指正。同时，期望少儿科幻在理论和创作方面，能迎来更为蓬勃的发展。

【作者简介】

马传思：少儿科幻重文学流派代表作家。安徽省作家协会会员，世界华人科幻协会少儿专委会副主任，作品多次入选大白鲸原创幻想儿童文学优秀作品、全球华语科幻星云奖等奖项。

我的科幻创作体验

黄　海

　　台湾的科幻创作，是 1970 年之前萌发的，我大半是从观摩摸索而开始这种创作。大约 20 世纪 80 年代初，我在致力成人科幻小说创作之余，又另起炉灶，拓展新领域，兼写少儿科幻。由于突破与创新，遂为儿童文学界瞩目，是我始料未及的。又凭着一股不自觉的冲动，寻找科幻作品的寄托之所，争取主流文学认同。这时台湾的（成人）文学界，对科幻作品仍很陌生，争议或排斥仍难避免，偶尔也有少数优秀的科幻作品为主流文学界所肯定，闯入正统的文学奖里。当时张系国的《星云组曲》等作品，即在成人文学界获得普遍赞誉（黄凡的中篇科幻小说《零》，虽然有《1984》的影子，也获得联合报小说奖；董启章的中篇小说《安卓珍尼———一个不存在的物种的进化史》获1994 年联合文学小说新人奖，这是一篇纯文学式的科幻，作者可能不承认是科幻），我则思考科幻的本质，企图为科幻寻找另一条宽广的路，不甘科幻小说流于通俗文学，也就一股脑儿猛向儿童文学叩门，终于登堂入室，受到先贤的悦纳收留。

　　海峡彼岸的孙建江对此做了深刻的观察和评论，多年后他在巨著《二十世纪的中国儿童文学导论》的末章《台湾儿童文学》一节指出："黄海介入儿童文学创作，其意义不可轻看……它表明儿童文学在台湾整个文学格局中的位置已日益受人重视……明显提高了台湾少年小说创作的品位。"科幻进入台湾儿童文学界，也的确掀起回响，一时成为宠儿。

　　21 世纪的今天，回顾前瞻华文科幻的处境，交通大学（指台湾的交通大学，本文下同）近年成立科幻研究中心，由叶李华博士主持；

北京师范大学也招收了科幻文学研究生，由吴岩老师主持。虽然华文科幻始终没有受到传统文学的普遍认同，两岸却都不约而同将科幻指向学术与艺术的未来，引领创作和研究方向，促成水准提高，值得欣慰。

最近在网络上读到"中央大学"（台湾）李瑞腾的论文《台湾通俗文学略论》，引用大陆刘登翰、庄明萱等人主编的《台湾文学史·下卷》（海峡文艺出版社，1993）论述说："在'科幻小说'部分，作者做了文类的历史扫描，凸显了张系国、黄海等人，值得注意的是，书中提出台湾科幻小说具有'通俗文学的非通俗化'特点，'以对待正统文学的态度来从事科幻小说创作'，确是高见。"

这段话一语道尽台湾科幻作者尤其是我的创作心声。

台湾科幻作者不甘于流俗的传统，可能来自当初张系国发表在台湾百万份大报的科幻作品形成典范。近年来，交通大学（台湾）科幻学术中心的叶李华继之提倡，每年的倪匡科幻奖吸引了众多海内外作者，造就年轻人风起云涌的科幻声势，叶李华俨然成为台湾科幻文学风向的总舵手。叶李华和交通大学（台湾）蒋淑贞、清华大学（台湾）刘人鹏、南华大学（台湾）吕应钟、世新大学（台湾）叶言都、"中央大学"（台湾）康来新，都有相关科幻课程开设。台南大学黄瑞田写了研究我作品的硕士论文后，最近也开了"科幻与儿童文学"课程；台东的儿童文学研究所，对科幻更是重视；我则似写作苦行僧，几十年来默默前行，师大人文中心（台湾）曾邀请我开设"科幻创作与儿童文学"课程。

但两岸对待科幻文学的态度，判然有别，台湾自由开放，科幻不曾遭受批判，不需负载科普任务，大陆甩脱科普桎梏才是近几年的事。当年张系国的名作《星云组曲》所达到的艺术高度，在台湾震动了知识界和年轻读者，1992年安徽少儿出版社出版简体字版时，列入叶永烈主编的《世界科幻名著》，书名却不能免俗地被更改为《未来世界》，与我的《地球逃亡》少年科幻同时出版。很明显，大陆的出版社着眼于倾向青少年读者的科幻市场，强调科幻文学的少儿倾向性。于此可证，台湾科幻作者对此少有觉知，可能因为作者人数稀少，作者多以写成人科幻为主，在我闯入儿童文学界的当时，是努力在向主流文学界靠拢。正如李瑞腾引述的论文所指出的，希望能够达到"通俗文学的非通俗化"，台湾儿童文学界则把优秀的少儿科幻视为宠儿。

由于科幻在中国大陆曾经担负起"科学教化"之大任，科幻几乎与儿童文学画上等号，是可以理解的。大陆对待科幻与儿童文学的态度则与台湾有别，韩松在《科幻，拒绝为少儿写作》一文指出：科幻天生便是儿童文学，这已是一种全民性的观念，而且更多地被不看科幻的人顽固地持有，同时他们又把这种观念扩散到了社会的每一个领域；但他们在谈论科幻时，往往并不是说它像祖国的花朵一样可爱，而是内心深处充满了瞧不起。

科幻被视为儿童文学，跟儿童文学扯在一起，是被糟蹋了吗？儿童文学这样低幼，该被看轻了吗？两次夺得台湾科幻大奖的上海电视大学教授姜云生，1996 年在参加台湾的文学研讨会的论文中指出，科幻小说在中国大陆被深深地打上了科普的烙印，"另一个令人啼笑皆非的结果是：科幻小说作家被视为儿童文学作家，科幻小说与儿童文学中间画上了等号"。以十三亿人口的大陆相对于台湾对待科幻作品的开明、开放态度，大陆科幻作家想法未免悲哀，但也是其来有自。科幻小说固然不必与儿童文学画上等号，我一直认为它是一种"童话特质的文学"，至于儿童文学被传统的主流文学排斥于外，举世皆然，可也不必妄自菲薄。《简明不列颠百科全书》说："儿童文学虽属文学主流中的支流，但也有其可辨认的历史。"法国的埃斯卡皮（Denise Escarpit）在欧洲百科文库《欧洲青少年文学暨儿童文学》绪论第一句话，就是对儿童文学的当头棒喝："儿童文学与青少年文学是文学史、文学批评或历史批评书籍中的'弃婴'。"在该书结语中，又平心静气客观地说明，儿童文学反映了政治、社会、文学的改变和主要的文学潮流，还是有它特殊的地方："儿童文学与青少年文学常被归于次等文学或边缘文学，因为它是属于一小部分特定年纪的读者……我们可以接受次等文学的称呼：这种文学并非针对一批未分化又笼统的读者，而是一种配合它的读者而产生的文学。"

母亲想象力，生下奇幻与科幻两个儿子，这"幻家两兄弟"，有时好得不得了，面貌相似难辨，打起架来难分轩轾，纠结成一团，硬把两人拉开，更分不清谁是谁，然而科幻、奇幻的童话精神是一致的，兄弟俩的母亲就是"幻想"，他俩都姓"幻"，只是名字不同。早在20世纪70年代我开始写成人科幻小说，便体悟到"科幻小说是成人的童话"，前几年却还读到有人说，科幻被当作"成人童话"似乎被看不起。其实，"成人的童话"是另一种富于想象力的文类，有何不对？

张系国1985年出版的《夜曲》附录，与王建元教授对谈《科幻之旅》，说得明白，科幻小说本来就是一种次文化，可以不需要主流文学的认可，"最近才有人开始辩论'科幻小说'是不是应该叫'Speculative Fiction'……这可以说是科幻小说家的'堕落'，企图占有主流文学的地位，所以才想要改这些名词。这堕落是反面的意思，由次文化堕落回主流文化去……"这样的真知灼见，击中了科幻作者争主流的情结，当年我却未曾留意，直到两年前作论文时整理旧文稿，才有新发现和感触。

华文科幻作者无须汲汲于耕耘与收获的不成比例，应该反省作品是否有良莠不齐的情况，反省是否渲染凶杀、怪诞、情爱、侦探打斗等，过度通俗娱乐化描写，有没有在作品中投注高格调的艺术追求。当然，叫好的作品未必叫座，能叫好又叫座的作品，才是梦寐以求的目标。科幻作品完全可以提升到与主流文学并驾齐驱，甚至飞扬超越，为主流文学所难企及，作者没有气馁的理由。

（节选自《中文科幻百年文学迷思》）

【作者简介】

黄海：著名台湾籍科幻作家。曾获得"国家文艺奖"、两次台湾中山文艺奖、台湾洪建全儿童文学奖、台湾五四文艺奖章、首届海峡两岸中华儿童文学奖、台湾东方少年科幻小说奖等多项文学奖项，同时著有大量科幻理论研究文论。

我是科幻海洋里的一朵浪花

——少儿科幻文学创作浅见

张　静

20 世纪 80 年代初，我邂逅了一本名叫《科幻海洋》的杂志。刊物上刊登的科幻小说深深吸引了我，尽管当时我已经步入中年，却依然想入非非，决定尝试写一篇科幻小说投稿给《科幻海洋》，这个中篇科幻小说题为《神秘的声波》。

曾经有人提醒我，报刊上有人依旧把科幻小说当作"伪科学"、"精神污染"和"毒草"在批判，我却固执地认为：科幻小说和纯文学小说一样有良莠之分，把科幻小说整个类型当作毒草批判是极端不公正的。依然我行我素，这篇科幻小说我还是毅然投给了《科幻海洋》。不久，我欣喜地收到《科幻海洋》编辑部来信：《神秘的声波》即将刊用，并且希望我继续为他们写稿。谁知不久，《科幻海洋》迫于舆论压力停刊，我的那篇科幻小说也如泥牛入海，从此杳无音信。

直到三年后，我突然接到天津新蕾出版社编辑李群老师来信，邀请我参加在天津召开的全国首届科幻创作笔会。原来，我的处女作《神秘的声波》在《科幻海洋》停刊后被细心的资深编辑叶冰如大姐转给了《智慧树》。随着国家改革开放社会大环境的改变，科幻小说终于有了立足之地。

在 1985 年的天津科幻创作笔会上，我见到了童恩正、刘兴诗、肖建亨等科幻小说前辈和科幻作家董仁威、吴兴奎以及当时的科幻新秀吴岩等人，还有人民文学出版社的黄伊、《科学文艺》的谭楷、《少年科学》的沙孝惠等资深编辑。这次笔会是我国首届科幻创作笔会。之前，也就是从 1979 年至 1983 年前后，科幻小说受到过一次又一次、一波又一波的批判：有的科学家认为科幻小说是"伪科学"；有的文学家则认为科幻小说是不登大雅之堂的"另类"；更有甚者把科幻小说当作"精神污染"进行打击批判。才华出众、写过《小灵通漫游未来》等脍炙人口的科幻作品的科幻作家叶永烈，在受到铺天盖地长期不公正的批判后，"挂靴"改为纪实作家；写过著名科幻小说《飞向人马座》的科幻作家郑文光，中风病倒。这次来参加科幻创作笔会的童恩正、刘兴诗可谓是"劫后余生"。这次笔会的学习交流，使我受益匪浅。尤其是当年的中国作家协会书记处常务书记鲍昌，特地从北京前来看望我们并且做了发言。他在讲话时将中国的科幻小说比喻为"灰姑娘"，希望大家创作出好的科幻作品，相信以后中国作家协会将会拥抱、接纳这位"灰姑娘"，但是这要有个过程……鲍昌的鼓励，使大家感到温暖，增强了信心。

　　会后不久，我的短篇科幻小说《最美的眼睛》在《科学文艺》第十二期发表；接着，1986 年 1 月，被搁置几年的《神秘的声波》也在《智慧树》发表，并且获得了首届银河奖。就这样，我不知天高地厚地闯入了科幻的海洋，从此利用业余时间兢兢业业地徜徉在科幻海洋里，成了科幻海洋里一朵小小的浪花。由于担心"灰姑娘"受批判，所以我常用笔名"晶静"发表科幻小说，作品陆续在《科学文艺》《少年科学》《我们爱科学》等杂志发表。以后又陆续出版了几部科幻小说集和长篇科幻小说。我创作的长篇科幻小说《沛沛的小白船》（科学普及出版社 1999 年 6 月出版）、《寻父探险记》（明天出版社 2000 年 1 月出版）分别被评为山东省建国五十周年儿童文学奖、首届齐鲁文学优秀儿童文学奖。这期间，著名儿童文学作家邱勋老师（时任山东省作家协会副主席，山东省作家协会儿童文学委员会主任，中国作家协会儿童文学委员会委员）给了我很大鼓励。当时他创作的《微山湖上》等儿童小说早已脍炙人口。我和邱老师素不相识，但是他对科幻小说丝毫没有门户之见，他是通过我的作品了解我的。经邱勋老师介绍，我加入了中国作家协会（当时科幻小说作家被接纳为中国作家协会会员的还只是凤毛麟角）。此后，我的长篇科幻小说《小活宝碧海探奇》获得文化部举办的"蒲公英"儿童文学奖。我创作的作品大部分是少儿科幻小说，现就少儿科幻小说的创作，谈谈我个人的体会和浅显的看法。

科幻小说是类型小说，我把科幻小说比喻为一只海鸥。首先它是小说，属于文学范畴，所以"文学性"是它的本质，是灵魂；而想象力和科学精神，则是它的两翼。科幻小说和其他文学作品一样，要有故事，有性格鲜明的人物、跌宕起伏的情节。与此同时，作为科幻小说，它的一侧要有丰富的想象力，另一侧要有一定的科学精神（或称为科学理念），这只"海鸥"才能展翅翱翔于科幻海洋的天空，穿越于宏观或微观世界，徜徉于遥远的未来或过去，驰骋于自然、社会、哲学、心理各领域。

好的故事来源于生活。写作技巧固然重要，但是好的故事更主要应该来源于生活的实践和积累。我退休前在海洋部门做过宣传、行政、基建等工作，经常去偏远的、条件艰苦的海岛、海洋站了解情况，要把海洋站的工作和好人好事总结上报，或做成幻灯片跟随电影组到基层放映。为此我去过不少海岛，如位于黄渤海的南黄岛、石岛等，东北的大鹿岛等地。三十多年前海岛生活环境艰苦，海洋站工作条件差，但也让我长了不少见识。我们单位还有海洋科考船、海洋环境监测船、极地考察船，使我有机会和船员以及科学考察人员接触，这些都为我业余创作提供了丰富的灵感和素材。当然，许多体验生活的机会需要自己去争取，要做有心人。科幻作者只要关注生活，注意积累，生活就会给你回报，创作时就不难有好故事、好人物在脑海出现。我过去在《少年科学》发表的中篇科幻小说《浪花城》《大海的洗礼》《拖冰山的孩子》《穿越时空访南极》等，都受益于生活积累。

幻想、想象力是人类思维的一种特殊能力。儿童想象力的培养常常和家庭以及学校有关。十多年前，青岛少年宫一位老师曾经对我说：有一次上美术课，有个孩子照着黑板上画牛，却把牛的方向画反了：牛头朝东却画成了牛头朝西，而且还把牛身咖啡色涂成了橘红色。陪在一边的家长为此很生气，她斥责孩子，非要让孩子重画。老师说，像这样的家长怎么可能培养出有想象力的孩子？那时候许多家长不允许孩子看科幻、奇幻类课外图书，认为这些书会把孩子脑子弄乱，让孩子变得"想入非非"，影响正课。学校也是应试教育，学生作业负担沉重，没有自己的爱好选择空间。十多年过去了，如今的儿童画丰富多彩、天马行空，许多童话、奇幻、科幻类图书畅销，这说明时代在进步。记得我小时候在上海读书没有那么大压力，兄弟姐妹五个和父母同住在一间不足三十平方米的房子里，暑假我从同学那里借来《安徒生童话》《格林童话》《鲁滨孙漂流记》等图书在地铺上看得津津有味，从此《白雪公主》《小人国和大人国》《海的女儿》《灰姑娘》《拇指姑娘》《皇帝的新衣》等故事伴随我度过清贫却快乐的童年时光。童年时所看的童话对我后来写作科幻小说的审美导向无形中有很大影响。童话和科幻小说在幻想方面有着相通的美学价值，写少儿科幻小说的作者不妨从童话中汲取一些营养和启示。但是借鉴不等于模仿，我在创作科幻小说时注意到本土文化元素，尽量使我的科幻小说有中国风。我国有许多古老的神话，丰富的想象是神话的重要特点。我国许多原始神话存在"散杂""简单"的问题，这正好给予我们更多的想象空间。我以前发表在《科学文艺》的科幻小说《女娲恋》《夸父追日》《盘古》，以及这两年发表在《海底世界》的奇幻类海洋神话故事《精卫填海》《八仙过海》《龙女牧羊》《徐福渡海》等作品，都从我国古老的神话中获取灵感。

关于"科学性"，我认为在少儿科幻小说创作中，更注重的应该是科学精神和科学理念的体现。科学精神主要通过富有幻想的故事体现人们勇于探索、探险，敢于创新，树立环保意识、天人合一思想，永远保持一颗对新鲜事物的好奇心等方面。作为儿童科幻小说，对于科学知识的描述不宜太深奥，简单明白即可。我特别欣赏阿基米德的一句名言："给我一个支点，我可以撬起整个地球。"这句名言的前半句是科学依据，后半句是气势宏大的幻想。这是一句多么有逻辑、多么浪漫的科幻诗句啊！没有对如何撬起地球做过多的科学论述，只要一个支点，却把科学幻想描述得如此引人入胜。还记得美国科幻作家汤姆·戈德温有一篇科幻小说《冷酷的平衡》，故事描述一位姑娘偷偷登上一艘宇宙飞船，想去见见在外星球作业的哥哥。这艘宇宙飞船的任务是给在外星球作业得了重病的勘探人员运送救命的疫苗，途中驾驶员发现精心设计好载重的飞船意外失衡，继而找到了偷渡的女孩。为了保持飞船的平衡，及时挽救在外星球作业人员的生命（包括女孩的哥哥），女孩最终选择让宇航员将自己抛向太空。这个故事没有具体的科学知识传播，讲的只是一个科学哲理：科学是有规则的，违背规则就会失去平衡。这样的科幻故事同样感人至深。

最后谈谈少儿科幻阅读的年龄段问题。人的生命进程是有一定规律的，除了特殊情况，孩子的成长在不同的年龄段有不同的认知能力和心理状态，所以科幻小说应该有儿童科幻和少年科幻的区分。不论是儿童科幻还是少年科幻，童真、童趣和可读性，是少儿科幻作家描述故事中应该注意到的，只有当作家和孩子们平视时，才能和他们一同成长，才能写出被他们接纳和认可的作品。

我很羡慕现在创作科幻小说的年轻人，他们思维敏捷，学历高，知识丰富，在网络时代信息灵通，视野开阔。我在六十多岁以前，很长一段时间是用手写作的，也叫"爬格子"。当许多人开始用电脑写作时，我还固执地认为"十指连心"，手写的文章是从内心流淌出来的，而用电脑打出的文章要经过机械转换，影响思维的流畅。直到有一次我不小心右手腕骨折后，写字手总是发软发抖，才开始学电脑打字，这才发现电脑打字原来有那么多的好处……由此我体会到，既然要做一朵遨游于科幻海洋里的浪花，我就要活到老、学到老，向年轻的科幻作家们学习，与时俱进，接受新事物，在科幻海洋里尽一份微薄之力。

【作者简介】

张静：当代科幻作家，中国作家协会会员。著有科幻小说集《神秘的声波》《张静佳作选》《穿越时空访南极》。曾获得首届齐鲁文学优秀儿童文学奖、文化部第三届"蒲公英"儿童文学奖，及全国科幻小说银河奖。

少儿科幻中的英雄形象

超 侠

当我们说少儿科幻的时候，总是会认为那是比较低幼、比较浅显的科幻作品，这种认知长期以来可能误导了我们。我们不妨扩大一点儿少儿科幻的范畴，可以称为"青少年与儿童科幻"。这样的话，我们就会看到，很多我们耳熟能详的科幻作品、科幻人物，其实都是属于少儿科幻的。

乔治·卢卡斯说过，其实他的《星球大战》是给 10 岁的男孩子看的。可见这部作品当时的定位，也就是我们所说的青少年科幻。现在的 70 后、80 后，小时候都应该看过两部风靡中国的科幻作品，一部是科幻动画片《变形金刚》，一部是日本科幻特摄片《恐龙特急克塞号》。相信很多人对科幻的热爱，也是从那个少年时期建立起来的。高大英明的擎天柱、调皮可爱的大黄蜂、热血勇敢的补天士等等，都是《变形金刚》动画片里给我们力量、给我们感动的英雄形象。而在《恐龙特急克塞号》中，每次男主角变身为时代战士"克塞"时，都让孩子们大呼过瘾，并且不断地模仿他的手势和招式，特别是他那招"时间停止"，估计没有男孩不会。如此种种，可以看出来，其实科幻作品，特别是少儿科幻中英雄的形象，对青少年是具有非常巨大的诱惑力和吸引力的。也许当时大家并不知道这是什么片子，不管是幻想也好，魔法也好，武侠也好，好看才是王道。而少儿科幻作品中，不但有神奇的幻想，更有高科技知识，还有各种各样的英雄，所以这样的作品，是科幻能够壮大发展以及科幻能够获得广泛的关注和喜爱的未来趋势。

我们再来看如今全世界最受欢迎的各种科幻、动漫等作品，除了

《星球大战》之外，漫威的《钢铁侠》《蜘蛛侠》《复仇者联盟》等等，DC 的《超人》《蝙蝠侠》《神奇女侠》等等，这些作品最初的来源，就是漫画。针对青少年创作的科幻漫画，当青少年们长大成为大人，他们也永远会记得他们小时候看过的那些英雄、那些科幻，他们会为科幻注入更鲜活、更蓬勃的力量。

上面我举的这些青少年科幻作品，虽然没有成人科幻、史诗科幻或者核心科幻那样的深邃和宏大，那样的哲思和深远，但是它们对青少年、对未来一代的影响是永恒的。你不可能一开始就让小学生看《三体》，还要求他们看得很爽，这样说不定会对热爱科幻的孩子们揠苗助长。孩子们更喜欢的，恐怕还是凡尔纳的《神秘岛》《格兰特船长的女儿》这样一些青少年科幻冒险的故事。

今天，很多孩子是看着《奥特曼》《喜羊羊与灰太狼》《赛尔号》等这些在成年人看来很浅显的科幻或者带着科幻色彩的作品长大的，相信看着这些作品长大的孩子们，他们之中将来能够出现充满想象力与创造力的科学家、企业家、作家、艺术家，甚至是国家领导人，等等。

值得庆幸的是，在我们许多写少儿科幻作品的作家当中，已经有人创造出了符合我们中国人独有的、特别的少年英雄的形象。"少儿科幻"这个概念一直都很模糊，但是通过对比和梳理，我们能够看到许多这样的脉络。相比于青少年科幻，儿童科幻可能会比较低幼，甚至更像童话，比如郑渊洁先生写的许多科幻童话作品中，皮皮鲁就是很典型的小英雄的形象，他借助各种各样的神奇的发明和科幻武器，上天入地，无所不能，又充满了正义感，是小读者们最熟知的少年英雄。到了 20 世纪 90 年代，杨鹏老师创作了少儿科幻小说《校园三剑客》，真正突出了少儿、科幻的感觉，把各种科幻概念、克隆人、变异怪物、时间机器等等融入精彩的故事中，赢得了小朋友的喜爱，校园三剑客也成为受孩子们欢迎的少年英雄。潘海天的《大角快跑》里的大角，陆杨的《探险小龙队》里的小龙，以及超侠的《少年冒险侠》里的丁野和《超侠小特工》里的奇奇怪等，都是一个个成长中的中国式少年英雄的形象。归纳中国的少年英雄形象们，有以下几个特点：富有正义感、好奇心，甚至有些叛逆，喜欢挑战不可能。这可能是和我们所受到的比较压抑的教育有关系。

从世界范围来说，青少年科幻中，《安德的游戏》《饥饿游戏》《移动迷宫》等可能对青少年的描写更青春化，更无限制，可以恋爱，可以有很多的暴力。所以这是我们中国作家在创作少儿科幻作品时应该把握的一些尺度问题，我们可以用幽默来化解暴力，用侧写来讽刺残忍。

如何塑造好少儿科幻中的英雄的形象，这是个仁者见仁智者见智的问题，其中最关键的一点，就是要跟随自己的心。每个人都是从孩童时代成长起来的，尽管时代变迁，事物发展迅速，但所有孩童的心都是一样的，我们如果能抓住自己内心的纯真、内心的童趣，而不是用模仿和技巧来取代自己的童心，我相信，一定能创造出受到广大少年儿童喜欢的科幻英雄、科幻人物，从而让更多的孩子们热爱科幻，投入科幻事业，让科幻的想象力之花、创意之美，盛开在每一个行业里面，世界就是科幻世界，科幻就是现实，就是未来，就是信念！

【作者简介】

超侠：著名科幻作家、童书作家，影视编导，原名尹超。中国作家协会会员，世界华人科幻协会少儿专委会主任。作品有《少年冒险侠》系列、《超侠小特工》系列等。

我的少儿科幻创作谈

陆 杨

提到少儿科幻的特征，首先要将少儿科幻分解为"少儿"和"科幻"。而"少儿"就决定了少儿科幻是儿童文学读物中的重要门类。为什么说它重要，因为它能够将人类科技文明进步的方方面面浓缩到作品中，并以浅显易懂的方式让孩子们看到人类文明的过去、现在与未来，激发他们的无限幻想。接下来，我将结合个人的创作，谈谈少儿科幻应该具备的四个主要属性。

一、童趣属性

（一）通俗易懂，生动活泼

儿童文学作品，是指以儿童为阅读对象的文学作品。读者为 0~5 岁的学前儿童、5~8 岁的初年级小学读者、8~11 岁的高年级小学读者、11~13 岁的初中读者、13~15 岁的青春期读者。而就目前的阅读现状来讲，随着社会科技文化的进步，很多儿童文学作品富含了越来越多的知识养分。而小读者的认知能力也在逐渐增强，一部分小学中高年级的读者已经能看懂初中甚至高中的读物，这使得作者在创作少儿科幻文学作品时，除了要考虑作品的童心童趣外，还要赋予作品更多的知识点与想象力。叶永烈老师创作的《小灵通漫游未来》曾经影响了几代人，书中很多关于未来的科学幻想已经成为现实，还有一些即将成为现实。曾经的我们，在阅读这本书时，对未来的生活充满期盼。而如今，书中的环幕立体电影、家用机器人、科技生态农场等早已走进了我们的生活。

（二）儿童本位，童心趣话

少儿科幻文学的特殊性在于创作者通常是成人，而阅读者却是儿童。这决定了少儿科幻文学的价值尺度、文学趣味、表现方式等往往取决于成人对儿童的态度，也就是通常所说的"儿童观"。杨鹏老师的《装在口袋里的爸爸》将幻想与童趣有机结合在一起，用幽默有趣的描写手法，讲述了父子之间一个个脑洞大开的幻想故事，赢得了全国小读者的喜爱。而少儿科幻作家超侠的《超侠小特工》系列、陆杨的《小鱼大梦想》系列、马传思的《你眼中的星光》、赵华的《大漠寻星人》、王林柏的《拯救天才》等作品也以充满童趣的描写手法，创造出一个个奇思妙想的神奇世界。

二、科普属性

少儿科幻小说能够帮助儿童学习和掌握科技、地理、人文、历史等科普知识。从孩子们的阅读天性来讲，生涩难懂的科普书会使他们产生本能的排斥，而简单的科普绘本又满足不了他们对科学知识的好奇。这时候，少儿科幻文学就承载着启发想象力、传播科普知识的重要作用。少儿科幻文学可以在讲故事的过程中，将科普知识循序渐进地传递给孩子们，使得他们在阅读中潜移默化地掌握这些知识点。例如，天天出版社出版的《原创儿童科幻文学丛书》，内容包括航天发射、空间探测、气候控制、人工智能、时空旅行、量子意识纠缠、地外文明等，可培养中国儿童的科学精神，增强其对科学的兴趣，为其未来具备良好的科学竞争力打下基础。丛书共八册，包括《厄尔尼诺诅咒》《上古追缉》《食梦少年》《世纪之约》《月球闭合线》《奇奇怪太空游侠》《彗核》《天地奇旅》。

同时，由科学普及出版社推出的《新锐少儿科幻作家作品系列》也是一套不错的科普科幻丛书。该系列丛书的作者谢鑫、马传思、张军、赵华、陆杨都是国内知名的少儿科幻文学作家。丛书内容包括未来科技、生物进化、基因工程、星际探索等科普知识。丛书共五册，包括《乔冬冬校园科幻故事》《水母危机》《捉住一颗星辰》《逃离天才岛》《绿星少年》。

三、科学属性

种子阶段：

少儿科幻能够为孩子种下科学的种子，使得他们对未知充满好奇，并且对科技与未来充满向往。以我为例，在看了由张之路老师担任编剧的中国第一部儿童经典科幻电影《霹雳贝贝》后，我就梦想着自己身上能冒出一些特异能力，幻想着能够见到天外来客，让我平凡的人生可以进行一次开挂之旅。

发芽阶段：

既然心中有了种子，在科幻的阳光雨露照耀与滋润下，我开始尝试创作科幻小说。在 2001 年左右，我有两篇科幻小短篇《天杀》与《叛逆者》有幸刊载于《科幻世界》内刊《异度空间》。从此，开启了我的科幻创作之旅。

成长阶段：

随着阅读与创作的不断深入，我感觉自己更适合为儿童创作少儿科幻文学作品。因此，我开始大量阅读和学习《宝葫芦的秘密》《校园三剑客》等少儿科幻文学经典佳作，为自己的创作积累宝贵的知识。

循环阶段：

通过近二十年的不断学习，我在少儿科幻文学创作中取得了一点儿成绩，目前在全国十六家专业少儿出版社共出版各类儿童文学图书 100 部，总字数达到 1000 万字，图书总发行量达 300 万册。其中，少儿科幻小说有 56 部。而我的核心品牌图书《探险小龙队》少儿科幻科普冒险系列丛书已出版 34 册，总销量突破 100 万册，荣获国家级奖项 5 次、省级奖项 3 次。从我的阅读与创作经历来看，少儿科幻改变了我的人生道路，使我能够穿越现实时空，抵达幻想世界的任何角落，并用自己的一点点微光，努力去照亮更多少年儿童的科学幻想之路。

四、幻想属性

少儿科幻能激发儿童的想象力，创造出属于孩子们的幻想时空。董仁威老师在《浅论中国少儿科幻》一文中写道："想象本来是孩子的天性。然而，现在孩子的学习压力越来越大，家长和学校重视知识和技能的教育与培训，却忽视了对于孩子想象力的保护和培养。而少年科幻文学对保护孩子们的幻想至关重要。科幻作品能够给孩子提供丰富的想象天地，可供孩子遨游，最大限度地抚慰孩子的心灵，让他们得以充分展现自我。"中国首位迪士尼签约作家、中国少儿科幻小说创作领军人物杨鹏老师曾经说过："他童年时代阅读的大量幻想作品，对他的一生产生了非常重要的影响。"因此，杨鹏老师从 2007年开始与《小学生拼音报》合作，在全国开展"幻想中国，书香校园"活动，呼吁社会、学校、家庭保卫孩子的想象力，开发孩子的创造力。

而我从去年开始，在出版社和教育机构的邀请下，已在四川、广东、上海等省市开展科幻科普讲座 50 余场，听众达到了 10 多万人。未来，我还将继续奔赴全国各中小学校进行科幻科普讲座，传播科幻科普知识，激发少年儿童的想象力。

【作者简介】

陆杨：著名少儿科幻作家。中国作家协会会员，世界华人科幻协会少儿专委会副主任。作品有《小鱼大梦想》系列、《探险小龙队》系列等，曾多次获得各项文学大奖，并有作品输出海外。

浅议科幻儿童文学的叙事角度

翌　平

今天我希望谈谈科幻儿童文学创作中的一些细小的东西。作为一名作者，谈论创作，我和许多同行会有一些相似的兴奋点，那就是该如何把作品写好。老实说，对小说技法和旨趣的探求，是让每个作者感兴趣又伤脑筋的事情，好的作品，特别是科幻小说，我觉得它的重中之重在于布局。这种布局指的是时空维度的（作者幻想出的世界），也是写作的结构（作者从什么角度审视人和虚拟世界的关系），更是思想的深度。一部优秀的作品，如果一开始就旨在追求思想的深邃和文学的本质，从起点就已经胜出一筹。

我这样说是因为科幻作品有自身的特点和传统。首先，对人性本质的追问，对人类共同命运的悲悯、关怀，对世界的起源和去向的思考，都成为优秀科幻作品的内核，儿童科幻作品也不会例外。

现在每年众多的科幻大片，受到男女老少不同年龄不同人群的喜爱，其中不乏优秀的科幻电影。像《云图》，它由六段看似无关却又环环相扣的故事组成，每段故事都像是浩瀚宇宙的交响乐曲的一章，故事的主人公不同，年代和人文背景也不一样，但它们又都似曾相识，每段故事都关注着人的共同命运，它赞美那些压迫下的抗争、渴望自由的人类觉醒，这冥冥之中的旋律，闪烁人性的熹微之光。波谲云诡的故事情节与亘古未变的心灵向往，构成一幅绚烂多姿的宇宙云图。

再比如科幻电影《忧郁症》，讲述一个女孩在步入婚姻殿堂的美妙之夜却总是莫名其妙被某种阴郁笼罩着，热闹而充满欢笑的婚礼下面，似乎隐藏着某种大家都不愿捅破的不祥。随着时间的推移，家庭的和睦与爱人的温情都逐渐褪下了面具，观众发现一颗小行星正在无声地接近地球，那颗明亮皎洁的天体，正不断靠近，不偏不倚地在人们的视线里一点点放大。飞来的天体似乎是女孩忧郁的原因，也好像让她阴郁的心结得到了最后的拆解和释放。忧郁可能是人类面对万劫不复时的本能，影片结尾女孩以一种温和、安静的方式，等待着那个巨大天体的到来，与家人一起迎接着无法避开的宿命。

还有电影《她》，讲述未来（也许就是明天的世界）人和人工智能 OS 系统之间的恋情。人性中恒有的孤独和无法愈合的心灵创伤，在同一种无法触及、看到，却又无处不在的温婉爱抚之中得到治愈，电影很认真地叙述着高科技世界中人性的脆弱和人与机器建立某种亲密关系的可能性，让观众感受到科技的发达和人悲惨生存境遇之间的悖论、高科技时代人类面临的精神和肉体的危机和机遇。像这样的作品无不因为其深刻的思想内涵和人文关怀成为优秀的科幻作品。

其次，关于儿童科幻作品的文学性，其作为文学的内核，在儿童科幻作品里是应该得以体现的。现代文学从五四运动开始，文学的起点是"人的文学"，逐渐衍生出"儿童的文学"，人文情怀和对人类的关爱和悲悯是一脉相承的。在中国文学的发展过程中，涌现出各式各样的流派，各种作家风格迥异，文学主张不尽相同，但"以人为中心"的文学思想是基本一致的。像儿童文学中早期凌淑华的《小哥俩》、冰心老人的《寄小读者》、张天翼的《大林和小林》，甚至在女作家萧红的代表作《呼兰河传》中，都展现出儿童视角对世界的叙述和解读。这些作品并没有因为回避现实的真相，或者为了适应某种创作目的，故意粉饰、遮蔽现实，而是在对生活真实的虚构中，让儿童呈现出本性的童真、童趣，天性中的善良和单纯。在沉重的现实下，这样的品质尤显可贵，这也正是儿童文学特有的文学性的表达。所以说，对于当下的儿童科幻作品来说，文学性的书写和表达是不可或缺的。

最后，关于儿童科幻作品的表达方式，其既是一种写作技巧，也体现着作者的写作观。对作品的表达可以多种多样，像卡尔维诺倡导的那种"轻逸"的写法尤为引起写作人的思考。如何用一种笔法轻逸地描绘人生的复杂和世界的沉重？在他的文论中，他援引了一段希腊神话，他的这种叙述正体现了自己倡导的不凭借阐释，用"轻逸"让读者感悟到文学的魅力。希腊英雄铂尔修斯想要杀死女妖美杜莎，可不能直视她的双眼，因为与她的目光相遇，会立刻变成石头。于是他凭借长着翅膀的鞋子，飞翔到女妖的身后，用青铜盾牌当作镜子，透过风雨呈现女妖的影像，把女妖的头砍下来。后来铂尔修斯将女妖美杜莎的头藏在背囊里，与敌人征战时，这个头颅成为他的秘密武器。他会将长满小蛇的美杜莎的头突然举起来，看见她的眼睛的敌人就立刻变成石头。希腊神话关于铂尔修斯的神话，以卡尔维诺的说法就是一种"轻逸"的叙事。铂尔修斯通过铜镜的映照避开美杜莎杀人的目光，又利用飞鞋绕到女妖身后杀死她，这种趋利避害的叙述，让本来带有沉重现实感的故事变得格外"轻逸"。如何用简单寻常的故事，呈现幻想题材应有的文学深度和思想的分量，是衡量作品优秀与否的一个标准，也是作者追求的一种境界。对于科幻儿童文学作者来说，创作浅显易懂，读起来吸引人的作品，是很好的。如果能创作出源于生活却又不被生活所羁绊、充满灵性的文字，这样的作品一定会像希腊神话中铂尔修斯的那双长着翅膀的飞鞋一样，给读者带来更宽阔的想象空间。心之所向，轻逸驰骋。

【作者简介】

　　翌平：中国作家协会会员。作品曾获得新闻出版署图书奖、北京市建国 60 周年文学作品优秀奖、上海市优秀儿童图书奖和冰心儿童图书新作奖等。

科科联手，变幻无穷

李知昂

谈起两岸的科幻之路，无论哪一岸，都不可否认，其中一部分必然与科学有关。科幻具备文学与科学的双重性格，这是笔者以"科科"（科学、科幻）破题的最主要理由。

笔者来自 IC 之音·竹科广播，这是一个在新竹科学园区附近的广播电台，近距离见证台湾发展科技、兼顾人文创新的尝试。半导体公司台积电的市值刚刚超越英特尔，但或许没有很多人知道，他们支持论语、老庄、墨子等有声书的制作，推动文学奖、书法、艺文演出，每年的台积心筑艺术季均成绩斐然。

在科学、科技的本质之外，同时看重人文层面，台积电不是科技公司中的孤例。限于篇幅，无法一一细数。但有个例子我很想谈，就是宏碁集团创办人施振荣先生，他极早喊出台湾要发展成为"科技岛"，虽然他有点儿后悔，当初没有讲"人文科技岛"，后来再补上来不及了，大家只记得科技岛，但他还是身体力行，致力于科技与人文发展。

科技与人文结合

施先生是科技业的企业领袖，却曾经亲自兼任文化艺术基金会的董事长长达六年，直到去年 (2016 年) 才卸任，该会支持过许多两岸交流活动，以艺术活动为主，也包括科幻文学。他也主张企业或个人追求国际化，并且要对国际社会做出贡献。

不可否认，台湾还是重视科技岛者众，对于人文创新、国际化的回响相对有限。以文学界来看，台湾的确有具备科幻元素的文学作品走向国际，例如伊格言、吴明益的作品，但整体来说不多，而且读者未必把这些作品划归科幻文学，更可能是划归纯文学。相对而言，随着刘慈欣、刘宇昆掀起浪潮，大陆科幻文学的国际化，则是形象鲜明，成绩斐然，且通常是以科幻文学为人所共知。

但台湾还是有一些发展的条件，例如施振荣去年 (2016 年) 又把人文科技岛的观念更新了，主张发展东方硅文明、创新硅岛。台湾科技产业对人文的推广，实际投入的资源虽有多寡之分，至少在理念上普遍认同。那么，所谓发展东方硅文明要怎么做呢？

可能的方向甚多，笔者只举一个例子，与少儿科普、科幻相关。台湾现在已经在倡议教小孩子写计算机程序，当然有赞成或反对的不同声音出现，但观念的激荡是有趣的。笔者就在想，在这个领域，人文、文学，甚至科幻文学，能够扮演什么样的角色呢？有没有一些有趣的少儿科幻故事，可以让孩子在快乐阅读的过程中，建立逻辑思维，甚至对半导体发展的摩尔定律或写程序的基本观念，产生一些"感觉"呢？从这个例子，就可以管窥台湾的一些思考方向。

当然，也不只是这些跟产业直接相关的知识可以写，像倪匡科幻奖的推手叶李华教授，不久前就发表过一篇跟孩子谈时光机器的故事《半台时光机》；黄海老师著作等身，如在台湾获得大奖的《大鼻国历险记》等，题材就更丰富了。科幻故事融合科技与人文两者，扮演对孩子科学观念启蒙的角色，是全球许多国家都走过的路，未来应该还是会继续走下去。

科幻与科普的民间活力

笔者毕业于台湾清华大学化学系，后来当了"逃兵"，转到媒体业，但感谢母校栽培，打了一点儿底子，有幸参与科普传播相关的计划。我们也通过节目访问过自然科学博物馆的孙维新馆长。他谈到，在台湾，"轻松愉快学科学"的方式与观念，借着过去十几二十年的科普推广和努力，已经被台湾民众所见识、体会到了。这也是台湾很愿意跟全球华人社会分享的一个面向。

而许多科技产业踏入人文创新的步伐，也是从这一环开始的。许多企业的本业是科技，也许不会一下子就跳到艺术、音乐、人文经典的推广，台积电的台积心筑艺术季经过多年努力，才有今天的规模。因此，多数科技业者实践 CSR（Corporate Social Responsibility，企业社会责任），还是以自身熟悉的科普教育为起点。

除了前面提到台湾公司对科技与人文的努力，还有个例子是外商。艾司摩尔公司（ASML）是荷兰的半导体设备制造商，他们在台湾也成立台湾艾司摩尔。最近有个传闻，三星抢订艾司摩尔的极紫外光（EUV）微影设备，打算通通买走，如果成真，其他半导体厂的 7 纳米制程就会大受影响。其实这只是传闻，其他大厂应该早有准备，不过从这种消息仍可以看出艾司摩尔在业界的重要性。

台湾艾司摩尔的 CSR 服务，就是以科学为出发点，例如赞助举办小朋友的"科学扎根体验营"等等。其中有一项跟笔者的工作有关，台湾艾司摩尔透过广播，曾支持五分钟科学单元《超级赛因斯 Super Science》，由台湾关心弱势教育的台湾暨南国际大学前校长李家同引言。这个单元一开始主要谈科学史，从半导体科技谈起，后来又扩及物理、化学。接着，经过一些员工的建议，希望做一些活泼的设计，于是开始有"电影中的科学"系列，这时候就跟科幻有关了，像星际大战的死星能否打碎一颗行星、激光与光剑有哪些和平用途，都成为其中的素材。

这是一个典型的案例，科技产业的社会服务，往往由科普教育出发，慢慢引进科幻的元素、人文的元素，与大众更加贴近。因此，民间企业赞助科幻的活力是否充沛，至少在初期，往往还是系于科幻作品如何活泼地表现"科学"。

科幻改编：无妨先从音频起步

笔者任职的 IC 之音·竹科广播，曾投入科幻作品改编为音频广播剧的制作，曾经制播过的戏码，包括张系国教授经典之作《星云组曲》中的《倾城之恋》《翻译绝唱》，黄海老师《大鼻国历险记》改编的儿童广播剧《前进大鼻国》，以及笔者获倪匡科幻奖的拙作《可怕的幸福》等。

悉数台湾广播剧发展的过程，科幻作品改编不止 IC 之音一家在做，但近年来案例比较有限，一方面也是由于广播剧本身的制作量减少之故。其他影视媒体方面，囿于笔者的专业，仅能做十分粗略的观察。举例来说，第二届倪匡科幻奖首奖得主夏佩尔与创作伙伴乌奴奴，便投入影视创作，激起涟漪。但整体而言，台湾影视作品虽偶有引进科幻元素，但大多属于专业编剧团队本身的创意表现，与科幻作家社群的联结似乎有限。以科幻文学改编影视作品的市场性而言，大陆确实比较发达。

回到刚才提的，科技产业的 CSR 往往由科普教育开始，于是我们也在思考为"融入科学元素"的科幻作品制作中英版本，包括中英版音频广播剧，以寻求企业支持的可能性。不过这方面的努力还在初期阶段，有待后续进一步投入与观察。

以广播从业人员的角度，我们认为改编科幻素材为音频，还是一个可考虑的方向。诚然，影视的影响力大，影像声光效果适于展现科幻作者笔下的壮丽奇观。但影视的投资规模大，成本亦高。而在此同时，北美、大陆的 Podcast（播客）与网络音频盛行，北美的悬疑广播剧《Serial》（有人说它不算戏剧，因其为真实事件改编）点听量超过两亿。华语科幻作品若暂时无法改编成影视，不妨朝音频化思考，这也是呈现科幻作品深度的方法之一。事实上大陆也已经注意到了这个领域，懒人听书与科幻界早已展开合作。

科科连手，变幻无穷。科幻融入科学，有助于引进资源，扩大发展；

科学结合科幻，则易于贴近大众，推广普及。对于科幻具备文学与科学的双重性格，笔者始终抱持乐观期待，相信这是科幻发展的一项具体优势。

【 作者简介 】

　　李知昂：台湾科幻中生代作者，祖籍湖南益阳，现居台湾新竹。科幻短篇小说《可怕的幸福》《辩才无碍》曾分别获第一届倪匡科幻奖首奖、第一届第三波奇幻文学奖首奖等奖项。

第三篇

幻想儿童文学
作品评论

简评《小灵通漫游未来》

董仁威

《小灵通漫游未来》是著名科幻作家叶永烈创作的一部少儿科幻文学经典之作。

叶永烈在创作初期，大部分是为少年儿童写作的。由于特殊的历史原因，在那一阶段中国处于封闭状态，对外部世界科幻小说的发展知之甚少。他初期的科幻小说较注重科学性，一般总是先有了科学幻想构思，然后再进行小说创作。这一时期的代表作、影响力最大的长篇少儿科幻小说《小灵通漫游未来》，用今天对科幻小说的要求来评价，也许很难说清它的文学价值，但它是一部高水平的科普读物却是无疑的。这部科幻小说适应了那个时代少年儿童渴求科学知识的要求，起到了那些成人科幻小说未能起到的作用，发行总量达到 300 万册，据此改编的科幻连环画 1980 年 5 月第一版印数即达 75 万册。20 年前，一本两角三分钱的连环漫画《小灵通漫游未来》在青少年读者中激起的科幻"风暴"，今天的小朋友也许难以想象。《小灵通漫游未来》成为"文化大革命"后出版的第一部科幻小说，不光是少年儿童出版社大量印制，许多省的少年儿童出版社纷纷租型印刷，使这本书一下子印了 150 万册，成了当时的畅销书。这本书还被改编成三种版本的《小灵通漫游未来》连环画，连环画的总印数也达到 150 万册。所以，《小灵通漫游未来》的总印数达到了 300 万册。这本书出版以后，叶永烈收到几百封读者来信。

叶永烈以饱蘸幻想的笔墨，通过小灵通漫游未来市，绘声绘色地展示了未来科学技术的发展和人民幸福生活的诱人前景，激起人们对未来的向往，燃起读者用智慧和劳动去创造美好未来的火一样的热情。

叶永烈以报社记者小灵通漫游未来市为线索，生动形象地、循序渐进地介绍了气垫船、电视电话机、电视手表、微型直升机、飘行汽车、机器人、人造大米、人造蛋白质、无土庄稼、彩色棉花、环幕立体电影、小太阳灯，以及未来市学校、农场、图书馆、火箭飞行站等 20 多种新的科学技术。有些虽是目前尚未实现的，但叶永烈把它写得符合科学原理，因而能给人以真实感。

　　叶永烈在介绍这些科学知识时，既注意了各门科学发展的新成就，同时又注意了普及基础知识。比如《坐上了火箭》一节，主要介绍用电子计算机自动控制的无人驾驶火箭，其中还告诉读者不少有关星际航行须知的物理、化学、生物、天文等基础知识。

　　这本书较好地处理了科学性和文学性这两者之间的辩证关系，用浅显易懂、生动形象的文学语言来介绍某些尖端的科学知识，在新鲜有趣的故事情节中，巧妙地、合情合理地阐述某种科学道理。叶永烈根据儿童的心理爱好和认识事物的特点，采用天真活泼的儿童语言，讲述故事、介绍知识，并适应儿童富于幻想的特点进行艺术构思，因而以其特有的艺术力量抓住小读者。通俗、浅显、有趣，是儿童科学读物应该达到的起码要求。在这方面，《小灵通漫游未来》一书，做了可贵的探索与尝试。

　　《小灵通漫游未来》是一部凡尔纳式的硬科幻小说。有人以为，凡尔纳式的硬科幻小说不能算科幻小说，威尔斯式的科幻小说才是科幻小说。这是不对的。凡尔纳式的硬科幻小说对人类进步和科技发展的影响，至今也没有一种科幻小说创作形式能够完全取代。至今中国大陆还没有一部科幻小说，包括叶永烈自己后来写的众多的靠近主流文学的科幻小说，能超过《小灵通漫游未来》的影响力，便是证明。当今，人们把科幻小说分为"硬科幻"和"软科幻"。其实，凡尔纳式的硬科幻小说并非当今提倡的"硬科幻"，而是一种"科普式"的科幻小说。这种科幻小说在历史上对推动科技的发展起了很大的作用。《小灵通漫游未来》也是如此。

　　《小灵通漫游未来》除了丰富的科学幻想外，也具有儿童小说的情趣，其中大人和儿童的形象纯朴可爱，易于为儿童理解和接受，情节也比较生动有趣，使儿童像听有趣的故事似的被牢牢吸引住。如今，"科普式"的少儿科幻小说已被中国大多数年轻一代的科幻作家抛弃，连叶永烈在后来的写作中也不断向主流文学靠近，抛弃了这种给自己带来最大声誉和影响力的"科普式"的少儿科幻小说写作形式。其实，笔者认为，科幻小说的创作形式应该百花齐放，不能用一种代替另一种。"科普式"的少儿科幻小说有它的市场，是少年儿童喜爱的形式，也是对较近的科技展望感兴趣的部分成年读者喜爱的一种形式。科幻小说界不应抛弃和排斥这种对科技发展进行近距离展望的"科普式"少儿科幻小说。笔者相信，科幻作家不只是可以在描绘几千年、几万年、几百亿年后的社会生活上做文章，也可以在百年以内"可望亦可即"的科技展望上做文章，写"科普式"的少儿科幻小说。这样的科幻小说，也是有相当大的市场和影响力的。

当然，"科普式"的少儿科幻小说也有它的局限性和弱点，比如，容易过时、幻想性不够丰富、想象力不够强等。《小灵通漫游未来》便受到这种局限。由于《小灵通漫游未来》写于1961年，科学幻想构思在今天显得不够新鲜，对人物着墨也较少，叶永烈自己也觉得"当年的一些科学幻想，有的现在已变为现实，所以读来总觉得幻想味还不够浓烈"。比如，小灵通前往"未来世界"，乘的是"原子能气垫船"。如今，气垫船已经很普通，从上海至宁波、从深圳到珠海，每天都有飞翔船往返。所谓飞翔船，也就是气垫船。当然，小灵通乘的以原子能为动力的大型气垫船，虽然还没有出现在世界上，但是，已经不很遥远了。小灵通手腕上戴的"电视手表"，便已经变成现实。

小灵通在未来世界乘坐的"飘行车"，不仅能在地面行驶，而且能够在空中"飘行"。这种"飘行车"，在美国电影《第五元素》中，已经在银幕上"飘"来"飘"去。当然，电影中是用三维电脑动画拍摄出"飘行车"特技镜头，叶永烈20多年前的科学幻想，起码已经被美国电影导演在银幕上变为现实。小灵通见到小虎子的"老爷爷"（曾祖父）下棋不戴眼镜，很吃惊。一问小虎子，这才明白："他的眼睛不花，那是因为他眼睛里装了老花眼镜。镜片是嵌在眼睛里的，所以你看不出来他戴眼镜。我的爸爸的眼睛里也嵌着镜片，不过，他嵌的是近视镜片。"这种"嵌在眼睛里的眼镜"——隐形眼镜，如今比比皆是。

在《小灵通漫游未来》中，曾写及"未来市农场"，在巨大的玻璃温室里，工厂化生产农产品。这样的"农场"，如今已经有了。《小灵通漫游未来》中还有许多科学幻想，尚待 21 世纪实现。比如，天气完全由人工控制，晴雨随意，"天听人话"；天空上高悬人造月亮，从此都市成了真正的不夜城；家家都有机器人充当服务员；人的器官可以像机器零件一样调换，从此人"长生不死"……

现在重读《小灵通漫游未来》，最大的缺憾是书中没有写及电脑。电脑如今已经无处不在，到处引发智力革命。但是，小灵通居然在"未来市"没有见到电脑，这不能不说是极大的遗憾。

然而，这样的遗憾是可以弥补的。20 年后，叶永烈写了《小灵通再游未来》，弥补了这些遗憾。以后，《小灵通漫游未来》和《小灵通再游未来》合成一部新版《小灵通再游未来》，在 21 世纪初发行仍受到热烈欢迎。

少儿科幻与"人学"

——评《霹雳贝贝2之乖马时间》

崔昕平

张之路1987年创作的《霹雳贝贝》，曾经是一代人童年的美好回忆。许多三四十岁的成年人谈及霹雳贝贝时，都会嘴角上扬，眼神梦幻。《霹雳贝贝》在当时掀起的科学幻想冲击波完全不亚于1978年叶永烈的《小灵通漫游未来》，加之电影传媒的力量，更至家喻户晓。张之路也因此被亲切地称为"霹雳贝贝之父"。

30年前，一个带电的孩子的奇思妙想横空出世，搅动了无数孩子的心，中国版的"Wonder Boy"风靡中国。30年后，这个书封上赫然印着"Wonder Boy"的充满时尚、开放气息的《霹雳贝贝2之乖马时间》，跨越时代的阻隔，走入新世纪儿童的阅读视野。

两部"贝贝"的文本呼应

故事行进间，两部作品通过各种呼应建立起联系：刘贝贝改名刘贝，过着普通人的生活，童年时爱狗狗的他做了宠物医院的爱心医生；童年最好的伙伴杨薇薇改名杨薇，成为刘贝的妻子，他们有了一个年满10岁的儿子小贝贝；刘贝求助的研究生物芯片的科学家，是他们的小学同学金凤……一个个呼应的人物和细节，使两部作品自如衔接，亲切自然，仿似归来。

然而，30年后，这看似圆满平静的生活中，却是暗流涌动。与前一个故事的处理不同，贝贝的故事是开端即出现奇异，然后看奇异如何逐渐白热化。而小贝贝的故事，则是奇光闪现，裹着重重面纱。作品延续张之路一贯的叙述节奏，简约干练。一开篇，故事便迅速脱离了正常生活轨迹：杨薇乘坐的航班 X1844，在自动驾驶状态时出现了一段匪夷所思的飞行空白。接下来，杨薇日渐冷漠怪异的表现、问诊的怪病狗狗、寻踪而来的记者等使悬念不断叠加。巨大的悬念潜藏着巨大的情节推动力，裹挟着刘贝与小贝贝跌入重重谜团，巨大的阴谋潜藏于时尚的城市。场景的描写惊险刺激，如同电影镜头一般满屏而来。

小贝贝的天赋异禀，并没像《霹雳贝贝》那样一开篇便和盘托出，而是让他的与众不同一点一点在故事中闪现。与父亲的心灵感应、比 X 光片还清楚的扫描能力、读心术，这一切，让刘贝在小贝贝身上逐渐看到了童年的自己。天赋异禀曾经给贝贝的童年带来无限的困扰。在贝贝的故事中，这种非同寻常的能力最终是以贝贝变为一个普通人而告终的。但是在小贝贝的故事中，在科技高度发达、文化日益兼容与多元的当代，并没有被处理成呼声很高的回归普通人的结局，而是让小贝贝与刘贝共同在这个酝酿已久的惊天阴谋中担当了拯救者的角色。就像当代的孩子心智普遍比较早熟一样，较之于当年的贝贝，小贝贝多了一份处世的沉着与独立。他早已感到自己的特异之处，却能稳如成人，几次隐忍不言。而刘贝久违的霹雳电力，则在小贝贝被劫持的情急时刻得以复苏。

《霹雳贝贝 2 之乖马时间》的情节几经跌宕，但故事逻辑始终非常清晰。读曹文轩，屡屡被人性的温暖与诗性的光芒所感染，而读张之路，则屡屡被那具有理科气质的创作中冷静的思考、缜密的思维所吸引。张之路以自己的思考和创作，对当下少儿科幻文学的去向做出了文本层面的诠释。

科幻文学的现实关怀

曾有许多人感叹过，科幻文学看似建立在幻想基础之上，实则却是极具批判现实主义精神的文学，我深以为然。阅读《霹雳贝贝 2 之乖马时间》，就像当年读到张之路现实题材少年小说《题王许威武》时被扑面而来的真实性瞬间征服一样，张之路的现实关怀是深刻的，他擅以犀利而精准的笔触，描写当下的社会、人心，鲜活而极具典型性。

在这部少儿科幻作品中，故事虽然采取了快速推进的节奏，但随处可见细腻敏锐的细节捕捉。借助这些细节，作品传递出逼人的时代感。"乖马第六代"从天而降的狂热的场景描写，将我们瞬间带入了一个"乖马时代"——其实，这不正是我们身处的、令人喜忧参半的"手机时代"吗？除了当下人类对手机的疯狂依赖之外，还有如电视节目中捕捉奇闻异事、挖掘"超强一族"的狂热兴趣，小学生的作文短到只有45个字，却振振有词称其为"微作文"，大街上"跑酷"青年们追求炫酷刺激的飞奔等，时代的印记俯拾皆是。作品描述刘贝的宠物医院接待的问诊客人，包括杨薇与刘贝的家庭冷战，看似闲笔，却生动描绘出人心浮躁的现世生活状态。问诊的人像吃了枪药一样，缺少一种平和、互信的心态；为名利心态所浸淫的家庭，缺少了对生活真谛的价值判断。这些有着强烈带入感的现实写照，映射出我们身处的时代与人心深处最堪忧虑的缺失。

正所谓冷眼热心看世界。在敏锐捕捉时代印记的作家胸中，实则存着对未来前景的某种忧虑。作品中一些颇为夸张的场景描写，如手机企业宣传不遗余力，甚至不惜颠覆闻名世界的艺术品，让思想者罗丹、小美人鱼、大卫都手持一部手机，雕塑背后配以"谁统治了手机，谁就统治了世界"的充满物欲与权欲的广告语。这样的细节，读毕挥之不去。手机文化已经无孔不入，冲击着人类物质的生活甚至精神的审美。作品借助手机这一核心物象，传达着作家对手机影响无限扩大、人类对手机的依赖日益加重的现实忧虑。

少儿科幻的科学精神

"霹雳贝贝"的形象在少儿科幻作品中可谓魅力常青，而在经典之上展开的延续性创作，难度极大，也颇有风险。张之路对贝贝的再创作，我想，定有一重深义在于，少儿科幻创作需要某种充实与彰显，少儿科幻文学需要显示自己游弋于儿童幻想文学家园又自有独立门庭的文体意义。

当下少儿科幻文学创作中，具有纯正科学精神的幻想为数并不多。《霹雳贝贝2之乖马时间》中所注入的科幻元素，凸显了以科学性为幻想基础的思路。它所激发的不仅是模糊的幻想，而是科学如何在我们身边发挥影响；不仅是单纯的对神奇力量的向往，而是对科学力量本身的膜拜与憧憬。

作品引入"量子力学"理论，将"量子纠缠"设置为作品冲突的焦点：从狗狗皮下手术取出的神秘"绿豆"（"乖马球"），其实是一个"量子纠缠球"，借助于"同源量子发生器"，通过数据库对植入者实施远程控制。乖马球研究的科学起点在于解救植物人，但之后被乖马公司董事长蒲六据为己有。妈妈杨薇的反常、科学家姜达明的古怪，都源于在X1844航班奇异的失联半小时被植入了乖马球。

虽然作品中也有一些文字集中阐述科幻中不可避免的"知识硬块"，但是作家的表述非常自如，插入的位置非常自然。这些科学知识参与并推动着故事的行进，对量子纠缠理论、对"暗物质"的介绍等，不但无丝毫违和感，而且充满了阅读吸引力。量子纠缠理论不但成为情节设置的关键，而且生动阐释了"心灵感应"，呈现了以科学视角认识世界的广阔视野。

作品中也有以科学视角介入未来人类生活的假设，如借助刘贝的一个梦境，作家假想了未来人类诞生时，不再是接种疫苗，而是面对6个芯片植入项目。虽是作品中的梦境刻画，其实却是作家在触探人类未来之梦，在思索科技硬件究竟将怎样与人类的血肉和精神相融相处。

在张之路的《霹雳贝贝2之乖马时间》中，科学展现出巨大的、阐释世界的魅力。对于伪科学充斥、信息良莠不齐的传媒时代而言，这种科学观的树立，无疑对儿童具有重要意义。作品同时为简单的贴标签式的少儿科幻创作提供了有益的范本。

小说的"人学"内核

诚如张之路所述，"科学技术和惊险情节都是包装，小说还是想传达人与人的感情"。当我们向故事深处探索，能看到那个策划整个阴谋的、野心勃勃的乖马公司董事长蒲六，企图以"量子纠缠"来控制人类精英为他所用，进而控制整个世界。控制，是人类进化史上无数血腥的起点。人类的各种灾难，追根溯源，不是来自外太空，不是来自科学力量等等外力的高度发达，恰恰是来自人类自身。这正呼应了作家在开篇自序中的思索："这些年我们人类有点儿遗憾，我们发现灾难和拯救都来自我们人类自己……"

结尾一章以《童年》为题，描写蒲六深陷梦境，因为考试没有考好而被"大人"穿着硬硬大皮鞋的脚粗暴地踢倒在地。不允许员工穿皮鞋的怪癖由此揭出谜底，内心邪恶、偏激而充满报复欲的"蒲六式人格"的出现，实则源于他那阴暗而扭曲的童年经历。也正是在此处，张之路对童心、童年的呵护之心，在紧张的情节中悄然涌出。刘贝有一段被杨薇称为"莫名其妙"的话："每当我看见一个大人的时候我就会想，他也是由一个孩子长大的。每当我看见一个小孩子的时候，我都会想，他一定会长成一个大人的……"这种深切的人文关怀、长辈关爱，温暖而感人。其实，与许多优秀的儿童文学作家对儿童文学的期冀相同，作家期冀借助自己的作品，唤起每一个成人精心的陪伴、浇灌，让儿童这株幼苗健康地成长为未来的、推动社会发展的参天大树。

作家勇于触碰自己珍视、珍藏的创作素材，必然是在心底真正地准备好了。张之路的力量在于，30 年前的《霹雳贝贝》，让人在重读时仍产生了一气读完的冲动；30 年后的《霹雳贝贝 2 之乖马时间》，丝毫没有显出创作年龄的印记。他的心底仍然住着一个孩子，他的创作不但紧贴时代，而且仍然紧贴当下的儿童。一种面对复杂人生而坚守的赤子之心，一种强大的自我更新能力，都令我们对张之路的创作心生更多的期待。

科幻中的另类成长：对比《蝇王》与
《超新星纪元》中的成长元素

赵海虹

荒凉的岛屿，与世隔绝的环境，文明的世界遥不可及，一群原本应当天真无邪的少年在失去大人管束的独立空间里释放出了生命中的黑暗能量。

这是英国作家戈尔丁在小说《蝇王》中为我们塑造的世界，虽然多数评论者都将它看作寓言版的成人世界，小说中大量具体而生动的描绘却不时提醒读者，故事的主人公是一群孩童，依然具有鲜明的孩童的特性。因此，用分析青少年文学的眼光对《蝇王》进行剖析和研究，依然是有意义的。由于小说的特殊背景设定（未来，核战争后的世界），科幻研究者也将其归类为技术色彩淡薄的社会型科幻小说。

同样作为青少年文学作品，在中国作家刘慈欣发表的第一部长篇科幻小说《超新星纪元》中，《蝇王》的孤岛被放大成整个星球，而《蝇王》中孩童们用原始武器进行的血腥战斗，扩大为《超新星纪元》里宏大的国家级战争游戏。文明与野蛮的冲突在这部科幻小说中虽然并非绝对的主线，但其清晰的脉络依然贯穿始终。

笔者尝试通过对两部小说的分析比较，研究成长命题在"科幻"这种特殊文学体裁中的深化与发展。

一、消失的父者

在《蝇王》一书中，除了在结尾处现身、解救拉尔夫的军官，没有任何成年人参与这个微缩人类世界的构建。当孩子们意识到自己获得了充分行动自由的刹那，他们的第一反应是高兴。

"到底有没有大人呢？"

"我认为没有。"金发少年板着面孔回答；可随后，一阵像已实现了理想般的高兴劲儿使他喜不自胜。在孤岩当中，他就地来了个拿大顶，咧嘴笑看着颠倒了的胖男孩。

"没大人啰！"

（《蝇王》第一章）

然而，当他们开始逐步认清自己面临的困境时，"消失的父者"带来了心理上的惶恐与不安。

"你爸爸什么时候来救咱们？"

"他会尽快的。"

……

"他怎么会知道咱们在这儿呢？"

因为，拉尔夫想，因为，因为……从礁石传来的浪涛声变得很远很远。

"他们会在飞机场告诉他的。"

猪崽子摇摇头，戴上闪光的眼镜，俯视着拉尔夫。

"他们不会。你没听驾驶员说吗？原子弹的事？他们全死了。"

（《蝇王》第一章）

猪崽子，拉尔夫，西蒙，杰克……这一群孩童被陡然丢弃到一个没有理性的成人指导、缺乏物质补给的无助境地。正是成人们进行的丧失理性的核战争使孩子们沦落荒岛，因此在戈尔丁笔下，这种抛弃的姿态冰冷而决绝，从此奠定了小说的基调。少年时代友谊的温情、"金银岛式"的昂扬的奋斗精神，被文明与野蛮、人性与兽性的冲突取代；即使在拉尔夫和猪崽子、西蒙的友情里，我们也很难找到真正由内而外的温情。

与此不同的是，《超新星纪元》中的"父者"的消逝是完全被动的，是宏大的宇宙灾难造成的不可抗力，成人对孩子面对的困境没有任何道义上的责任。

　　小说开始于一个看似平常的夏夜，宇宙深处的超新星爆炸产生的高能射线抵达地球，完全破坏了人体细胞中的染色体，13 岁以下的孩子受到的染色体损伤大多能够自行修复，其余人类所受的机体损伤则不可逆转，世界上将只剩下 13 岁以下的孩子。成人与孩子的告别，延续了将近一年的时间，这是一个漫长的告别：

　　　　这是人类历史上一个最奇特的时期，人类社会处于一种前所未有、以后也不太可能重现的状态中，整个世界变成了一所大学校，孩子们紧张地学习着人类生存所必需的所有技能，他们要在几个月的时间内掌握运行世界的基本能力。

　　　　对于一般的职业，各国都是由子女继承父母，并由父母向他们传授必需的技能。……对于较高级的领导职务，一般是在一定的范围内选拔，然后在岗位上进行培训。……从以后的情况看，这种选拔大部分是不成功的，但它毕竟使人类社会维持了基本的社会结构。最艰难的是国家最高领导人的选择，在短时间内，这几乎是一项不可能完成的任务。各国都不约而同地采取了极不寻常的方法：模拟国家。模拟的规模各不相同，但都以一种接近真实国家的近乎残酷的方式运行，想从那充满艰险和血与火的极端环境中，发现具有领袖素质的孩子。……对这段历史虽然有不同的看法，但超新星纪元的历史学家们大都承认，在那样极端的历史条件下，这也是最合理的选择。

　　　　　　　　　　　　　　　　　（《超新星纪元》第六章）

　　在最后十到十二个月的生存期内，成年人用最大的努力，尽最大的可能，为即将到来的孩子世界做精神与物质上的大量准备。他们貌似严厉的集成式教育中隐藏着焦虑，而这种焦虑则来自对即将过早承担世界重担的少年一代无尽的关怀。

　　　　总理说："孩子们，我们明天将带你们去继续认识这个国家。我们要去最繁华的城市，要去最偏僻的山村，要让你们了解我们已经建立起来的工业和农业体系，让你们了解人民的生存状态。我们还要给你们讲历史，这是认识现实最好的办法；还要给你们讲更多更复杂的国家运行的知识。但记住，没有什么比今天你们学到的更基本更深刻的了，你们将来的路将难上加难，但只要牢记这个规律，就不会迷失方向。"

（《超新星纪元》第六章）

在这样的前提下，"父者"的消逝是一个深情隽永的告别过程，当最后聚居地的成人逐渐死亡，象征成人生命的"公元钟"由绿转黑（绿色代表依然存活的成人），孩子们感到无助、迷茫、不安，所有的情绪在瞬间爆炸。然而，华华，一个"拉尔夫"式的少年吐露了自己的心声：

"我都记不清我们有过多少次在一起畅想未来世界，我们都为自己想象中的美好世界所激动，最后总是要感叹：我为什么还不长大？现在我们要亲自建设自己想象中的世界了，你们却要逃跑！"

（《超新星纪元》第十章）

这是一次真正意义上的成长，与《蝇王》中孩子们得知"没有大人"后失落无助的心理不同，《超新星纪元》里的"孩子领导人"获知大人将离开时也曾震惊和彷徨，但通过一年的浓缩教育，已初步做好了接过父辈旗帜、建设理想国家的心理准备。虽然这种准备还要经历更加严酷的考验，但在温暖而充满关爱的父辈的帮助下，他们已经完成一次重要的心理蜕变。

《蝇王》中成人在事后的拯救是无奈的，《超新星纪元》中成人的出现却总是恰到好处。当"少年中国"遇到前所未有的核打击，"消逝的父者"关怀的目光从陵墓中浮现，通过五个少年观察员，献出他们在过世前为孩子们准备的希望种子。相比之下，《蝇王》中荒岛之外的成人世界的隔绝与冷漠，使岛上世界成为彻头彻尾的人类文明实验场，将人性的黑暗无限放大；而《超新星纪元》在科幻条件下被彻底灭绝的"父者"，却通过漫长的告别对少年世界持续产生深远的影响，帮助一个 13 岁以下孩童的星球建立自己的文明秩序。

二、人性的黑暗

不论是西方的基督教"原罪"论，还是东方孟子的"人之初，性本善"，都认为生命的早期阶段就已经背负了善恶。因此在成长小说中，对人性的黑暗的发掘与阐述就有了格外深刻的意义。

在《蝇王》与《超新星纪元》这两大人性实验场中，人性的黑暗如雾气从各种化学反应的药剂瓶中蒸腾而起。

痴迷于"打野猪、打野兽"的杰克们最初展示的并非他们内心的野兽，而是"反文明"与对原始野蛮力量的追求（龚志成，1984），但当他们与要求用文明手段保持秩序、等待拯救的拉尔夫派的斗争逐步升级，对西蒙的误杀也演变为对猪崽子的蓄意杀害。

杀戮在《超新星纪元》中出现的频率比《蝇王》更加频繁，早在国家领导人的选拔中，持仿真枪的孩子们就开始大规模地战斗。而当世界各国集中在南极、展开战争大赛时，从一开始的枪战、炮战演化到最后的核战争，刘慈欣对场景的描写异乎寻常地冷静。生命降解为单纯的数字，似乎人性的黑暗是一种更加理所当然的存在。但相对《蝇王》中层层铺垫的心理过程，《超新星纪元》在"人性恶"上着墨不多，因而在这一层次的把握上，未能拥有与《蝇王》相同的感情深度，也就一定意义上降低了《超新星纪元》的纯文学意义。

然而在《超新星纪元》中，儿童的团结、互助、友爱与"大学习时代"中"父者"的深情关怀一脉相承，对人性的黑暗做了一定的消解；南极的大撤退中，面对残酷的自然环境，不同国家的孩童们相互救助，人性中的真诚与善良燃起温暖的火把，这样的描写继承了世界儿童小说自《金银岛》以来一贯的精神传统，因此更加适合青少年阅读。

三、游戏精神

游戏是人类文化生活中的重要内容，它不仅可以激发青少年的学习兴趣，而且还可以通过游戏活动的参与，启发他们的独立思考能力和创造性思维能力，改变他们的精神世界。游戏是儿童世界必不可少的构成部分，对于青少年的成长有相当重要的作用。

《蝇王》既然将孩子作为故事的主体，就不能不提到游戏。

  "咱们在岛上等的时候可以玩个痛快。"

  他狂热地做着手势。

  "就像在书里写的一模一样。"

  ……

  拉尔夫挥舞着海螺。

  "这是咱们的岛。一个美好的岛。在大人找来之前，咱们可以在这里尽情玩耍。"

（《蝇王》第二章）

当代评论者大多认为，《蝇王》中的游戏是充满了象征意义的符号。如以吹海螺、燃火堆代表对文明和秩序的守望；以打野猪（这原本可以是非常原始快乐的游戏）、篝火舞代表对野蛮与原始兽性的回归（龚志成，1984）。某种程度上，游戏化的程序成为儿童世界的新秩序。因此，《蝇王》中的游戏不具有真正的"游戏精神"，而是一个被替换的象征，因而不具有推动孩童心灵成长与性格发展的积极意义。

相比之下，《超新星纪元》中的游戏更真实：当地球上最后一个大人死去，超新星纪元经历了"爆燃时代""惯性时代""糖城时代"，最终，公元世纪留下的武器成为孩子们的玩具。在南极荒原上，他们用枪炮火箭和冷兵器进行战争游戏，而美中两国互掷原子弹将这场空前绝后的"国家奥林匹克比赛"推向了顶点。

更精彩的是，在小说中，刘慈欣用自己超凡的想象力逐步建立起一个新型的符合孩童特性的"孩子社会"。在这里，旧人类世界中普适的经济原则被打破，代之以一种崭新的个性文明，即以"玩原则取代经济原则"，将"玩"作为"孩子世界的主要驱动力"。在小说中，"玩原则"或者"玩文化"是孩子世界区别于成人世界的根本特征，也是其成为一种新型文明形态的根本标志。

小说的网络版本的最后一章未能收入发表版本，而恰恰是在这一章里，刘慈欣特有的恢宏想象力发挥到了极致：战争游戏以后玩什么？中美两国的孩子交换了国土，在全新的天地里建设国家，如同在全新的游乐园里开始游戏和探险。"游戏精神"在本文中得到了前所未有的升华。

科幻小说是一种特殊的小说体裁，在我国，长久以来，科幻的评论和评奖大多放在儿童文学的范围内进行，这种简单的处理有欠妥当。但不可否认，对科幻小说的研究可以为儿童文学的评论与创作带来新的启发与思考。

本文对《蝇王》与《超新星纪元》中"消失的父者""人性的黑暗""游戏精神"三个成长命题进行了分析与比较，两部小说中，科幻色彩相对薄弱，象征意味浓厚的《蝇王》借助对未来的设定（核战后的荒岛）为我们展示了一个人类的成长实验，深具纯文学和心理学的价值；而《超新星纪元》通过科幻的元素和手段，深入探讨了"父者"与孩子的关系、成长中的人性，并将人类社会变成一个前所未有的孩童社会，在"游戏精神"的基础上发展出全新的社会结构与生产力关系，具有崭新的意义，堪称一部优秀的"科幻成长小说"。

【 作者简介 】

赵海虹：知名科幻作家、评论家，浙江工商大学外国语学院讲师，出版小说五十万字，曾获宋庆龄儿童文学奖、全国优秀儿童文学奖、"2005 年浙江省青年文学之星"奖等。

童年未逝：弗兰肯斯坦不再绝望

——论吴岩科幻小说的双逻辑支点及
中国科幻模式的嬗变

王家勇

著名媒体文化研究者尼尔·波兹曼在《童年的消逝》中指出：当儿童与成人在"服装、饮食、比赛和娱乐""语言"等方面"都朝着一种风格迈进之时"，童年便开始急速消逝。他举例说："迪士尼帝国日益低落的票房所显示，淘汰的正是迪士尼的儿童形象，儿童需求的构想正在日益消失。我们正在驱逐 200 年来以年轻人作为孩子的形象，而代之以年轻人作为成人的意象。"而与儿童最为亲密的精神伙伴——儿童文学的现状也证明了"童年的消逝"，他指出："青少年文学的主题和语言模仿成人文学，尤其当其中的人物以微型成人出现时最受欢迎。"波兹曼向世人证明了童年已逝，儿童文学的逻辑支点已逝。

提到儿童文学的逻辑支点问题，在中国儿童文学理论界有过自己的演变轨迹。20 世纪 90 年代初，"逻辑支点（起点）"这个名词正式被提出，并引起很多儿童文学理论家的关注。1990 年，方卫平在《童年：儿童文学理论的逻辑起点》一文中首先提出了儿童文学的"逻辑起点"问题，并认为"儿童文学的逻辑起点是童年"。王俊英在《儿童文学理论建设的构想》一文中已经透露出了对"'儿童、成人'双支点的儿童文学理论体系"的认可。而汤锐在《现代儿童文学本体论》中则企图"以'成人—儿童'（创作主体—接受主体）双逻辑支点为基础，来构建一种新的开放式的儿童文学理论体系"。进入新世纪，儿童文学理论界已基本达成共识，即儿童文学创作应具有双逻辑支点。但在现今的儿童文学实际创作中，有的作品无法摆脱成人思维的束缚，写得过于深奥，儿童根本无法理解；有的作品则拘囿于儿童思维的框子，故作幼稚，连儿童都不屑一顾。可以说，这两种情况都是对儿童思维能力的过高或过低估价，都是对儿童文学创作中的儿童性（童年）的丢失。吴岩的儿童科幻小说却弥补了这一点，它以成人思维与儿童思维的隐性双支点及科学因素与奇幻色彩的外在显性双支点真正实现了儿童文学的双逻辑支点，真正找回了儿童文学"消逝"的"童年"。另外，在吴岩的作品中，我们可以发现中国科幻存在的一些模式化倾向及微妙的嬗变，从玛丽·雪莱的弗兰肯斯坦口中怒吼而出的愤恨与绝望在中国科幻小说中已变得无迹可寻了。

一、成人思维与儿童思维——隐性的双支点

苏联学者法尔别尔的研究表明："个体到 13 岁时脑结构在机能上的成熟基本上结束。"但他又指出，"脑结构机能活动的确定类型的形成要到 16~17 岁时"。也就是说，13 岁以后个体的大脑已发育成熟，但直到 16~17 岁大脑的结构机能类型才确定、稳固下来。可见，13~16 岁这一时间段是儿童阶段和成人阶段之间的一个过渡期，同时也是儿童思维与成人思维融合最紧密的一个阶段，他们是在两种思维支撑下完成思维任务的。因此，儿童文学作家在为这一年龄段儿童创作时，绝不能忽视儿童的思维接受能力而将这一时期的儿童看成是"微型成人"，否则，会导致作品儿童性的丧失。吴岩的儿童科幻小说的受众正是 13~16 岁的少年期儿童，他严格遵循儿童的思维规律，使成人思维与儿童思维成为潜隐在其作品内部的双逻辑支点。

作家作为成人，已经进入了抽象逻辑思维阶段，所以其进行创作是在成人思维指导下完成的，但儿童科幻小说的接受主体是儿童，所以作家在进行创作时又不能脱离儿童的思维能力和审美接受能力，又必须以儿童视角进行叙事，与儿童达成心灵上的默契，故成人思维与儿童思维在吴岩儿童科幻小说中是缺一不可的。当作家在构思整部作品时，在决定运用怎样的叙事视点、模式、时间和话语时，要动用成人的逻辑思维，而在具体的细节运用上又必须兼顾儿童视角。所谓儿童视角，指的是"小说借助儿童的眼光或口吻来讲述故事，故事的呈现过程具有鲜明的儿童思维的特征"。比如《窗外》，整部作品的主题构思、结构安排以及多处悬念的设置等都是在作家的成人思维操作下完成的，但作品中"大楼"的世界和"窗外"的一切却是通过一个12岁女孩欧静静的眼睛展现和想象出来的，这样的细节表现更为接近儿童的思维特征，使少年读者更易与作家、作品产生共鸣。可以说，《窗外》既是儿童心灵的映照，也有深刻的内涵意蕴。《换岗》中12岁的窦清雨、《宇宙快车12963》中15岁的小侦探等等儿童形象的塑造，都是作家对儿童视角的借用。在吴岩的儿童科幻小说中，成人思维的整体操作与儿童视角的细节观照是相辅相成的，其成人思维与儿童思维的融合恰到好处。

其实，作家在创作儿童科幻小说时，并非着意模仿儿童的口吻来讲述故事，而是在利用儿童视点来获得儿童"观看世界的方式"。作家实际上是以成人思维预设、加工了一个儿童思维模型，再以这个模型为基础来完成向儿童视角的转变。吴岩对儿童思维与审美心理的模拟既在话语中传达自身的意图（作品的思想内涵），又唤起儿童对自我身份的认同（儿童的思维能力和审美接受能力）。因此，在吴岩的儿童科幻小说中，成人思维与儿童思维的共同支撑，才真正实现了成人与儿童的平等对话。

二、科学因素与奇幻色彩——显性的双支点

成人思维与儿童思维是吴岩儿童科幻小说的内在双逻辑支点，但同时它们也外化为另一对显性的双逻辑支点——科学因素与奇幻色彩。科学因素是儿童科幻小说"科学"这一支撑点的必然要求，这与成人抽象逻辑思维的科学性、严谨性是相对应的；奇幻色彩是儿童小说的文体要求，因为幻想是儿童科幻小说的灵魂，而奇妙的幻想又与儿童的形象直觉思维紧密相连，所以，科学因素与奇幻色彩是成人思维与儿童思维在吴岩儿童科幻小说中的外在显现。

首先，吴岩的儿童科幻小说含有一定的科学因素，"倘若没有任何科学根据，则只能归为奇幻、魔幻或超现实作品"。但"在科幻小说中，科学应作为故事发生的背景环境而存在，而不是作为具体的介绍对象"。因此，儿童科幻小说的科学因素主要体现在作为背景环境的科学知识是否能够贯穿整个故事，并与小说的艺术形式达到完美统一。在《陨石袭击"马王堆"》中，人类对太空的探索以及对太空移民的宏伟规划等航天知识只是整部小说的背景环境，而非被具体描述的对象，重要的在于表现这种环境下的人与人、人与社会、人与自然的关系。《日出》《沧桑》等无不体现这一点。也就是说，"小说中涉及的环境可能会过时，但其中表现的人物之情感、作者之哲思以及探索真理的精神都将会继续显示其独特的价值"，这也正是儿童科幻小说的魅力所在。

另外，儿童科幻小说的科学因素除了体现在要有作为背景环境的科学知识外，还体现在艺术虚构的科学性、真实性上。俄裔著名小说家纳布可夫有句名言，"科学离不开幻想，艺术离不开真实"，儿童科幻小说同样不能是漫无根据地瞎想和假想，否则会对儿童认知世界带来不利影响。当然，科学因素只是吴岩儿童科幻小说的外在支点之一，作为儿童小说，奇幻色彩是其不可或缺的另一个外在支点。

吴岩儿童科幻小说中的奇幻因素一方面来自科幻小说中常用的"机关布景"，如《底楼 17 层》中的宇宙交通网和巨蟹座外星人、《星际警察的最后案件》中的宇宙飞船、《超时空魔幻丛林》中的时间陷阱等等，这些"机关布景"对儿童来说是极具吸引力的，也会激起儿童强烈的要参与其中的愿望。奇幻因素的另一方面来自人们对世界不同的认识。"举个例子，一个人平常都是开车上班，偶然一次车子坏了，只好搭乘地铁，反而发现了一个截然不同的城市……科幻作者所希望的正是这样，他期望借奇幻因素，让读者从平淡无奇的现实世界里看到另一个多彩多姿的世界。"在《抽屉里的青春》中，作家通过一种"气味记忆金属"，让主人公也让读者看到了一个不同于现实世界的30 年前的故乡世界；《第二张面孔》中被先进生化技术改造了脸的技师随着原有身份的丧失，必然会对世界开始新的认识。这种"不同的认识"丰富了儿童的认知范式，让儿童不再拘泥于以一种方式看世界，奇幻因素因而会丰富儿童思维并使其从低级向高级发展。

可见，吴岩儿童科幻小说中的科学因素与奇幻色彩同成人思维与儿童思维一样，并非矛盾对立的，两者的结合不仅有助于少年期儿童思维过渡期的顺利进行，有助于其脑结构机能活动类型的健康发展，而且这种奇幻色彩使作家作品与儿童读者之间产生了一种默契，是作家对儿童文学儿童性的全面观照。所以，科学因素与奇幻色彩是吴岩儿童科幻小说缺一不可的外在支点。

三、弗兰肯斯坦不再绝望

上述两个部分让我们欣喜地看到，双重双逻辑支点确实能够支撑起一个稳固的童年世界，但由于中国科幻在很大程度上是承袭英国的科幻传统而来，因此这种稳固的科幻体系也把英国的传统科幻模式牢牢地禁锢在自己的身上，所以，从吴岩的科幻作品中，我们看到了某些模式化的倾向。

溯源而上，我们来到了1818年，英国诗人雪莱的妻子——20岁的玛丽·雪莱发表了一部题为《弗兰肯斯坦》的小说，它标志着科幻小说的诞生。《弗兰肯斯坦》的故事情节并不复杂，但开篇却给读者设下了悬疑恐怖的氛围，随着主人公的弟弟、朋友、妻子相继被杀，事件的真相渐渐被剥离出来。最后，当弗兰肯斯坦在茫茫北极冰原上发出绝望悲鸣时，一切大白于天下。《弗兰肯斯坦》的这种"设疑—解难—揭底"的科幻模式深深影响着80年后的赫伯特·乔治·威尔斯，而深受威尔斯社会派科幻小说影响的中国科幻无疑也继承了这一被视为经典的科幻小说创作模式。

叶永烈可以说是中国科幻承上启下的人物，他在《论科学文艺》一文中曾将自己的科幻创作总结为"提出悬念、层层剥笋、篇末揭底"。这无疑是对玛丽·雪莱、威尔斯以来的科幻小说创作模式做了最精练的总结。但与此同时，这一理论概括也指导并持续影响着当代的中国科幻创作，甚至导致了模式化倾向的出现，吴岩的创作亦不例外。他的《窗外》《换岗》《陨石袭击"马王堆"》等作品无不落入了这一模式的窠臼。换句话说，对于某些作品，窥一斑即可见全豹。尽管中国科幻创作的模式略显老套，但也有令人惊奇的微妙的嬗变，那就是科幻观的转变。

无论是科幻草创时期的英国科幻，还是黄金时代的美国科幻，威尔斯"软式科幻"中的悲观绝望一直是科幻创作的主要基调。虽然中国 20 世纪 80 年代初的科幻由于特殊的历史环境而充溢着太多"不真不实"的乐观，但之后的中国科幻很快又恢复了对"科学将为我们带来什么"这一问题的严肃拷问。但是，当我们通读吴岩的作品后，会发现他的科幻虽然依旧带给我们一种压抑的感觉，但结局往往不是悲观消极的。比如《窗外》，所有读者都相信欧静静必将会担负起使宇宙飞船重返地球的重任的；《日出》中因飞船失事而离死不远的"他"凭借自己的意志力奇迹般重生，等等。吴岩的作品让人们在深沉的精神压抑下总能看到一丝希望的光芒。也就是说，吴岩科幻小说的基调不再是悲观的，而更似一出出悲喜交加的科幻正剧，也许这正是童年未逝给这些作品所营造的乐观氛围吧。

本文看似是对吴岩一位作家有内有外的全面分析，其实并非如此。个体往往是普遍性的一个反映，吴岩的科幻创作无疑会有这个时期中国科幻整体的印记，中国儿童科幻小说虽有双重双逻辑支点做支撑，虽然在科幻观上多少走出了一条有个性的新路，毕竟，中国的"弗兰肯斯坦们"不再绝望了，这是社会的进步，也是科幻的发展，但科幻创作的模式化现象仍是不可忽视的大问题。本文虽只寥寥数笔带过，但对于中国科幻的现状，足够了。

明代的李贽认为："夫童心者，真心也……绝假纯真，最初一念之本心也。若失却童心，便失却真心，失却真心，便失却真人。人而非真，全不复有初矣！"（《焚书》卷三《杂述》）也就是说，一个真正完善了的人是怀有一颗纯真童心的，失却童心的人不可能使生命臻于完善。相信以吴岩为代表的中国科幻作家们必将努力完善这一文体，努力观照儿童文学的儿童性（童心）。可以说，尼尔·波兹曼心中已"消逝"的"童年"在儿童科幻小说这个具有一内一外两对双逻辑支点的稳固世界里并未消逝。在即将结束这篇文章的时候，我的眼神忽然游离出了电脑屏幕，在我眼前的，是弗兰肯斯坦那声嘶力竭地呼喊着的身影……

【作者简介】

　　王家勇：辽宁庄河人，北京师范大学儿童文学博士，沈阳师范大学文学院副教授，主要从事儿童文学研究。

飞翔在古蜀文化的幻想世界中

——读王晋康历史神话小说《古蜀》

许军娥

《古蜀》是国内著名科幻作家王晋康的又一力作，作者依托古蜀文明、文物考古、昆仑神话等资料，运用超凡的想象，营造神奇无比的半人半神性形象，让读者走进如醉如痴的神奇世界。

一、依托古蜀文化、文物考古、昆仑神话等资料，讲述奇异瑰丽的古蜀历史传奇，传递中国文化精神

中国传统文化博大精深，底蕴深厚，培育了本民族血脉传承的基因。其中，古蜀文化作为中国远古文化的重要组成部分，凝聚了古蜀人民在长期生活中所积累的智慧。阅读整部作品，可以清晰地看出，作者的写作是建立在翔实的文物考古、丰富的文献资料和传奇的神话叙事之上的，我们从中看到了历史悠久的古蜀、地形独特的古蜀、神仙文化根基厚重的古蜀。在唐代诗人李白笔下，曾这样喟叹古蜀："蚕丛及鱼凫，开国何茫然；尔来四万八千岁，不与秦塞通人烟。"（《蜀道难》）如今，古蜀大地没有了"难于上青天"的艰险天堑，却把三星堆遗址、成都金沙遗址等奇特的艺术瑰宝留给了当世民众。伴随着作者的诗意叙说，我们走进了五代蜀王传说，用心灵去印证古蜀文化神奇的太阳神话，去赏鉴反映太阳崇拜、鸟崇拜等宗教观念的青铜制品，让自己的内心长久感动。

在书中，反复提到了古蜀文化的精髓"太阳神鸟"，它的图案以其金光闪闪的箔，四周环绕镂空的四鸟飞翔图形，中间旋动的太阳之形而名传万里。作为曾守护古蜀大地的太阳神鸟，在 21 世纪的今天，太阳神鸟承担起了守护中国文化遗产的责任和使命，成为一种全新的象征：太阳预示着光明，圆圈预示着团结，环绕预示着包容，飞翔预示着奋进。这些象征着光明、团结、自由、富有、和谐、包容的精神因子，散发着民族的魂魄，传递着世代相传的中国精神。

二、运用丰富奇特、跌宕起伏、非凡想象的情节，建构起奇妙幻想的历史神话小说空间，彰显民族文化的内涵

"风格即人"，作者王晋康用神话文本展示了自己独特的写作风格，他的创作个性充分表现在自己的艺术追求中。作者为我们呈现了一部情节曲折、主题独特、引人入胜的历史神话小说，凭借文学叙述、人物形象、非凡的想象与鲜活的故事本身吸引读者、打动读者。小说各部分的开端均以"西王母致后人"的格式，从历史文献资料走向辽阔的幻想天地，于是，作者在灵动的人物和生动的故事情节里，游刃有余地演绎着人神共处时代半人半神的英雄故事，勾勒出一幅饱含生存、爱情、友情等生命主题的壮丽画面。

作者充分挖掘了民族文化的丰富内涵，并将其转化为"有我之境"。高耸的山川，奔腾的河流，辉煌的古蜀文明，令世界惊叹的神奇美妙的三星堆与金沙文化的青铜艺术作品，神秘诡谲的青铜雕像，流光溢彩的金器玉器、自然艺术品、装饰纹样等，以其磅礴大气的阵容、完美的外形结构、精致的雕刻图案、精湛的冶铸技术、奇特的艺术造型，体现出了光彩夺目的美感，显示了丰富的美学价值。通过全书的描绘，作者表达了对古蜀先民的敬仰，对充满神灵的天地山川的赞誉，对帝王百姓、人与兽之间相互融汇的向往，从而揭示了古蜀先民热烈而真挚的神仙信仰与人文追求。从鸟型崇拜的飞升梦想，到纵目面具的神灵想象，再到三星堆种种神秘、夸张的器物，无不体现了古蜀先民的精神诉求以及民族文化的内涵。

三、以饱含热情、情感四溢、优美隽秀的文字，塑造熠熠发光的半神半人群像，书写特定的地域文化风格

作者用自己的满腔热情，感情真挚地架构了自己的语言体系，用朴实清新、明白晓畅、意趣横生的文字写出了有温度、有深度、有高度的作品。他把自己的思想深深地埋在自己的作品里，让读者兴致勃勃地随着他的笔触，去到半人半神的世界里，身临其境地体味神话人物所处的环境，被诗意的氛围所陶醉，在迷人的故事里感受艺术魅力，领略他塑造的个性鲜明的神仙群像。

于是，我们看到了一批批栩栩如生的人物：百神之首、风度雍容的万人之母西王母；天天驾着富丽堂皇太阳车，陪同西王母巡行的勤勉忠谨的日神羲和；胸有韬略、为人沉毅勇决的鳖灵；天生丽质、不慕富贵、懂得鸟语的娥灵；目如鹰隼、无比强悍的巴王；风流倜傥、为人亲和、酷爱匠作和乐舞而荒芜政务的杜宇王；像金子一样纯洁、像水晶一样透明的神仙姊妹金凤和朱雀……一个个具有独特鲜明的人物跃然纸上。作者以超越常人的想象、智慧和灵动的才华，用心俯瞰整个古蜀世界，反思人类文明和人性善恶，对生命、对生存、对环境、对人性、对爱情等进行全方位的深刻思考。

总之，作品始终充满着诗意的想象，始终充满着人文的理想，始终充满着生命的激情，作者驰骋在历史的长河里，熔古蜀文化、文物考古、昆仑神话传说于一炉，穿越时空隧道，再现了历史人物的活动，呈现出了史实与传说相结合、传统与当代相融合、幻想与现实相对接的整体风格。作品字里行间流淌着文化的血脉因素，弥漫着幻想的流动因子，张扬着作者对于古蜀文化无尽的文化想象力和创造力，让我们流连忘返在具有悠久、神奇、神秘、宗教气息的古蜀文化的神奇世界中。

【作者简介】

许军娥：著名儿童文学评论家，咸阳师范学院文学与传播学院教授。

《古蜀》导读：神话幻想艺术的智性突破

王泉根

　　王晋康是国内著名的科幻作家，在科幻文坛耕耘 20 年，创作了 500 万字的作品，屡屡斩获科幻银河奖和星云奖，其作品感动了几代读者。他的作品充盈着厚重的人文关怀、超硬的科幻构思、深刻锋利的哲理睿思、飞扬不羁的想象以及机智的构思和悬念，语言晓畅平易，清新淡雅，风格沉郁苍凉，冷峻峭拔。今年，他以一部气势磅礴的长篇科幻《逃出母宇宙》获得银河奖的长篇杰作奖，又获星云奖的终身成就奖。除了科幻作品外，他也偶尔涉足非科幻作品，今年的科学悬疑小说《上帝之手》获"这篇小说超好看"评奖的前八强。而这一部神话历史小说《古蜀》更是出手不凡，获评大白鲸原创幻想儿童文学钻石鲸作品，把 15 万元奖金收入囊中。

　　《古蜀》以大气派、大视野取胜。著名科幻作家刘慈欣在评论王晋康的长篇科幻《与吾同在》时说："翻开这本书的人就具有了造物主的眼睛，从一个任何时间和任何人都难以企及的高度鸟瞰世界，对文明的真相发出深邃的终极追问，历史和未来的壮丽画卷以一种从未有过的大气和壮阔徐徐展开。"同样的，翻开《古蜀》的人也将拥有神（西王母）的眼睛，以一种神性的、母性的目光鸟瞰时空，慈爱、平静，多少带点儿宿命的感伤。在她的注视下，时间之河缓缓流过，历史画面一页页掀开，天界与尘世、神女与凡人、创造与毁灭、奋争与宿命互相交错，因而作品既具有空间的广阔，也具有时间的深邃。

　　《古蜀》的故事以奇异瑰丽的古蜀文化为背景。作者把丰富的古蜀文物（以金沙和三星堆文物为代表）、中国古代典籍中对于古蜀文明的点滴记载以及华夏先民留下的昆仑神话有机地结合在一起，绘出了一部有关生存、爱情、友情、战争、寻根的壮丽的百米画卷。古蜀文明是一种非常奇特的文明，尤其是青铜雕像中的纵目、鸟爪、几何图形的面容是如此的奇崛诡异，以至于人们常把它同外星文明联系起来。实际上，古蜀文明是大中华文明的一支分流。据考证，古蜀文明很可能是西北草原的古羌人（先羌）南下建立的，而华夏文明是先羌的另一支流向东发展而建立的。几千年中两者纵然已经渐行渐远，却是同源的，其后又重新合流。《古蜀》中既描绘了古蜀文明的奇特，也昭示了它同华夏文明的血肉联系，因而作品具有浓厚的中华文化的底蕴。说到这儿要说一句闲话。《古蜀》中，作者借一位主人公鳖灵的话提出了一种设想：华夏民族的祖先黄帝，与古蜀文明信奉的祖先蚕丛，其实是同一位历史人物，只不过在不同支后代中被赋予不同的形象。这个观点应该是作者独有的，但有其合理的内核。黄帝和蚕丛同样在五六千年前崛起于西北草原，同样是从游牧转向农耕的部族领袖，同样发明了养蚕，这恐怕不单单是巧合。何况，现代基因学研究已经表明，汉、羌，还有藏族，都是源于先羌。有兴趣的学者不妨对这个历史学观点进行讨论。

在《古蜀》中，作者再次展示了他过人的想象力和他灵动的才华。中国古代典籍中有古蜀文明的点滴记载，神话的虚幻折射了变形的历史，如"蜀侯蚕丛，其目纵，始称王"，如"荆人鳖灵死，其尸随水上……灵至汶山下，复生，起见望帝（即杜宇）……望帝以鳖灵为相。时玉山出水，若尧之洪水。望帝不能治，使鳖灵决玉山，民得安处"，"鳖灵治水去后，望帝与其妻通。惭愧，自以德薄不如鳖灵，乃委国授之而去，如尧之禅舜……望帝去时子圭鸣，故蜀人悲子圭鸣而思望帝"。这些半神话半历史的记载，在《古蜀》中全部化为机智的情节，天衣无缝地织入故事中，绝无牵强凝滞之处。这里值得特别提出的是，古书中关于望帝与鳖灵妻私通的记载，这段记载是负面的，但作者把它巧妙地转化为神仙姊妹易嫁的情节，既保留了古书记载的梗概，又契合本书唯美的整体基调。在这些机智的情节中，各个人物鲜活地跃然纸上，如风流倜傥、心地善良、潜心艺术却荒废政务的杜宇，像商代铜鼎一样沉稳方正的鳖灵，快乐活泼但内心刚烈的娥灵，蛮勇剽悍但把娥灵疼在心尖的巴王，雍容大度但性格各异的神仙姊妹，大胆奔放追求爱情的妹姬……曾有评论说老王不大善于塑造女性形象，但至少在本部小说中，那些熠熠闪光的女性形象绝不输于男性主人公。

《古蜀》又以绝美的画面见长。当你通读本书，你会像化为鸟身的金凤朱雀那样，俯瞰着壮美的神州大地：江水咆哮的长江三峡、白雪皑皑的高山、像神仙宝镜一样静美的高山湖泊，以及被一棵巨大神树覆盖的昆仑神山。而且你的视野中不仅是这些静景，还有应接不暇的动景场面：鳖灵兄妹靠江豚之力逆向越过滟滪堆的急流、娥灵以一把小匕首与虎王对峙、奇特壮美的古蜀祭典、神仙姊妹化为凤鸟在雪山湖泊上空抛掷戏耍偷窥她们洗澡的杜宇、鳖灵勘察山势时在悬崖上与猴王搏斗、神仙姊妹化为凤鸟合力带鳖灵上天观看水势、遵照古风的裸女采玉、气势磅礴的火兽阵……而金沙文明最著名的代表、中国文化遗产的国家级标志太阳神鸟图案，也在本书中化为神仙姊妹绕日飞旋的动人场景。这些画面极具动感，也使这部小说极具转化为电影大片的潜质。如果有眼光的制片人把它转化为电影，相信它会成为中国版的阿凡达，而且比阿凡达更多了历史的厚重。

《古蜀》的文字晓畅平易，清新淡雅。其中杂糅了不少典故，也含着古汉语精致隽永的韵味。大白鲸原创幻想儿童文学优秀作品征集活动评委会在审阅这部小说时，曾担心本书的文字稍深了一点儿，也许不适合少年儿童阅读。为此，评委会特聘了儿童评委，每篇入围的小说都由三位少年读者再次审阅，给出评价。而阅读过《古蜀》的三位少年评委都给出了最好的评语：一级棒。有了他们的认可，《古蜀》实至名归地捧得这届评奖的最高奖。

大白鲸原创幻想儿童文学优秀作品征集活动评委会给《古蜀》写的评语是："《古蜀》以超凡的想象，精湛的文字，将一段朦胧的神话灰线，真实地艺术地构建、还原为蜀国的历史传奇与世间百态，塑造了杜宇、鳖灵、娥灵、金凤、朱雀、羲和、西王母等天界与凡间的艺术形象,以实写虚,幻极而真,大气磅礴,深具艺术魅力与思想力度。作品将幻想文学深植于中国文化的民族之根,是新世纪幻想文学创作新的艺术突破与重要收获。"

相信读者读过本书后,也会有相同的感受。也期望被这部小说感动的电影人,把它转化为一部能够打动中国读者又能走向世界的电影佳作。

远古神话幻想文学的一面旗帜

——再读王晋康的神话幻想小说《古蜀》

周晓波

2014 年大连出版社为倡导"保卫想象力"理念，鼓励创作出更多的优秀幻想儿童文学作品，推动我国原创幻想儿童文学的发展与繁荣，在全国首次设立了大白鲸原创幻想儿童文学优秀作品征集活动。如今已成功举办四届，我有幸参加了首届与第四届终评，这两届的评选给我留下的最深刻印象就是，在倡导发扬中华民族历史文化幻想文学方面已有了长足的进步。这与首届王晋康先生被评为钻石鲸的神话幻想小说《古蜀》不无关系。从某种程度上来说正是王先生无意中成功扛起了远古神话幻想小说这面旗帜，才使得如今少年幻想小说中涌现出那么多有关远古神话、有关历史文化的题材内容，仅第四届进入终评的长篇幻想小说与童话作品就有十几部之多，例如最终入选的《画镇》《鲸灵人传奇》《土地神的盟约》《阿树》等。可见王先生的《古蜀》对少年幻想文学创作的深刻影响。今天重读《古蜀》，也让我对这部作品有了更深层次的认识。

一、对蜀地历史文化超凡的艺术想象

《古蜀》是一部历史神话幻想小说。作者把中国古代典籍中关于古蜀文明的点滴记载、四川金沙遗址和三星堆遗址的出土文物，以及中国昆仑神话三者巧妙地糅合在一起，营造了一个既神幻又真实的半人半神的世界，并塑造出了一批栩栩如生的半人半神的英雄，为读者托出了一盘唯美丰盈的视觉盛宴。

关于古籍中的点滴记载，作者在小说开篇的引子中就有交代，列举了诸如《山海经》《尚书》《禹贡》《汉书》等古籍中的记载。从这些文字记载中，我们大致能了解到神话历史中曾有过那么几个人物：西王母、羲和、蚕丛、鳖灵、望帝、廪君等，还有就是关于鳖灵装死复生、望帝拜相、禅位等几个简单的历史故事。而作者的过人之处在于他能将古代典籍中这些点点滴滴的记载通过超凡的艺术想象，合理的逻辑线索布局，准确的人物关系梳理，以及精彩的故事演绎，让读者不知不觉就被带进了这个神奇迷离的远古奇幻世界。

当然，在对古籍记载的合理想象中，作者并未拘泥于历史记载的局限，而是根据还原神话故事的需要大胆增添了关键人物，如：能懂鸟语的鳖灵妹妹娥灵，一对由仙鸟幻化为人形的神鸟姊妹金凤和朱雀，鳖灵兄妹的忠实异形朋友江豚灰灰和蓝蓝等。正是这些半人半神人物的增加，使得传说故事更加立体、奇幻、鲜活起来。此外，还有对人物关系的合理改造，例如：古籍中关于望帝与鳖灵妻私通的记载原本是负面的，但作者把它巧妙地转化为神鸟姊妹易嫁的情节，既保留了古书记载的基本情节，又契合本书唯美的整体基调，也符合作者对望帝、鳖灵、神鸟姊妹正面形象塑造的需求。

二、人、神、仙、鸟兽虫鱼所构成的历史神幻群象的塑造

在长篇小说创作中，作品的成功很大程度来源于人物形象的塑造是否有足够的吸引力，因为精彩的故事是需要由人物来演绎支撑的。当然这对于长篇幻想小说同样重要，哪怕作品所塑造的是虚构的幻想人物也一样。《古蜀》在这方面无疑是相当成功的，可以说作品中的人物是极其丰富和立体的，所塑造的人物大致可以分为几类：一是半人半神类的主要人物，其中有主人公鳖灵兄妹、由天界仙鸟被贬下凡幻化为人的神鸟姊妹金凤和朱雀等。二是完全现实中的人物，但这些人物在这个神话世界中已被赋予了超强的本领，例如：力大无比能指挥虎豹熊罴兽军作战的巴王廪君；雕工一流，心地善良，潜心艺术荒于政务的风流望帝杜宇。三是天界人物，如：至高无上、能洞悉天界与凡间一切而又不乏善良之心的百神之首西王母；勤勉忠谨，从未懈怠过自己巡行职责的日神羲和等。四是同样具有非凡本领的动物形象，如：鳖灵兄妹的忠实朋友江豚灰灰和蓝蓝；巴王廪君的坐骑、凶猛勇武的大白虎；在还未被贬下凡前的活泼善良、乐于助人的美丽神鸟姊妹金凤和朱雀等。这些人物每个都有自己的性格特征，绝不单一。每个人物都有自己的闪光点，哪怕是被塑造成反面形象的巴王、白虎也有他们性格上的可取之处。例如，蛮勇剽悍的巴王，他设计抢劫了娥灵，但的确是真心爱着娥灵，为了娥灵而放弃了妻妾成群，在被蜀军包围的危急关头拼死掩护娥灵母女突出重围，最后面对蜀军先从容杀死白虎，继而刎颈血洒沙场。巴王尽管是失败者，但也不愧是个顶天立地的英雄。

主人公鳖灵兄妹的塑造更是可圈可点。沉稳方正、有勇有谋的哥哥鳖灵，出身于楚地王族，精于剑术，胸有韬略，志向远大。妹妹娥灵天生丽质，活泼机敏，更兼天生异禀，懂得鸟言兽语，善于役鸟使兽。他们因受一异人占卜指点，说在太阳落山的方向、群山之后的巴蜀之地，是兄妹二人的兴旺发达之地，他们将子孙繁茂如江中之鱼、天上之星。两人便千里西行直奔蜀地而去。果然，鳖灵凭借他踏实肯干、智勇双全的治国才能，劈山治水，智取强敌巴王，最后接受望帝禅位成为丛帝。而娥灵因嫁于仇敌巴王，最后巴王攻蜀失败被逼自尽后，娥灵为报夫仇，接替已逝的巴王成为巴国王后。在精彩的神话幻想历史演绎中一个个个性鲜明的人物形象逐渐显现清晰，让我们无不为这些神话传说中的英雄群像而赞叹！

三、对通俗文学元素的成功运用

王晋康作为科幻作家和学者，他的作品往往是厚重、大气的。在他的作品中总有着悲天悯人的历史情怀，无论是科幻作品，还是虚幻的历史幻想小说，都折射出他对于现实的深沉思考，可以说写的是虚幻的历史，思考的却是当下现实的种种。同时他的作品可读性又很强，深受青少年读者的欢迎，这与他对通俗文学元素的借鉴运用不无关系。在《古蜀》中他把通俗小说的元素运用得淋漓尽致，把比较玄虚的哲理思考幻化成了紧张曲折的情节故事和复杂多重的人物关系，并透过他们的生存、爱情、友情和战争来展现辽阔复杂的社会发展历史。他对古代那些虚幻的神话故事和生存环境，以及半人半神英雄们的精彩描述是那么真切、鲜活、生动，而语言又是那么晓畅通俗、清雅易懂。全书仅用七章构成，每一章的标题又仅用四字组成：千里入蜀、太阳神鸟、望帝拜相、鳖灵治水、姐妹易嫁、白虎死生、子规泣血，寥寥数语已高度概括了小说的主要情节，也清晰地列出了故事的发展线索和主要人物。正因为这些通俗文学元素的成功运用，才使得这部纯神话幻想小说深受很多少年的真心喜爱，被他们评价为：一级棒！

【作者简介】

　　周晓波：浙江师范大学人文学院教授，硕士生导师，儿童文化研究院兼职研究员，中国作家协会会员，中国儿童文学研究会会员。

寻找生命意义的哲理寓言

——评童话《寻找蓝色风》

汤 锐

一群五花八门的角色，各怀千奇百怪的心思，在剪不断理还乱的利益交织下，组成了一支奇葩小团队，朝着一个方向，走上了一条共同冒险之路，听上去这似乎是现代人类社会生活的某种象征。

这支奇葩小团队的核心人物是阿丑，旅行的目的地正是他要去的地方——风之城。阿丑何许人？女娲抟土造人时一不小心出产的废品，一个被遗弃在地下沉睡了三百万年的泥娃娃。阿丑梦寐以求一个有鲜活灵魂的血肉之躯，"如果一个人没有灵魂，一切都是没有意思的……"。为此他要去寻找他的造物主，确切地说，是要寻找女娲留下的那一口仙气——能让他变成真人的蓝色风。

是甘心做一个与天地同在但没心没肺没灵魂的泥娃娃，还是做一个仅有数十年寿命却有血有肉有思想情感的真人？这是《寻找蓝色风》提出的第一道命题，也是这部童话的故事主线。老话说：不能白活一世，不能枉自为人，不能白来世上走一遭……总之都是一个意思，即，生命虽然短暂，但却有无数奇迹发生的可能，人生虽然有限，精彩却可以无限。

然而，阿丑的小伙伴们并不都是这样想的，他们的梦想甚至与阿丑南辕北辙。透过故事中这些幻想人物的奇遇，《寻找蓝色风》向读者揭示了当下社会芸芸众生的若干种活法，传递出作者对于生命之长度与宽度的哲理思考。

譬如，蓝尾狐与阿丑恰好相反的理想，提供了一个纵向观察生命意义的视角。他们一个宁愿为了几十年的鲜活而抛弃无数个三百万年寿命，另一个则希望获得一百条甚至更多条命，那么生命的意义和价值、生命的精彩程度与生命的长短究竟有何关系？蓝尾狐外表华丽优雅，储存了一脑袋空洞的知识，贪婪无度地攫取物质财富，精神却陷在无限的空虚和焦虑中难以自拔。然而当他终于明白他的生命只有区区五十年，在最初的崩溃和绝望之后，开始琢磨"我也得做一点儿什么，用我唯一的一条命"，甚至决定将囤积的财富与人分享，并憧憬要走出一条溢满花香的小路……

又譬如，牙婆婆与阿丑层次不同的视野与境界，提供的则是一个横向思考生命格局的视角。牙婆婆的生活困囿于每天睁眼就磨牙的一地鸡毛之中，眼界仅限于茄子房那么宽，最多不超出牙牙山的范围，最大的理想就是得到泥娃阿丑身上的琥珀之心，以解自己的燃眉之急。阿丑的理想对她来说简直是不切实际的天方夜谭："寻找灵魂？这听上去是多么滑稽的事啊！"当牙婆婆终于摆脱了磨牙的困扰，她开始看到了生命格局还有进一步拓宽的可能，譬如她雄心勃勃要种出一个天底下最漂亮的南瓜房……

因此这一趟冒险之旅，也是小伙伴们的精神成长之旅，虽然每个人未必实现了加入小团队的初衷，但是每个人都从旅程中获得了让生命更充实更有意义的东西，包括那只整天游手好闲、想入非非的小老鼠，和那群因缺爱而生恨、把快乐建在别人痛苦上的小山妖，甚至那个百无聊赖地为女娲看守炼石炉的巨人伏塔，以及由于小气而被关进魔钟的风先生，等等。

从某种意义上可以说，《寻找蓝色风》是将古典人文精神与现代社会生存困惑融为一体，讲述了一个关于寻找生命意义的哲理寓言，试图破解关于爱与被爱、欲望与付出、焦虑与释然的人生秘籍。

而同时，《寻找蓝色风》也充分体现了幻想文学的艺术魅力。如前所述，这部童话相当成功地刻画了一群幻想人物，象征了现实社会中的几类典型。作者以丰富的想象力，营造了跌宕起伏的幻想故事情节，运用诙谐生动的对话、动作等细节描写，以及自然幽默的叙述语言，将幻想人物的性格和奇遇刻画得极具可读性。譬如牙婆婆被不断长长的牙齿弄得生无可恋的各种令人喷饭细节，夸夸其谈的冒险家小老鼠一见火腿肠便将一切抛到了脑后，泥娃掉进水里后五官挪位溶解得狼狈不堪，蓝尾狐动不动趾高气扬地卖弄关于宇宙黑洞之类的学问，等等，都被作者用夸张而幽默的文字生动地描写出来，包括牙婆婆那个一口气念不下来的超长并且引人发笑的名字，都带给读者轻松快乐的阅读享受。

流畅度与高度

——评《寻找蓝色风》

李红叶

这部童话从语言表达、故事架构、人物设置到主题呈现均浑然天成，笔法老道，而它的作者却是一个儿童文学"圈外人"。我不由得感慨，真正好的作品原是心智和性情的自然流露，是生命力在恰好的时刻以恰好的方式得以尽情展现的结果。

毫无疑问，《寻找蓝色风》是中国本土原创童话的重要收获。

一

这个作品的流畅度在一定意义上决定了这个作品的高度。

龙向梅所构架的是一个具有多向度审美特征且充满艺术张力的作品。

作家对于生命价值和时间的思考充满哲理深度，这是对圣埃克絮佩里的《小王子》的致敬。这个作品也让我们再次看到：童话是诗的变体。在童话这个小小的体裁里可以容纳浩瀚深邃的思想和意象。更重要的是，作品的诗意和哲思完完全全是由一个个精彩的故事自然"生产"的结果。

童话世界是作家所造的"第二世界"，它区别于现实世界（第一世界），而又根植于第一世界。一个童话作家，必须有才华构建一个流畅的充满真实感的第二世界，这个世界必须充满神奇感，同时充满真实感；必须充满孩子气，同时充满真理；必须充满乌托邦精神，同时直抵现实。要构建这样一个世界，作家首先要找到一种恰好的语感。这种语感能让思想与意象顺流而下，所向披靡。这是才情的自然流露，是恰好的意象在心中恰好出现，是恰好的思想找到了恰好的表达方式。这种写作具有强烈的即兴创作的特点——你可以看到，一大批杰出的童话作品都是作家们即兴给孩子讲故事的结果。"即兴"意味着灵感的重要，氛围的重要，心境的重要。龙向梅的故事是这样开始的：

> 如果你打开地图，当然，是最大的那一种，在北半球东部一堆密密麻麻的地名里，可以找到一个叫牙牙山的地方，但是，我敢保证，它非常诡异，它只在你眼前呈现一秒钟，便瞬间从你指尖下消失了，然后，你再怎么找也找不着了。
>
> 但是，这个叫作牙牙山的地方是真实存在的，就像别的很多地方一样，虽然在地图上找不到，但并不影响它的存在。

这些文字突如其来，却似有魔力，显示了一种氛围，一种心境，一种恰好的语感，并且立马就把它的读者捉住了。这种叙述里所流露的自信和才华让人赏心悦目。她是否读过安徒生，是否读过罗尔德·达尔，以及在《寻找蓝色风》之前是否写过别的童话，这些都不是重要的事。

龙向梅的确很会讲故事。是受了《泥娃娃》这首儿歌的暗示还是别的原因？作家的脑海中蓦然出现了泥娃的形象，于是，故事生长：泥娃是女娲的造物，因形象丑陋被弃，泥娃决意寻找灵魂；而寻找之旅需要配角，于是，配角逐一出现。她的故事又仿佛顺着"牙牙山"一词就可以生长出来：牙牙山上住着牙婆婆——牙齿每天长三寸——只有在月明之夜用琥珀心磨过的牙齿，才不会再长了——牙婆婆寻找琥珀心——找到泥娃阿丑——阿丑的琥珀心唯有在获得灵魂后才可以交给牙婆婆——牙婆婆与阿丑成为生命共同体，走上寻找蓝色风之路，带上配角船长先生——三人行——遇见蓝尾狐——四人行——历经千辛万苦——找到风先生——阿丑获得灵魂，牙婆婆获得琥珀心。

《寻找蓝色风》的构思基于"追寻"母题而展开。这种故事如果主题先行而才华不够，就很容易显得"大而空"。幸运的是，作家把人物塑造得血肉丰满，既有童话人物的神奇感，又有真实生活的根基。由人物而故事，由故事而主题，构建了一个圆融自洽的艺术世界。

二

阿丑从地里钻出来时着实把牙婆婆和船长先生吓了一跳。他愣头愣脑地看着牙婆婆，然后咧开嘴笑了起来，他的嘴这样大，都要笑到耳根上去了。他的五官随意地摊在脸上，嘴巴太大，鼻子太矮，眼睛还勉强过得去，肩膀很宽，跟他的身材很不相称，腿看上去又太短了，奇特的是，他有三只耳朵，有一只耳朵像角一样长在头顶上。船长先生说，你长得真丑。泥洼便自己取名为阿丑。

阿丑是女娲的一个疏忽。女娲见自己的造物难看，将之随手丢弃而未能向这个造物吹出赋予其灵魂和血肉的蓝色的风。所幸的是，女娲为他造了三只耳，又无意中捏了一颗琥珀心给他，于是他就区别于无知无觉的泥土而具有超常的灵性。阿丑作为泥人在地底下待了三百万年，并执意要跃出地面寻找蓝色风从而成为有灵魂有血肉的真正的人。

阿丑是一个地地道道的从本土神话土壤中生长出来的童话形象。龙向梅经由这个形象就接通了我们的传统，她的思路延展开去，又创造了用女娲补天时所剩的五色石建城的觉姆部落，以及住在当年女娲炼五色石补天的炉子里的巨人伏塔。巨人伏塔太过寂寞太过孤独了，他被瞌睡虫闹得睡得太久了，觉姆部落也太缺少独立思考问题的自觉了，那么，觉姆部落与巨人伏塔的"醒"来，我们大约也可视之为一种象征：中国现代童话创作的基本意象除了西方意象和当代意象，远古神话及传统文化难道不正是一个"沉默"中的待探寻、待觉醒的资源库吗？

阿丑的灵性来自它的琥珀心和三只耳，而他的泥巴质地甚至也与他的智慧相辅相成，甚至让人觉得，他缺的不是"灵魂"，而只是血肉。他执着地追求一个能够让他成为真正的人的"灵魂"。他的泥巴质地和灵性又使他能够洞察事物的本质，在"寻求"途中常常表现出不一般的智慧。他能够理解觉姆酋长的出逃，因为"每个人都有自己喜欢的生活方式"。他启发觉姆人自己解决问题而不要事事依赖他人。当他终于与时间先生相遇，是他最终说服了时间先生放出风先生："每个人都只能对自己的时间做主，我们不能出卖别人的时间！"

他的泥巴质地从精神到外形都如此明确，作家会让他傻傻地记不住牙婆婆那个长长的除了船长先生和蓝尾狐再无其他人能够记住的名字，会让读者很担心他被打湿，也很担心他摔跤。当他的第三只耳朵被水冲走时，我们以为他从此不要第三只耳朵了，结果他却执意要找到第三只耳朵，他不仅要找到第三只耳朵，他还坚持要成为他"本来的样子"，而不愿被改造得"更漂亮"。他执着地要成为人的信仰也让我们觉出一个泥巴人"泥巴似的"实诚。阿丑是一个立得住的童话人物，丰富了中国童话的人物画廊。

三

其余各色人物，如牙婆婆、船长先生、蓝尾狐、小山妖、巨人伏塔、觉姆人、风先生、时间先生，乃至黑米农庄的芒果婆婆、米修爷爷……这些人物无一不生动，无一不有趣！哪怕是走过场的人物也鲜活有趣，让人印象深刻，如觉姆部落的族长看到天空飘过的阿丑时，对阿丑的选择表示了理解，作家写道："族长摊摊手说：'我知道事情迟早会这样。'然后，他骑上一匹马，象征性地朝前追了几步就回去了。"

作家在创造人物的时候，颇有造物主的自信姿态：要有阿丑，阿丑就成了；要有牙婆婆，牙婆婆就成了。各类人物在恰好的时候以恰好的姿态出现。

阿丑念道："牙齿牙齿短一短，牙齿牙齿短一短。"牙婆婆的牙齿就从脚尖短到膝盖，再从膝盖短到腰间，再到胸口，到下巴，最后又回到了原位。于是，牙婆婆从地上坐起来，她羞愧极了，决定要陪阿丑寻往风之城。这个牙婆婆自然是个配角，却是极有趣也极重要的配角。她不但有一个独一无二的名字，还有一个独一无二的茄子房，你看她念念有词："天君地君茄子君，左请左灵，右请右灵，牙婆婆一请马上灵，墙壁请往中间走，窗户请往里边走，烟囱请往下边走……"于是，这个让她在黑米农庄蒙羞却让船长先生和阿丑大加赞颂的茄子房就变成一个小茄子装进口袋里了。再念咒语，它又摇摇晃晃慢慢变大——只见它"吃力地一挺，把烟囱伸了出来，把门也弹开了"。牙婆婆的茄子房给读者带来的惊叹已经洗刷了她在种植协会的耻辱。当然，当她得到了阿丑的琥珀心，不再害"牙长"病了，她自然是要种出美丽的南瓜房来让种植协会赞叹的。

蓝尾狐灵异、聪慧，她看起来无比贪婪，我们却不能不为她的不安所打动。蓝尾狐难道不正是现代人的写照吗？她的祖辈曾怀侥幸之心而在一夜之间被淹没，她的焦虑也就变得可以理解。然而，物质的占有何以能真正消除内心的焦虑？当她与阿丑、牙婆婆、船长先生成为一个命运共同体时，她才逐渐领悟到分享和爱是最重要的事情。她也终于明白：没有任何人可以获得一千年的生命，因此风先生就成为她生命的启蒙者：活在当下，活在你唯一的生命中，活在真正属于你的时间里。

船长先生是只老鼠，形体小而名堂多，是迪士尼里必定到场并带来欢笑的那种配角。它贪吃、务实而又有着伟大的冒险的梦想，然而，无论经历怎样的危险，牙婆婆的口袋使得它勇敢无惧，它又怎能离得开这个口袋呢？因为它的妈妈把它出生在这里呀。

就连小山妖也都个个可爱。他们在森林里玩闹，唱着没心没肺的歌："一群小妖——哦唷，哦唷——/ 住在森林——哦唷，哦唷——/ 没心没肺——哦唷，哦唷——"这里有火焰妖、蛋壳妖、稻草妖、雪人妖、回声妖……他们都是没有爱的妖。阿丑用爱的回声唤醒了回声妖的爱。事实上，他们只需一个拥抱，他们的心里就会暖暖的，就不再邪恶。这是童话，也是真理。

我也非常喜欢这个作品里的时间先生。时间先生这一形象不是龙向梅的独创，然而，龙向梅所创造的时间先生（也包括其他童话形象）

无一给人模仿之感。且看那九头雄狮拉着阿丑们在"五十九分"驿站追到了时间先生。时间先生变幻无穷，刚刚还是一个白胡子糟老头，一下又变成了一个英俊的少年，但是还没等你看清楚，他又变了，一会儿是一道光符，一会儿是一汪水，一会儿是火球，一会儿是精灵，一会儿又是一盏锈迹斑斑的马灯……阿丑刚要开口，时间先生就抢先说话了："哦，不用说不用说，我知道你们为何而来。我就是你们要找的时间先生。"他话音刚一落，又变成了一个穿着大黑袍的巫师。接着，时间先生在与阿丑们"谈判"的过程中，先是变成一片跳跃的光点子，继而变成一个黑影，一个慈祥的老人，继而变成轻烟消失不见了，最后变成一只火烈鸟飞走了。这种变幻既是时间先生情绪变化的结果，也是故事本身节奏感的体现，同时，抽象的时间先生得到了一种恰切而具象的描述。

作家所塑造的黑米农庄是有意思的，觉姆部落是有意思的，对剥夺了时间的风之城的描写也是非常有意思的。

四

龙向梅是一个诗人。她虽年轻，却极富感悟力。

她向往理想境界，惯于用文字构建理想世界。有一天，她突然写起童话来，而且写得如此之好，真是让人感动。我们看到，她的童话是另一种形式的诗，而她的诗亦是另一种形式的童话。对于龙向梅而言，童话与诗不同的地方在于，童话因其独特的叙事方式而深得童年气质。而龙向梅的童年气质如此鲜明，从儿童阅读的角度而言，我要说，《寻找蓝色风》妙趣横生的故事、鲜明生动的人物形象、引人深思的人生主题及流畅而富表现力的语言决定了这个作品的高度及可读性。

龙向梅自觉把儿童读者视为隐含读者，塑造神奇人物，讲述神奇故事，乐于展现童话人物的孩子气。那个看起来颇有点儿巫气的牙婆婆，骨子里其实满是孩子似的自尊，她念念不忘的是芒果婆婆对她的取笑，念念不忘要拿一个种植协会的大奖。她那标志性的长长的无厘头名字，也完全是一个孩子的奇思妙想。她把它刻在自己的大门上，每次回来，就敲敲门，礼貌地说道："美雅唯斯戈那贝尔阿普里莉牙落牙落巫美奇太太，我可以进来吗？""当然可以。"牙婆婆在心里这样回答，于是她就礼貌地进去了。

龙向梅值得被推荐，还在于作品所显示出来的值得信赖的汉语言语感。她继承了自安徒生时代所开创的口语叙事传统，故事讲述亲切流利，充满现场讲述感。同时，词汇丰富，尤其善用叠词和排比，语词的铺排恰对应于童话世界的敞开性，读来畅快而开阔。故事一出场就是两个叠词：牙牙山和牙婆婆。继而点明牙婆婆除了"一个世界上独一无二的名字"，"还有一个独一无二的麻烦"："每次牙婆婆的牙齿长长以后，她的嘴就合不拢，说话就漏风，喝茶就漏水"。继而写牙婆婆的磨牙石各样形状，黑米农庄的房子各样形状，蓝尾狐收集的各样声音、各样味道、各色阳光，阿丑能听到的各种声音，又写各种山妖，写时间先生的各种形状等等，加上人物之间的插科打诨、各种机智的应答以及各种咒语、唱词，使得作品语言丰富多彩，叙事流畅而充满想象力。

最后，不能不提的是故事和人物背后的哲思。血肉之躯可感知万物神奇，感知各色气味、各种声音，感知友情，感知爱，所以，生命真是奇迹，是上天的恩赐。而此生固然短暂，尽情地活过了，譬如陶俑将军，便已足够。这些，经由无血肉的泥人变为有血肉的阿丑这一童话形象得到了生动诠释。牙婆婆的障碍在于身体病痛，有了这病痛，觉姆宫殿的极尽奢华也就变得没有意义。即便是求口欲满足的船长先生，也觉得单调的吃饱喝足的生活是多么死气沉沉。蓝尾狐则终于领悟到，活在当下，留下花香小路，比占有一千年也用不完的东西要有意义得多，也有意思得多。

而"寻求"之旅，由一人而二人，由二人而三人，由三人而四人，则告诉读者，人与人是命运共同体。无论阿丑之于牙婆婆，牙婆婆之于船长先生，蓝尾狐之于阿丑三人，或阿丑三人之于蓝尾狐，或牙婆婆三人之于阿丑，等等，他们之间谁也离不开谁。正是相互间的帮扶和爱，方能一起抵达终点。没有谁能独自一人完成理想，无分享的人生则只剩死寂般的孤独。他们性格不同，理想不同，志趣不同，而能够相互成就，就连已经活过的陶俑将军和尚未好好活过的阿丑之间，也相互成全，相互尊重。作家在这里传达的是一种当代人文精神：和而不同，既彼此独立而相互依存、和谐共处的精神。这些，未必是作家本人写作前的先行构想，然作家的思想和情怀却自然而然经由故事本身而显现出来。而童话作为象征的艺术，其思想内蕴的深邃和多维度的魅力也正在此。

【 作者简介 】

李红叶：著名儿童文学评论家，北京师范大学儿童文学博士，湖南师范大学文学院教授。

心中的小太阳

汤　锐

　　《大熊的女儿》是一篇奇特而内涵深刻的幻想小说，一个关于现代人迷失了自我又历经千辛万苦找回自我的动人寓言。

　　在一个平凡又平淡的早晨，11 岁女孩老豆的家里发生了一件惊天动地的大事：爸爸尹格失踪了，而尹格的床上睡着一只大熊！异形症就这样猝不及防地在这个叫栀白的宁静小城里发生了……爸爸变成了大熊，老豆没有哭，她是一个很酷的女孩，冷静而果敢地面对一切。仅凭一线希望，她义无反顾地带着大熊，哦不，是爸爸，走上了遥远而艰辛的寻爱之路。

　　老豆是这个幻想故事中最动人的形象，虽然她完全是一个写实人物。这是一个典型的跟着单亲父亲长大的女孩形象，内心独立、乐观、开朗、粗犷、直率、胆大、调皮、叛逆，直呼老爸的名字，总之是很酷的一个假小子，一个集现代与传统于一体的少女形象。外表叛逆是这一代少年的时尚表情，在酷酷的外表下，也有柔情，却藏在最深处。而所有那些外在的酷毙了的时尚表情，皆因深藏的柔情而具有了内涵。

　　老豆最令人感动的，是她的勇敢、善良和乐观，和她内心对那一份血肉亲情的坚守。老豆说的一番话几乎令人泪奔："我很爱很爱我的爸爸，无论他是变成熊，还是变成猫，甚至是变成一只小老鼠，我都会一直一直守护他，直到他回到我的身边。如果他一直一直都是一只熊，那我就一直一直都愿意做一只熊的女儿，带着他去旅行，实现他走遍世界每个角落、看遍世间每一处美景的愿望……"尽管她也不知道等待着异形症患者的是什么，不知道下一步应该怎么办，不知道爸爸是否会永远是一只熊，但是她会陪伴在爸爸身边，哼着歌，充满阳光地过好每一天，并且把这种乐观的爱传递给所遇到的每一个绝望的人、冷漠的人，感染着他们。

老豆用她的倔强、她的坚持、她的乐观带着爸爸朝着一个目标走，逢山开路，遇水架桥，什么都不能阻挡。正是这个坚定不移的过程激励着爸爸，治愈了爸爸……其实旅程到最后，找到没找到尹小荷都已经不重要了，重要的是爸爸已经找回了自己。

这是一个挂在爸爸心中的小太阳。

而大熊的故事，则是这个幻想小说的思想内核。小说中写道，尹格自幼就是一个心灵脆弱的人，容易被生活的不如意压垮，而这正是异形症的病根，即丧失了对生活的信心和对家庭的责任感，丧失了自我价值感，自暴自弃。小说借老豆和咖啡豆之口，说出了异形症的秘密，以及痊愈的希望在于亲人不离不弃的爱，将他们当作正常人，和他们一起逛街、购物、进餐厅吃饭……也就是，向他们敞开着灿烂人生的大门，这才是异形症患者恢复自信、找到自我的入口。出现在故事伊始的尹格，是沮丧、悲伤、自惭形秽的，浑浑噩噩地跟着女儿去寻找失散多年的爱人。这是求助之旅，也是自助之旅。一次次被稚嫩而勇于担当的女儿感动，渐渐唤醒了他做父亲的责任感，唤醒了一个男人的自尊。最后，依靠他自己内在责任感、勇气的觉醒，他作为一个人的内在自我不断成长壮大，终于冲破了那将他禁锢和异化的"熊样"躯壳。

现代社会的冷漠与温暖，现代人的迷失与自救，正是大熊父女的奇特旅程向我们揭示的奥秘。

这篇幻想小说的叙述文字风格独特，极具表现力。小说的小主人公老豆是一个外表酷酷的、内心却柔软细腻的小家伙，心中满满都是对爸爸的爱，嘴巴却扎得紧紧的。小说的叙述文字恰好就是为她量身打造的，于是我们读到的文字也是酷酷的味道：所有对话和动作准确地表达了人物的内心感受，性格刻画细腻生动，所有的外部描写都指向内心的活动。传统的以儿童为主人公的作品常有的儿童腔，在这里完全见不到了。

　　在小说最后："'爸爸。'老豆轻轻喊道。她已经很久很久没有喊过这个词了，从她不想让他看她的日记，从她不想让他进她的房间，从她不想告诉他学校的事情……她叫他的名字，她觉得这样时髦，觉得从此她和他就平等了，她以为自己就此长大了，不再需要他了，但是在这一刻，她又喊出了这个昔日温馨无比、饱含着爱和幸福的词语。"

　　看吧，老豆这才真正长大了！

童话叙事之"变形记"

——解读《大熊的女儿》

舒 伟

　　根据先民"宇宙生命一体化"的原始神话思维，世间万物都是有灵的，可以相互转化、变形。且看一则中国古神话叙事中的记述。相传黄帝的孙子之一伯鲧在尧舜时代被封于崇地（嵩山），彼时洪水泛滥，为害甚烈，于是帝尧命鲧前去治水。鲧采用堵塞之法，以致徒劳无功，大水更为肆虐，结果帝尧派杀手祝融将鲧斩杀于羽郊，抛于深渊之中。而在伯鲧为艰难的治水事业而失去生命之后，他的儿子大禹继承父亲遗志，采用疏导水流，开通河道，引水入海的方法，终于治服水患，安定了九州。在有关神话叙事中，伯鲧和大禹之间的父子之情亦显露出来，令人心动。伯鲧被杀之后化为熊身（沉渊化熊），其子夏禹从父亲腹中剖裂而出。随后，夏禹变成一条黄龙，将水下其父之"熊体"（鲧尸）"负"出水面，双双回归江海，重获自由。诗人屈原对此发出感慨之问："焉有虬龙，负熊以游？"

　　再看一个现代主义和后现代主义叙事中的变形故事。奥地利作家弗朗茨·卡夫卡的《变形记》为读者讲述了一个难以言状的可怕又可笑的悲剧故事。某公司的推销员格里高尔·萨姆沙一天清晨从令人惶恐的噩梦中醒来，突然发现自己蜕变为一只巨大的甲虫，不禁感到恐惧至极。他不仅身体变了形，声音也变得尖细可怕。他的家人包括父母和妹妹对此感到震惊和恼怒，随即把他作为一个耻辱关在房子里。格里高尔之所以发生变形，应当与他在竞争激烈的职场和无情竞争的资本主义社会大环境下受到的压力有关。格里高尔丧失了谋生的能力，在隐喻层面上也就成了一只无用的甲虫，成为家庭的累赘，甚至耻辱。由于家里失去了主要经济来源，休闲在家的父亲只得外出工作。随着事情的发展，格里高尔的亲人们从一开始的震惊、怜悯逐渐变得冷漠，继而感到厌恶，甚至仇恨了。母亲不愿意看到变成甲虫的儿子；妹妹不再给哥哥拿好吃的食物了，只施舍一点儿简单的食物给他；父亲不得不外出干活，对"甲虫"儿子更是厌恶至极，以致出手打伤了它，最终造成了格里高尔的死亡。如果说，社会竞争和职场压力导致了主人公的异化，那么亲人们的做法无疑造成了主人公的最终毁灭。在现实生活中，来自亲人的伤害的确是一种最大的伤害。在《变形记》中，主人公孤独凄凉地死去，亲人们却感觉如释重负，重获新生，使人世间最温暖的亲情成为一种最残忍的加害。

现在，我们转向童话叙事中的"变形记"。在麦子所著的《大熊的女儿》（大连出版社，2015 年 9 月第一版）中，主人公是年方 11 岁的女孩老豆，本名尹豆，生活在当代社会的一个单亲家庭里，过着平凡普通的日子。在这个名为"栀白"的宁静小城，父亲尹格是一家名为"艺图家居"的设计公司的首席设计师。他艺术才华出众，但由于生性耿直、善良，不肯屈从于坏心眼的公司老板"七根发"的出于私心私利的摆布，拒绝将该公司独营的昂贵建材设计到图纸中，也拒绝让顾客到老板开的装饰材料公司去购买昂贵的原材料，以至于受到老板"七根发"的记恨和排挤，丢掉了工作。失去这份能够挣钱养家的工作后，他尝试过到酒吧、画廊和餐厅等场所去打工挣钱，以养家糊口，但由于年龄偏大，又没有任何经验，结果到处碰壁，一无所获。日益艰难的处境，再加上失业之后又遭受原老板的肆意辱骂（"你压根就是一条癞皮狗！""瞧你这副熊样！"），长期默然忍受、无处述说的爸爸尹格终于崩溃了。于是就在一个旁人眼里普通又普通的日子里，就在女儿学校放暑假的第一天，这个单亲家庭的生活发生了剧变。女儿老豆一觉醒来，发现老爸不见了，而在他的床上睡着一头大熊！这突如其来的变化把故事的主人公和读者一起自然而然地带入了童话叙事的时空之中。似乎一夜之间长大的老豆挑起了家中的大梁，她照顾大熊老爸的吃喝，随后又毅然决然地带着大熊前往老爸小时候生活过的小城，踏上了寻找一个女人（爸爸心中的挚爱之人尹小荷，也就是女孩的生母），以拯救老爸的遥远而凶吉难卜的曲折道路——事实上，这也是许多现实励志故事中那些家庭突然间陷入巨大困境的女孩们在无奈之下毅然决然地担起与其不相称的生活重担的选择。经过一番周折，老豆终于带着大熊老爸坐上了前往"鱼骨"城的火车。疲惫不堪的老豆一坐在座位上就昏昏沉沉地睡着了，但途中被车厢里的到站播报惊醒了，无意间下错了站，到了一个名叫"鱼菇"的小城。在这里，老豆和大熊老爸被一个叫"黑鱼"的流浪儿盯上了，他把她藏有全部钱物的袜袋偷走了。身上一文不名的老豆在追回袜袋的过程中结识了以少女"咖啡豆"为首的流浪儿"破屋五人组"。老豆刚毅倔强的性格吸引了咖啡豆，而她的真实身份是家住鱼骨城的富商之女。由于与父亲之间存在情感隔阂，加上母亲在压抑的环境中备受精神打击而患上异形症，成为一只被深藏于家中的白熊，这个叛逆的少女动辄离家出走，跑到鱼菇城，纠聚了一伙像"黑鱼"这样的流浪少年，闯荡打闹，偷窃东西，聊以打发毫无意义和亮色的沉闷日子。在得知此"鱼菇"非彼"鱼骨"之后，女孩老豆又不顾咖啡豆他们出于好意的竭力劝阻，带着大熊老爸踏上了继续前行的道路。一路风尘颠簸之后，父女俩抵达了神秘古怪而又阴沉可怕，暗藏各种凶险危机的鱼骨城。事实上，这座小城正经历着一场巨大的危机，越来越多的人患上了异形症，变成"熊样"。为了小城的名声，市长铁手指先生让人在城里修建了一座熊堡，专门关押和治疗那些患上异形症而变成熊样的市民们。在这里，老豆带着大熊老爸又经历了一连串离奇的事件，已经逐渐醒事的大熊为减轻女儿老豆的负担而自愿跑到马戏团去表演节目，不离不弃的老豆赶紧找到马戏团，去做小丑演员。在表演现场，咖啡豆出现了，出手解救老豆。在一片混乱中，大熊突然石破天惊地大声吼叫起来："别打啦！"故事的高潮来自孩子们解救被关押在熊堡中的异形症患者的行动：老豆、咖啡豆和黑鱼手持咖啡豆父亲拿出的特别通行证，勇闯熊堡，斗智斗勇，终于解救出所有变成熊样的人们。

历尽坎坷的大熊老爸在女儿不弃不离的亲情呵护下，在父亲的责任意识被重新唤醒之后，找回了自信，恢复了自我。那么，大熊老爸找到失散多年的心上人——老豆的生母尹小荷了吗？结局令人感慨，令人动容。

作为当代童话叙事，《大熊的女儿》体现了幻想故事的童趣化特征。它讲述的是发生在当代社会的小女孩的历险故事，传递的是传统童话的观念：向善的小人物拥有巨大的潜能，能够创造出难以想象的惊人奇迹，改变不公的命运。主人公之所以能够战胜逆境，创造改变命运的奇迹，本质上靠的是善良本性和相依为命的骨肉亲情，靠的是自强不息的抗争精神。心理学家从经典童话中发现了它们如何以象征语言揭示人格发展所必经的重要阶段。例如，《灰姑娘》就形象生动地揭示了心理学家埃里克森论及的人类生命周期中的五个非常重要的人格属性：1. 基本信赖感：这是通过母亲无微不至的关怀和照料而凝结在儿童心里的信念，也就是灰姑娘与尚未被继母取代的最初的慈母相处的经历以及对慈母的怀念所熔铸在她人格中的坚定信念，这一基本信赖感将成为人生的重要支柱。2. 自立自强：身处逆境而不屈。她不能依赖任何人，只有靠自己独立自强，奋力抗争。3. 主动精神，即不屈不挠地发展自己的主动性。4. 任劳任怨：恰如灰姑娘历尽苦役，忍辱操劳。5. 人格认同：灰姑娘赢得王子靠的是真实的自我，真实的自我胜过外在的虚假和虚华（见 Bettelheim，B. The Uses of Enchantment. New York：Random House. 1976：275）。女儿老豆对生活的基本信赖感来自老爸从小到大对她的养育之恩，在一个单亲家庭里，这种相依为命的血缘亲情显得弥足珍贵。尽管父女之间在平日都不会对此有任何表露，但彼此的依靠和不离不弃已经根深蒂固。当代心理学研究表明，儿童的发展以情感为先。这种情感的"根基"使小女孩始终怀念平凡而充实的过往时光，始终坚守着内心的希望。在一路坎坷不平的历险过程中，女儿不屈不挠的努力一次次地感动和震撼着在象征意义上陷入昏睡的大熊老爸，渐渐唤醒了他身为人父的责任感和他作为一个男人的尊严——在老爸恢复之后出现了这样一幕：

"'爸爸。'老豆轻轻喊道。她已经很久很久没有喊过这个词了，从她不想让他看她的日记，从她不想让他进她的房间，从她不想告诉他学校的事情……她叫他的名字，她觉得这样时髦，觉得从此她和他就平等了，她以为自己就此长大了，不再需要他了，但是在这一刻，她又喊出了这个昔日温馨无比、饱含着爱和幸福的词语。"就这样，父女俩分别在更高的精神层面上重返生活。

在传统童话故事中，通常是一个少女在邪恶魔咒的作用下陷入了百年沉睡，最后是某个勇敢无畏的年轻人用爱将她唤醒。而在这本小说中，陷入昏睡的却是作为父亲的男性成人，将他唤醒过来的是稚嫩但有担当的女儿——在象征意义上将他从一种邪恶不公的魔咒中解脱出来。正是怀着那坚定的基本信赖感，始终忠实于自己的真实自我，少女老豆才发掘出自己内心深处的力量，实现了改变命运的奇迹。这样的童话叙事成为一种精神感召，成为一种应对当代社会现实挑战的诺言。它可以让孩子们去倾听自己内心的声音，去激活自身聪明才智和力量，无惧任何个人的和社会的艰难险阻，去锲而不舍地坚守自己的精神家园。

爸爸尹格变身为熊虽然异乎寻常，但却得到合乎童话叙事规律的解释，就好似这样的事情可能发生在任何普通人的家庭之中。它用自然随意的方式讲述最异乎寻常的变故和随之而发生的遭遇。作者深谙童话文学的这种叙事方式，以实写幻、以真写幻、幻极而真，体现的不是现实意义上的逼真，而是儿童感受现实生活的心理真实性。从现代心理学视角看，童话叙事的深层结构是一种独特的童心梦幻，一种清醒的童话之梦。它不但具有梦的一般特征（恍惚迷离、怅然若失、求之不得、徒劳无益、奋然挣扎），而且是许多代阐释群体"集体无意识"作用的结果，是愿望的满足性的象征表达。小说中对于女主人公老豆的心理状态通过微妙的梦境呈现出来。例如在第一个梦境中，女儿老豆带着失去自我价值、意识浑浑噩噩的大熊老爸乘坐火车前往远方的鱼骨城，前路未明，心情沉重。疲惫的老豆刚合上眼，坏心眼的"七根发"老板便出现了，他冷嘲热讽，恶语伤人，对正直而有才的尹格极尽恶毒攻击之能事，这让做女儿的老豆怒不可遏，挥拳猛击，一下从梦中醒来——原来她把拳头挥向了邻座一个眼神很像"七根发"的男乘客。第二个梦境出现在老豆带着大熊老爸坐在敞篷卡车的车厢里，继续朝着目的地前行。疲惫的老豆昏昏入睡，梦见大熊老爸在她耳边说话。老豆倍感欣喜，因为能开口说话就意味着逐渐好转了。大熊不仅感谢女儿的救助，而且伸出厚实的熊掌抚摸女儿的额头，就像抚摸小时候的老豆。大熊的眼泪滴落在老豆的脸上，泪水居然变得汹涌滂沱，使老豆猛地从梦中醒来，原来是天降大雨了！内心的活动和外部的环境变化交相互动，有机融合。第三个梦境出现在老豆钱物所剩无几，几乎山穷水尽之时，她带着大熊老爸苦苦寻觅的尹小荷悄然出现在父女俩面前，老豆按照自己的想象看见了她："瓜子脸，柳叶眉，薄嘴唇，小鼻子，鼻子上还撒着几颗雀斑。"这个飘然而至的女人居然长得很像老豆！但尹小荷并不认识大熊，转身就走，老豆拔腿就追，但感觉自己的双脚被绳索捆住，寸步难移，继而在拼命挣扎中醒过来。

　　从总体看，当代童话叙事具有广阔的表现空间，尤其具有不可多得的心理意义和艺术魅力，能够帮助少年儿童直面生存的困境，既可以满足他们的各种心理需求，也可以激发和培育他们最需要的能力去应对那些内心困扰，迈步走向光明的未来。

带着"大熊"上路，一场爱的"确认"赛

——评《大熊的女儿》

侯　颖

意大利卡尔维诺的《为什么读经典》风靡全世界，他给出经典的定义："经典是那些你经常听人家说'我正在重读'而不是'我正在读'的书。"卡尔维诺又说："一部经典作品是一本每一次重读都像初读那样带来发现的书。"我现在还不能确证《大熊的女儿》是经典，在经典的指认中还有一个重要的指标就是 50 年后是不是还有人在阅读。但在我个人阅读体验中，这确确实实是一部我反复阅读并每一次阅读都有新发现的书，初读时发现《大熊的女儿》离奇曲折的故事情节，被深深吸引；再读时，读出主人公小女孩老豆内心的顽强和对大熊爱的坚定；后来再读，我会努力挖掘这个 11 岁小女孩对大熊不离不弃的爱的力量来自哪里。作品给出合情合理的解释了吗？

　　暑假的第一天，没有人叫醒老豆，她舒舒服服地睡到自然醒。爸爸不见了，她发现爸爸尹格的床上正睡着一只巨大的棕色熊。

　　醒来的熊看着老豆，喉咙处发出一阵叽里咕噜的声音。

　　"你说什么？"老豆问。

　　"叽里咕噜。"熊回答。

　　"我不懂。"老豆实话实说。

如此荒诞怪异的事情没有让 11 岁的老豆惊慌失措，她想到了爸爸，因为"有事情找尹格"，这是尹格对老豆说的口头禅。到处寻找之后，老豆发现最优秀的家居设计师尹格不仅消失了，还因为经受不住失业、

被骂、被社会抛弃等种种打击已经患了异形症，变成了眼前这只躺在卧室里的大棕熊。这时候，老豆没有惊慌失措，而是给尹格准备了他最喜欢吃的玉米饼：

> 熊看着老豆。老豆说："你就是尹格，对吧？"
>
> 熊不说话。熊的眼中有泪。
>
> "你果然是尹格啊。"老豆说，"你甭看我，我还是你女儿。"
>
> 熊的眼泪流了出来。
>
> "你可别哭，你知道我最讨厌男人流泪了，上次丁小丁被我骂哭后，我连着两天没理他呢。"
>
> 熊的眼泪便又收了回去。

以往中国的儿童文学习惯于表达成人对孩子的爱，很少能如此真切而深邃地表现孩子对父母的爱，许多时候，也许孩子对父母的爱更纯洁更伟大。父女深情在这个细节中一下汩汩流淌出来，这是多么令人心酸而动人的场面。相信儿童，感恩儿童，应该是对儿童生命力的信任奠定了优秀儿童文学作品的本质特征。这种现代儿童观的确立，为作品后面故事情节的发展，奠定了扎实的情感基础、叙事动力，以及主人公行动的可能性。

爸爸变成了只会吃饭、睡觉打呼噜的熊，并且性格胆怯、忧郁、软弱，只剩下流泪和叽里咕噜，在老豆的世界中，爸爸从以前的生活靠山和支撑一下变成了巨大的生活和精神负担。小女孩老豆表现得沉着、勇敢和坚强，她刹那间长大了，她要担负起家庭的一切重任，她要带爸爸去寻找治疗的方法，她确信一定有办法让尹格恢复到原来的样子。

爸爸的变化所带来的生活上的改变并没有压垮老豆，却激发了她叛逆、向困难生活挑战的英雄气概。当老豆与大熊在小区里散步时，遇到邻居异样的目光，老豆像小老虎一样勇敢；等动物园的人想把大熊带走时，她巧妙地骗过了所有人。老豆要在最短的时间内让大熊恢复成原来的样子，她带上家里所有的积蓄和一两件换洗衣服与大熊上路了。加拿大儿童文学理论家培利·诺德曼认为儿童成长小说就是"在家—离家"的叙事模式,在家生活安全幸福但枯燥乏味,在路上危险不安但刺激有趣。在路途的凶险中,孩子一方面会认识社会,另一方面也会发现自己的潜力并努力锻炼各方面的能力——真正的成长只能在路上。

从前,生活一切正常时,小女孩老豆没时间把爸爸放在心上,他是怎么突然变成熊的,她一点儿都没有发现前兆。最近的亲人有时又是最远的陌生人,她不了解爸爸,她放在心上的事情实在太多,"轮滑、溜冰、打架、对老师搞恶作剧、捉弄同学……老豆忙得不亦乐乎",她为自己平时对爸爸的冷漠和疏忽感到惭愧,"为着这种惭愧,她觉得自己一定要为尹格做点儿什么"。听说找到真正的爱情就能让爸爸恢复原形,得知爸爸还深爱着自己的妈妈尹小荷,她不畏千难万阻上路,去鱼骨城寻找尹小荷。

当遇到不让大熊进餐厅、上火车、住旅店的种种阻碍时,老豆都无数次地对人们庄严地宣告:"他不是熊,他是我爸爸。"路遇小偷被偷走了所有钱财;寻找孤儿院没有人告诉他们当年的真相;打大熊主意的马戏团老板一次次想威胁利诱老豆,让他们去马戏团表演……当一次次陷入危机和困难的时候,爸爸以前对自己的鼓励"加油""别怕,有我在!"这时候换成了老豆对大熊的安慰。这些爱的誓言同样鼓励着老豆毫无畏惧地去寻找解救爸爸的秘方。直到老豆一点儿钱也没有了,既不能住店又不能吃饭的时候,大熊离开了老豆偷偷地跑去马戏团与老板签订合同,卖身筹钱,而老豆为了能与爸爸待在一起,尾随而去,在那里当了一名小丑,她用台上的笑来藏起自己所有的悲伤。实际上,变成了大熊的爸爸只是外形是熊,内心还拥有对女儿一如既往的父爱。看到咖啡豆和老豆与马戏团老板打斗时,情急之下大熊突然发出一声巨嚎:"嗷呜——别打啦!"这更让老豆看到了希望。女儿不因为爸爸变成了熊,就改变对爸爸的爱,这种亲情的力量就像生命之水一样源源不断。

最初老豆和大熊到达鱼骨城时,发现这个地方死气沉沉,人们都不快乐。原来这里藏着天大的秘密，一大群因生活中各种失意和打击变成熊的异形症患者被关进了熊堡，在咖啡豆和黑鱼的帮助下，老豆放出了被囚禁的患者，让他们回到了亲人的身边。后来连市长都知道了这种疾病没有任何治疗的药方，只有亲人的爱可以使得患者减轻痛苦，慢慢恢复人的能力。咖啡豆作为一个叛逆的女孩也被老豆爱爸爸的精神所感动，放出了已经患了异形症关在地窖里的妈妈，关心正在发烧将要变成熊的爸爸。

爱是可以传染的，整个鱼骨城仿佛从一个被魔鬼诅咒的噩梦中慢慢苏醒过来，因为老豆带着一只熊的到来，唤醒了人们爱的力量。鱼骨城举行了盛大的烟火表演，笑声和喜悦重回人间。尽管老豆找到了尹小荷，揭开了爸爸和妈妈的一切秘密，可是，当看到尹小荷时，大熊说："她现在很幸福，不是吗？"大熊得到了女儿坚强勇敢的爱，也从爱情的失落和生活的困境中觉醒过来。

另外，在老豆与大熊寻找"治病"的秘方时，作品里写了许多稀奇古怪的陌生人，有理解并帮助老豆的火车站站长，开卡车运送老豆和大熊的小伙子菠菜先生，给老豆提供住宿和出药方的旅店老爷爷，喜欢咀嚼槟榔的老婆婆，出钱、出力、对老豆不离不弃的仗义女孩咖啡豆，机灵、淘气、有点儿贫嘴的黑鱼……这些人既是老豆旅途中的朋友，又是她人生的"引渡人"，是他们的诚恳善良帮助老豆一路走下来。每每遇到困难的时候，不会说话的大熊也会用头来蹭蹭老豆的脸，给了老豆莫大的精神和情感支撑。"尹格是孤儿。他没有别的亲人，老豆也没有别的亲人，他们就是彼此的唯一。"一路上，大熊感受到了爱的力量，坚强起来。作品最后写道："春天呀，我正朝你勇敢地走来！"是的，爱不就是春天吗？对于朝夕相伴的父女俩，不离不弃的陪伴，就是爱和春天。

我在阅读时，更愿意沉醉于作品之中，发现了大量世界儿童文学的经典元素，美女与野兽的叙事原型，探秘与历险的故事情节，饱满富有生活气息的细节，奇奇怪怪的人物形象：相貌丑陋的善良女巫，谆谆教诲人的智者，富有诗性心灵的浪漫小伙儿，力大无穷富可敌国的美少女，有些机智有点儿坏的忠诚男孩……正像著名儿童文学评论家汤锐所说，这是"一个关于现代人迷失了自我又历经千辛万苦找回自我的动人寓言"。

可以说，自古英雄出少年，我在《论儿童文学的教育性》一书中强调，"超出一般人能力的个体性英雄，对人类未来充满坚定的信念，这是儿童文学的一种积极向上的精神特质"。《大熊的女儿》中的老豆是一个平凡的小女孩，也是一个真正的英雄，尤其在独生子女时代的中国，这一形象更具有特殊的价值和意义。她小小年纪能够在如此巨大的生活灾难面前，表现出义无反顾的坚定信念，带着"大熊"上路，这是一场爱的"确认"赛，亲情、友情大获全胜，《大熊的女儿》是中国儿童文学爱与美的一次华丽绽放。

（本文摘于《文艺报》）

《梦街灯影》：词一样的小说

李东华

　　《梦街灯影》是美的，它的美首先在于它的语言。《梦街灯影》是用写词的手法写小说。细细读来，它有着翡翠塔一样的玲珑，小桥流水式的精致，江南烟雨般的湿润，香雾袅袅似的朦胧。《梦街灯影》写的是梦，本身就像是从梦中得来的文字，就像评语所说的："（它）用写短篇小说的细致入微构建长篇小说，使读者不仅跟着情节走，还步步沉浸在瑰丽神秘、令人口齿生香的阅读氛围中，充分显示了汉文字的诱人魔力。"是的，《梦街灯影》是在用一粒一粒精心打磨的方块字，玉一样温润的文字，营造一个又一个唯美的意象，来抵达一种晶莹剔透的意境。

　　《梦街灯影》是奇的，它的奇源于它非凡的想象力。古往今来，写梦的篇章并不少见，但是作者依旧能够做到让人眼前一亮，是因为她把"梦"这种人人熟悉却又无影无形转瞬即逝的东西具象化了。梦可以化而为人，人可以化而为梦，梦可以化入宋词，也可以从词中释放，封于玉石之中，甚至有出售梦的集市，有"燃梦"的表演……把词融入小说，不是生硬地嫁接，而是成为推动小说情节往前行进的不可缺少的动力，这本身又是作者的一大创新处。把词作为梦的居留之所，也与词本身如梦如幻的气质相契合，二者融为一体，浑然天成。所以，在这部小说中，作者的幻想屡屡出人意料，细细思量，却又在情理之中，虽奇特却并不突兀，虽大胆却并不生硬。

　　《梦街灯影》是善的。它张扬的是对"梦想"的守护。在作者的笔下，梦巫是一群有一定巫力，能够借助石器操纵梦的人。他们一部分人为仙人服务，从词中修复梦；一部分梦巫将梦封入石器拿到集市上出售；

一小部分梦巫想将梦留在人间，他们形成了一个叫"风荷"的组织。为了让人类能够长久地拥有做梦的权利，在"风荷"和仙人之间展开了艰难的斗争。一个普普通通的中国女孩子于霄恬，看似无意中与这场战争迎面相逢，却原来早在三百年前就写就了命运的传奇……在影影绰绰的如迷雾一般的故事中，读者的目光要行走到最后，一切才会水落石出、风清月朗。于霄恬或许不是一个雷厉风行的女子，和上苍赋予她的使命相比，她甚至有些柔弱和无助，但"善"始终是引领她心灵成长的最醒目的力量。

《梦街灯影》的风格无疑是很中国的。书法、汉字、宋词、玉石、梅，那些中国传统文化符号不是孤立地散落在小说中，而是融为小说的骨架和血肉。这部小说不仅仅长着一张中国的面孔，还周身都散发出中国的神韵、中国的气息。古老的中华文明在这个年轻女子的笔下婉转地流淌，有些稚嫩，有些单纯，但不乏清新的朝气和蓬勃的活力。

【作者简介】

李东华：著名儿童文学作家。作品曾入选新闻出版总署"三个一百"原创图书出版工程，获中宣部"五个一工程"奖、央视"中国好书"奖、全国优秀儿童文学奖等奖项。

穿行在词话的灯影梦街之中

——读王君心的《梦街灯影》

许军娥

《梦街灯影》是青年作家王君心的力作，走进和阅读她的文字，我的心被她绚丽多彩、隽秀唯美、充满磁力的文字所牵引，沉浸在温暖、诗意、奇幻、浪漫的氛围之中。

一、《梦街灯影》运用绚丽唯美的语言，表达中华古韵的独特风格。

翻阅《梦街灯影》，映入眼帘的是隽秀唯美的文字，于是，一幅巧妙融合了诗词、书法、汉字、玉石、梅花等中国元素，与巫术和梦境相交织的水墨画卷，散发着浓浓的中华古韵，铺展在我们的面前。

整部作品开篇从"是谁来折花"直到结尾"新的契约"，共十四章节近十五万字，每一个章节后面都有一首相应的词（"夜空中的马车"后收录有两首词），从蒋捷、林逋、李煜、李璟，到范仲淹、苏轼、李清照、辛弃疾等词人的佳作贯穿在行文中，自始至终恰贴自如地穿插、融会在整部作品中，形成了一种亦真亦幻的镜像。

作者优美隽秀的文字弥散着叙述的张力，无论写景抒情、描写人物，还是编织故事、构筑想象等，都彰显着作家厚实的古典文学功底。那一树梅花、一个汉字、一抹晚霞、一弯新月、一个庭院、一枚玉石、一身古装、几首宋词、一片梅林、一座石桥、一张字画、两只石狮、万朵白莲、古式木房、一套花牌、一腔愁思、一只火红的凤凰、一束闪烁的灯光、一场艰辛的战争、一座繁华的城市，都在守护"梦"的理想中交织成一条迷人意境的河流，汩汩向前……全书字里行间呈现着与词话相对应的叙述风格，或清新活泼，或峻洁清高，或淡泊雅致，或起伏跌宕，或趣味高雅，或气势磅礴……都充满了一种"丰富的宁静"与"充实的美丽"，是一种有精神、有力度、有温度、有深度的壮丽美风格。就这样，我们在她唯美语言所建构的梦街里徜徉，感受着中华古韵的独特风格。

二、《梦街灯影》塑造了个性鲜明的人物群像，透射"守梦者"的无限力量。

阅读作品，我们惊奇地发现：在作家的笔下，精心塑造了一批个性鲜明、富于牺牲精神的"守梦者"群像。作品阐释着一个守护"梦想"的动人故事，透射着他们坚持不懈守护"梦想"的无限力量。一个和蔼可亲的教孙女认汉字、学书法、学诗词和解梦的爷爷，拥有双重身份的心地善良的"守梦"女孩为霄恬（小荷的转世者），坐在古色古香房间里的"四老司"，须发纯白似鹤羽毛的红衣老人，胡子像砖块、须发花白、眉毛浓黑的黄衣老人；丹红色瞳仁闪烁着鹰一样锐利目光的曜；长着狐狸一样细长眉眼、鹰钩鼻的蓝衣老人；一个肤色雪白、墨黑瞳仁、目光清澈、长发飘飘、瘦削高挑、气质凛然、百年一遇的奇才郑舞逐（收复了一百多个梦的梦巫）；高高壮壮的温潇伯伯；着浅褐色布衣的阿三；不辞辛苦传授梦巫技巧的李爷爷；有着墨黑瞳仁、瘦高个的"白"……这些梦巫群像或高雅不凡，或轻柔纤巧，或婉丽多姿，或灵动温润，或俊爽超逸，或灵力超群，他们为了"守护"或"封印"梦而付出，透射着"守梦者"的无限力量。

群像的壮美，并不意味着作者对个性体验的淡漠。从群像的背影中，我们也看到了典型形象的特殊魅力。主人公于霄恬穿越三百年的时光隧道，走进读者的视野，她是一个心存善良的普通女孩，在不经意中走进了梦，开始了一段扑朔迷离曲折跌宕的故事，她跟随李爷爷勤学苦练木属性梦巫的本领，掌握拥有修复梦的能力；她理解梦，具有与梦进行沟通的灵性，在这守护与封印"梦想"的争斗中与仙人展开了一场惊心动魄的斗法……她在亦真亦幻的梦境中随着"守护"的进程中，获得了内心的成长。

三、《梦街灯影》展开瑰丽奇异的幻想，营造充满魔力的缤纷世界。

这是一部充满非凡想象力的作品，作家把奇幻与现实、历史与幻想、文化与传承巧妙地融化为一体。在作者的笔下，作为小荷转世的于霄恬穿行在三百年的时光隧道里，主导着全书"穿越时空"的神奇叙事，百年景色、百年时光都可以在梦中交织重现，成为吸引读者的壮丽景观。

拯救我们的童心和想象力

——评《拯救天才》

舒　伟

在一般人眼中，天才大多为思维超常、难以理喻之癫狂人士，只有独具慧眼并且心怀大爱的人才能理解和欣赏他们。有这样一位数学天才，他才华横溢，22 岁时就发表了在数学界举足轻重的学术论文，获得了普林斯顿大学博士学位，后来还成为这所名校的教授。这位数学天才在非合作博弈的均衡理论研究领域做出了开创性的贡献，对博弈论和经济学产生了重大影响，从而使他成为 1994 年诺贝尔经济学奖三位获奖者之一。然而这位天才却是孤独的，无法与人们正常交往，这让他患了严重的妄想症，随后由于出现幻觉而被确诊为重度精神分裂症。从炫目的云端陷入黑暗的境地，这位年轻天才濒临彻底崩溃的边缘。而最终拯救他的，是深爱着他的爱丽莎和普林斯顿大学的教授们。正是爱丽莎不离不弃的关爱，以及那些教授们的理解、尊重和友善，使这位天才头脑中的怒海狂涛趋于宁静，使这只失去铁锚而在苦海中无助漂泊的船最终回归健全的人生航道。这是约翰·纳什的传记电影《美丽心灵》为我们讲述的一个通过爱心拯救天才的动人故事。

约翰·纳什是幸运的。然而历史上有许多天才却是极为不幸的，甚至遭遇了悲剧性的命运，如布鲁诺被烧死在广场上，伽利略受到终身囚禁。再往前追溯三千年，据《列子·汤问》记载，西周时有一位天才工匠，名叫偃师，他为周穆王献上一个歌舞人偶，却差点儿把命送了。偃师制造的这个人偶堪称世界上最早的智能机器人，只见它疾走缓行，俯仰自如，与真人毫无二致。开口唱歌，歌声优美，合乎旋律；起身跳舞，舞步优雅，符合节拍。它能歌善舞，随心所欲，令人击节称善。就在表演即将结束时，这人偶舞者居然"瞬其目"，眨着眼睛去挑逗穆王身边的妃嫔。穆王雷霆震怒，当即要处死偃师。幸亏偃师反应迅速，当场拆散了这个歌舞艺人。穆王一看，这人偶果真是用皮革、木头、树脂、漆和白垩、黑炭、丹砂、青䕃之类的材料制成的，里面肝胆、心肺、脾肾等俱全，外部筋骨、肢节、皮毛、齿发等皆备。穆王这才转怒为喜，说："人的技艺竟能与天地自然有同样的功效！"要知道，这只是天才偃师制作的一件作品而已，只要穆王有意愿，他可是什么都能制作啊。可惜穆王并不珍惜这罕见的天才，还差点儿将其杀死。如果偃师生活在我们的时代，他一定会大放异彩。那么我们能否回到过去，去拯救那些生不逢时的卓越天才呢？你可能会说，这真是一种疯狂的想法啊。但别忘了，诗人艾米莉·迪金森说过："在具有洞察力的目光中，非常的疯狂乃是最神圣的理智，而太多的理智乃是最赤裸的疯狂。"事实上，科技的发展在特定意义上为我们的这种设想提供了驰骋想象的可能性。天才少年麦可的故事便由此展开。

少年麦可只有 10 岁，正是最无忧无虑的年纪，但他却为自己的天赋奇才而烦恼不已，因为没有适龄伙伴愿意与他交朋友。他唯一的朋友是从小与他一起长大的乔乔，但乔乔居然也拒绝让他参加她的生日宴会，因为麦可总要毫无例外地以其天才的方式得罪所有来客。这个少年在暑假自学完成了理论物理专业的研究生课程，而他在自己作文本上写下的几篇论文受到几位资深老教授的热烈赏识，他们争着要招收他做自己的博士生，并为此吵闹得不可开交。然而这个孤独的天才少年却没法解决一直困扰着自己的问题。在极度失望之余，少年麦可从心底发出了某种召唤，谁知却召唤来了一艘来自未来世界"拯救天才协会"的时光机器。于是麦可和乔乔两个当代的少男少女鬼使神差般地踏上了前往三千年前的西周的旅程，去拯救生不逢时的天才工匠偃师。要知道，能让木偶舞者拥有充满灵气的生命，偃师不仅是一位神工巧匠，更是一位杰出的科学家。他比《弗兰肯斯坦》中人造人的那位医学实验家更加卓绝，更值得称道。在接下来的一系列冒险活动中，麦可和乔乔能够拯救偃师吗？少年天才麦可的烦恼解决了吗？

通过未来世界"拯救天才协会"的时光机器，麦可和他的朋友乔乔来到了三千年前的西周，经历了一系列不寻常的冒险行动。这个故事让尘封在古籍故纸中的久远的天才人物和被埋没的历史事件跃然而出，化作一幅幅栩栩如生的画面，带着逼真的生活气息和历史细节展现在读者眼前。当然，这一旅程注定是不寻常的。随着故事的展开，这一特殊的古今碰撞引发出一系列富有现代气息，同时又跨越时空的引人入胜的情节和悬念。少年天才同样需要走向助人与自助的成长之路。从整体看，《拯救天才》表现了当代少年儿童的现实生活与精神活动的广度和多样性，为少年读者敞开了相当广阔的生活空间和探险空间。而且，通过敞开时空的大门而引领少年儿童进入广阔的历险和认知空间，它再一次向我们表明，"时间和空间只是一种思想形态"，只要能展开幻想的翅膀就可以心游万仞，跨越古今。超常与平凡的碰撞、天才与常识的对话，这个故事洋溢着智慧的哲理和闪光的启迪，现代性和童趣性交相辉映，水乳交融。当然，最终得到拯救的是我们的童心和想象力，是我们对智慧、理智与人生的重新认识和体验。

拯救天才也是拯救自己

苏　梅

天才具有天赋的智慧才能，包括卓绝的创造力、想象力、行动力；天才是有天然资质的人，如体质、嗓音、语言等方面超越常人。中国古代将"天才"置于三才（天才、地才及人才）之首，"三才"一词源自《易传》的"三才之道"。

在常人眼里，天才是考试总考第一的学霸，天才是无所不知、无事不晓的博学家，天才是有重大创造发明的人……总之，天才不是普通人，天才只能仰望，距我们太远。

如果有人问：天才也会遇到迷惑、困难或危险吗？这可是一个很有意思的问题。科幻小说《拯救天才》里的主角麦可，是一位当代天才，而他要拯救的偃师则是一位古代天才。可谁能想到这两位天才都遇到了大迷惑、大困难、大危机。麦可天才去救偃师天才，真可谓是惺惺相惜。

故事的开头就充满诡秘：天才少年麦可智商惊人，可情商平平，为找不到朋友而灰心苦恼，而他唯一的朋友乔乔却拒绝他参加她的生日宴会。麦可在失望之余，无意中召唤来了未来世界"拯救天才协会"的时光机器。麦可和乔乔一起乘坐时光机，意外地来到西周，他们面临着一个突如其来的使命：要去拯救一位天才工匠偃师。在接下来的一系列惊险历程中，木乙、造父、周穆王等古代人物接连登场，牛顿、阿基米德等西方天才在时空中交错。最后，偃师和木乙获得了拯救，麦可和乔乔得到了成长……整个故事悬念迭出，一波三折，充满强烈的艺术感染与吸引力。

小说塑造的人物性格鲜明传神。一个是天才男孩麦可，一个是平凡女孩乔乔，他俩的性格就像冰与火的两个极端。麦可知识广博、自命不凡、咄咄逼人，但他很难与人相处，不仅无法融入小伙伴之中，甚至连老师和校长见到他都头疼。麦可的这些"缺陷"使得他自然也需要拯救，而能够拯救他的，既是他自己，还有那个平凡的伙伴乔乔。

天马行空、奇妙的想象力，古今中外人事的大碰撞，擦出精彩的故事火花。麦可和乔乔是当代的小学生，而故事的大背景却是天才工匠偃师生活的西周王朝。偃师本是一位滑稽舞师，他的梦想是成为一位伟大的工匠，他爱好制造机械人，木乙就是他精心创作的杰作。偃师和木乙的感情，是血浓于水的父子之情。木乙聪明、善良，有一颗赤子之心，但机械人的出身又使他无法摆脱机械人的局限。

麦可和乔乔乘坐时光机器来到西周，他们前去营救遇到危险的偃师，阻止偃师去觐见贪婪暴烈的周穆王。但是偃师内心非常矛盾，为了实现自己的工匠梦，不惜牺牲自己的生命。麦可、乔乔和木乙已成了好朋友，却发现木乙的真实身份是书上记载的机械人。偃师与木乙父子情深，偃师让麦可和乔乔带着木乙离开，自己去觐见周穆王，然而木乙却突然返回，去帮助偃师实现梦想。因周穆王看中了木乙的"蓝心"，偃师和木乙一起身陷囹圄，木乙将被当柴烧掉，偃师将被砍头。麦可和乔乔想方设法去营救他们，刚开始只救出了木乙，让"蓝心"回归木乙的胸膛，但偃师被当作人质将被烧死。麦可、乔乔和木乙一起努力，终于救出了偃师，不料木乙又被抓走……最后，麦可操作金甲，终于救出了木乙。

一波刚平，一波又起。麦可和乔乔拯救偃师的行为，引发了时空错位：威廉·泰尔拿箭射向儿子小威廉头顶的苹果，不料却射中了砸向牛顿的那个苹果；正在用镜子点燃罗马舰队的阿基米德，却和洗澡时发现浮力的大科学家阿基米德互换了个个儿……麦可和乔乔又不得不穿越时空，冒着巨大的危险前去拯救他们。

麦可是天才，偃师是天才，牛顿、阿基米德、威廉·泰尔也都是天才。麦可在拯救这么多天才的过程中，不仅拯救了他人，也拯救了他自己——使自己不但成为"智商"超人的天才，也成为"情商"高超的英雄：聪明勇敢、足智多谋的麦可，不但和机械人木乙成了好朋友，而且获得了乔乔的认可，收获了真诚的友谊。麦可的成长真如法国作家巴尔扎克所言："只有超人的天才，才会像蛇蜕皮一样自我更新。"

需要提出的是，《拯救天才》的语言幽默风趣，常常使人忍俊不禁，发出会心的微笑。小说随处可见恰到好处地融入的历史知识、地理知识、科学知识等，能让人在阅读悬念故事的同时，增添多方面的知识能量。

《拯救天才》是一个关于"天才孩子"的成长故事，也是一个"普通孩子"的成长故事；这既是一部时空转换、想象丰富的科幻小说，也是一部非常吸引人的优秀的成长小说。

时间之箭从现在射出，交织着偶然与必然，衍生出无数个未来……

【作者简介】

苏梅：儿童文学作家、幼儿教育专家、阅读推广人、儿童安全教育大使，中国作家协会会员。曾荣获中国童书金奖、冰心儿童图书奖、冰心儿童文学新作奖、中国科普作家协会优秀科普作品奖等奖项。

汤素兰：创造并打开
一个母语的童话世界

李利芳

汤素兰是一位地地道道的童话作家，这是因为她的童话既传承了世界经典童话的艺术精神，又能立于民族文化之根、时代发展背景而做艺术创新。最重要的是，她是一位永远将儿童放在首要位置，胸怀大爱，勤勉踏实为他们写作的优秀童话作家。她有大量杰出的童话人物与童话故事问世，《点点虫虫飞》是获评首届大白鲸原创幻想儿童文学玉鲸作品。这是一部蕴含着汉语言文字与故乡情感魅力、富有时代气质又饱含着浓郁的童话精神的优秀作品，它为孩子们创造并打开了一个母语的童话世界。

汤素兰的童话语言是值得细品研究的。关于"如何为孩子写作、怎样的语言适合孩子接受并能为他们获得语言特有的美感、语言的本质究竟对孩子意味着什么"等这些深刻的美学命题，她在创作实践与理论思辨中均有不断的探索。她曾将"童话"与"诗"这两种文体联系思考，并直觉到其内隐的审美情感一致性的奥妙，所以也就能以"诗"的语感要求去磨炼打造她笔下的童话语言。她追求自然通达、干净洗练、有思想真性情的语言表达方式，她的语言是有骨感的，里面充满了充沛的生命力。读她的童话，可以使孩子们与母语建立起亲近而深刻的联系，其性质类似于那些古老的童谣一再发出的历史回声。

《点点虫虫飞》是她从母语内部生发童话想象力的一个代表。"点点虫虫飞呀，飞到外婆竹山里呀，捡个鹁鸪蛋呀，回家吃晚饭呀"，在夏日的乡下夜晚，美丽的童谣在阿朵、妈妈、外婆三代间被闲适地传唱着，亲情与故乡，语言、意象与生命之根，就这样被悄悄植入孩子的情感结构深处。母语的传承靠代际平凡伟大的爱来实现，爱赋予语言以灵魂。儿童文学的语言就是织满爱的语言，它是传承母语最好的载体，它是长辈与晚辈间情感的联通物。汤素兰持有这一基本的语言观，所以在叙事中，她的语言总是能够在日常质朴的生活场景中飞扬起来，就好像语言被穿上了魔衣，其本质并不在技术层面，应该在情感，在思想的透明度方面，它们与语言构成一个和谐的整体。

阅读汤素兰的童话，你可以获得一种不同的审美经验，你能确定地以不同的方式获得不同的情绪体验，你能开辟出那些具有"独立"品格属性的东西，那些属于"诗性"的、超越生活之上的东西。比如《一朵开心的大笑》，这个短篇将生活的兴味完全重新展现在你面前，让你简洁而清晰地理解一些生活价值元素，它的表达方式完全是孩子式的。再如《白雪仙童》一篇，将蝴蝶兰花的精气神幻化为一个仙童，活灵活现，将花的本质再现得淋漓尽致，引发我们不由自主地愿"与花共在"。

故事是人类生命基因中与生俱来需要的东西。儿童文学发生的动因源于孩子对故事旺盛的需求。故事是长生不老的，因为有人类的传承与创造。汤素兰是讲故事的高手，她的故事遍地开花，题材不拘泥于某一领域，似乎都是信手拈来，但又内含着充分的合理性与必然性。她讲故事有历史的质感，追求那些古老的"故事性"的要素，但又能紧贴时代大地，轻松跳脱至当下生活，为孩子们带来扑面而来的生活感。如《小狐狸打猎记》一篇的开头，"这个故事发生在很久很久以前，大概是——去年冬天"，这个表述与转折既亲切又富含游戏的趣味，令孩子阅读时会心一笑，马上被吸引了注意力。因为是提供给孩子阅读的故事，汤素兰在设置人物时都很用心，同时体现出强烈的儿童本位意识，让孩子般的人物角色成为行动的主体，以利于现实中的孩子替代性的情感满足与成长认同，如《小鸡漂亮》《爱跳舞的小龙》《五颜六色的一天》《落叶之歌》等，都是这一理路的佳作，其中《落叶之歌》一篇又富含了诗意与哲思的美感，读起来特别有韵味，象征意蕴深刻。在直面人类现代生活的困境，以批判性思维去揭示现实的荒诞性方面，则有《我逃出了千人一面国》《地球都乱了》等精彩之作。在积极进入当下孩子的生活与心灵世界，幽默智慧地展开极富想象力的故事讲述方面，汤素兰一直娴熟自如，《来自比格星球的孩子》是本集中的一个代表。

点点入心的慧眼与哲思

——品读汤素兰短篇童话集《点点虫虫飞》

崔昕平

读汤素兰的作品，不在少数了，然而时时仍能从中读出新意。她的中长篇系列童话，多数时候是热闹欢快的童心讴歌，会围绕一个主人公，或是呆萌的笨狼，或是精灵般的朵朵，展开童心童趣的热烈描摹。而这部在大白鲸幻想儿童文学读库备受赞誉的短篇作品集《点点虫虫飞》，则既显示了作家多年童话创作的功力，更显现了作家生活之旅中的种种慧眼与哲思。

汤素兰的童话创作是滋味纯正的。这部短篇童话集收录了十余篇典型的、原汁原味的童话，多数以模糊化的时间、地点交代来果断开篇。如《我逃出了千人一面国》这样便开了头："我跟大家说说我在千人一面国的遭遇吧。"再如《小狐狸打猎记》开篇："这个故事发生在很久很久以前，大概是——去年冬天。"以口传文学独有的讲述故事的方式，瞬间拉近与阅读者的心理距离。故事的动因也一样追求极简的表述，不是因为遇到了挫折，不是因为需要解脱，而是"有一个人在城里住得太久了，想到乡下去住一段时间"。作家将书面呈现的童话赋予了原汁原味的口述魅力，信手拈来，随时开讲，毫不做作，却一秒抓人。

长久的创作浸润，使汤素兰的语言日渐返璞归真。她善用极简的文字、极朴素的词汇，传达活脱脱的童话情境，并自然而然地让自己新鲜出炉的童话故事着上了中国传统民间传说的幻衣，如《小狐狸打猎记》中那位在房间角落里忙着"修仙"的狐狸爷爷等，让现代童话平添了几分文化根脉的气息。作家极简洁朴质的文字中，却传递着鲜活的奇思妙想，如《小狐狸打猎记》中，"那个人"堆了一个雪人，却给雪人安了一个奇怪的糖葫芦鼻子和一双巧克力球眼睛，手里拿的也不是传统的树枝，而是拎了个午餐盒——盒子里有一份完整的牛排。正是因为这个标新立异的雪人，招来了在雪地上用小巧轻灵的爪子画脚印的麻雀，还引来了一只正在打猎的小狐狸，堂堂皇皇，弯弓搭箭，"猎"走了雪人手里的午餐盒！一切都讲述得有板有眼，又自然呈现着灵动而不可预知的儿童视角。森林中，大自然间，万物自然圆融，动物们相互交往，相互支撑，相依相伴，一个人——"那个人"就这样从城里一步踏入了灵动的大自然，与万物生灵近距离地相处了。

与此同时，这个短篇集中的作品，大多并不是走向万物和谐美满的传统童话，而是有了现代性的思考。作家常常借助虚构的童话作品与现实问题相呼应。同样是在《小狐狸打猎记》中，幸福的狐狸家庭唯独缺少狐狸奶奶，因为狐狸奶奶在许多年前被猎人捉去，变成"一顶漂亮的狐皮帽或者一条美丽的围脖"。但即便如此，"狐狸爷爷"已经"有点儿想念人类了"。森林边原来也曾住着人类，樵夫因为在城里找到了一份比伐木和采草药更挣钱的工作，便离开了森林。"越来越多的人喜欢住在城里，喜欢当城里人。慢慢地，再也没有人愿意当樵夫了。"被现代文明牵引的人类越来越远离自然，恰是一个现实至极的当代问题。故事在揭示人类越来越疏离于自然的生存现实。而尾声处，小狐狸对曾经囚禁它当"宠物"的人类滋生出的一点点"想念"，含蓄传递了万物和谐、共生共处的一份潜在的心意。如同《阁楼精灵》所体现出的后现代追问一样，在童话作品中，汤素兰在有意识地反思现代文明背景下人类与自然不断被改变的关系。

正是这份自觉的思考，使得汤素兰的短篇童话呈现出诗意而富有哲理的艺术特色，是童话，又兼具寓言的味道，见微知著，耐人寻味。作品的创作灵感有时是来自生活中一个引发美妙遐想的瞬间，如《一朵开心的大笑》，作者以奇妙的文字组合，真诚而煞有介事地描写了"一朵开心的大笑"的模样，赋无形想象之物于有形。"我"还"眼疾手快"

地伸出网子捕住了一朵大笑，把它装进瓶子里带回了家。如此神奇的笑之花，实则成为作家营造的一个独特的意象。当一场交通事故升级而成的大战即将爆发时，"大笑"破瓶而出，以它的魔力"让人想起自己生命中最美好最快乐的事情，然后从心底里发出笑声"——由此，"一朵开心的大笑"承载的象征意味逐渐浓郁。显然，作家借助童话，是在讲一种相处之道。《我逃出了千人一面国》的灵感同样来自现实，"这个国家只要一看见谁出名了，就会去整容，把自己整得和那个人一样"，谐谑的讲述方式，让故事渐入荒诞，读者就这样被作家带入一种真幻莫辨的情境之中，现实所指的意蕴也由此放大并彰显。

　　作家还借助童话文体塑造了许多卓尔不群、特立独行的主人公形象，如爱美想飞的小鸡（《小鸡漂亮》），爱跳舞的小龙（《爱跳舞的小龙》）。《小鸡漂亮》中，为自己取名字叫"漂亮"的小鸡，如同初生的儿童，是浪漫、无拘无束儿童天性的象征，是天生具有艺术气质的"本能的缪斯"，成人则如作品中的其他鸡类，循规蹈矩，遵循着千年不变的生活模式、命运模式，并且用自己的定式思维去约束新生的小鸡。庆幸的是，童话中的小鸡没有从俗，而是认真地给自己起了一个漂亮的名字"漂亮"，并且将"像燕子一样飞翔"这个其他鸡看来疯狂的念头付诸了实施。当小鸡能够飞起来时，其他母鸡们甚至因为"平时头抬得太少，现在猛一抬头，头晕得厉害，有好几只差不多都要昏倒了"。要漂亮、想飞翔的小鸡，不会捉虫子，却在关键时刻救了所有的母鸡。同样，《爱跳舞的小龙》中，文静优雅不会喷火不会呼风唤雨的"爱跳舞的小龙"，最终却成为龙之谷最具威力的龙，因为它能用美好净化心灵、平静内向，都是坚守并追寻心中梦想的形象。无疑，这些篇什是讲坚守理想，讲摒弃世俗之见的深刻的童话。

　　阅读上述短篇童话，深深感到，汤素兰是在用自己的生命感悟创作她的童话故事。在她的笔端，童话本身的隐喻象征气质得到了创造性的发挥。独具慧眼的立意与幻想背后的哲思，点点入心；短小的童话拥有了现实的思想之根，显出绵长回甘的余味。

送孩子一对最好的翅膀

——评《最后三颗核弹》

杨 鹏

丑小鸭可以变成美丽的白天鹅；地板下生活着许多小人，他们靠借走人类的东西为生；有一座可以移动的城堡，靠火焰恶魔驱动，城堡里住着一位拥有神奇魔法的魔法师……这些奇妙、有趣的事情，在想象的世界中都可以存在。

想象力可以让云朵化成雪花，让雪花结成冰块，让冰块成为人形，然后赋予这人形的冰块生命，让他成为我们的朋友，陪我们游戏、聊天、唱歌。想象力还可以让落叶重回树枝，让枯树发出新芽，让梨树结出苹果，让太阳发出无数种色彩的光，甚至像婴儿一样微笑。想象力让人勇敢、坚强、充满希望和智慧。爱因斯坦曾说："想象力比知识更重要，因为知识是有限的，而想象力概括着世界的一切，推动着进步，并且是知识进化的源泉。"

最需要想象力的，恰恰是孩子。只要孩子们的想象力不被束缚，他们的思维就能更加广阔，就没有什么可以限制他们的创意和创造力。不仅仅是我们处在宇宙之中，更是宇宙在我们心中。我希望所有的孩子都能拥有这样非凡的想象力！

想要提高和锻炼孩子的想象力，经常阅读那些极富想象力的幻想小说绝对是一条捷径。很多幻想小说天马行空，想象奇特，对提高孩子的想象力大有裨益。

《最后三颗核弹》就是一本极富想象力的幻想佳作，作者用出色的想象力为我们构建了一个新奇又特别的未来世界。在这本书中，人类面临前所未有的能源危机，地球上的石油、天然气、可燃冰、煤炭等能源全部耗尽，人类最后可以利用的能源只有太阳能、水能、风能、潮汐能等，以及最后三颗核弹中的核能。在这场史无前例的巨大危机中，人们到底应该用最后的核能发电，还是敲破地壳，利用岩浆发电，还是赠送给需要能源的外星人？

三种截然不同的选择，将会带来三种不同的结局，正好考验着人们目光的长短。如果用核能发电，所发出的电能也无法缓解能源危机；如果用来敲破地壳，利用岩浆发电，虽然可以获得巨大的电能，但终将会给地球带来巨大的灾难；如果把核能赠送给外星人，既能帮助他们顺利回家，又能得到他们的太阳能卫星，让地球50年内不会发生能源危机。

最后，怀着对外星人的感激和信任，人们终于把最后三颗核弹送给了外星人。作者借外星人之口说了这样一段话："你们地球人缺乏的其实不是能源，而是——爱！你们必须理解而且相信：爱是整个宇宙间最强大的能量！爱蕴藏着最丰富的能量，而且万世不竭！这是因为爱蕴藏着强大的智慧，这智慧足以帮助你们仅仅从太阳的光芒中，从汹涌澎湃的河流中，从缓缓吹动的风中就可以获得生存所需的所有的能量。"

是的，未来世界的危机是我们难以预料的，但是，我们可以用来化解危机的"武器"，却只有爱。作者想要告诉我们的是，无论是在现实中的世界，还是在想象中的未来世界，都要努力去爱，爱自己，爱他人，爱整个世界，并依靠这份强大的爱，获得勇气和智慧，克服一切困难，化解所有的危机。因为每一份爱之中，都隐藏着巨大的力量。爱能让我们心地善良，目光坚定，头脑睿智，重新发现一个更强大的自己，而避免去伤害他人，甚至互相伤害。

这是一本极富想象力的幻想佳作，更是一本对这个世界饱含了浓浓爱意的小说。从书中，我们不仅能看到大如老鼠、可以用来照明的萤火虫，还能看见装满风车、风一吹塑料风叶就轻轻转动的"发电帽"。这些充满了想象力又富有童趣的东西，不仅体现了作者的想象力和爱心，更难能可贵的是，作者极其完美地把想象力和爱融合在一起了，使得整个小说想象出色，构思精到，惊险曲折，波澜叠生，引人入胜又发人深省。

　　想象力是孩子们需要的，爱也是孩子们需要的，这两样东西正是一对最好的翅膀，可以带着孩子们飞得更远更高。

【作者简介】

　　杨鹏：中国社科院文学所副研究员，中国作家协会会员，中国科普作家协会理事，中国儿童文学研究会理事、副秘书长，中国首位迪士尼签约作家。

幻想,盛开在现实之上

——评《未来拯救》

王晋康

　　能在读者中引起共鸣的作品才是好作品,而共鸣常常来自我们生活的现实。作家唐哲深谙此道,他的作品大都植根于现实,以现实为契机,在不知不觉中把读者带入另一个神奇世界。

　　《未来拯救》是一部立足现实,又充满幻想的作品。小主人公龙龙的妈妈,因一次车祸住进医院,竟然查出患了目前人类最难治愈的疾病 AHB,生命只剩下三四个月。为拯救妈妈,龙龙决定去未来寻找能治愈 AHB 的良药。好朋友诗诗、壮壮与他有难同当,一起乘坐疯子博士设计的"山药蛋号"时光穿梭机来到 20 年后,却发现 AHB 已经在全球泛滥,人类正遭受更大规模的死亡威胁。刚刚研究出来的根治药方,掌握在长大成人后的龙龙(即欧阳龙博士)手中,而他却被 AHB 药剂的垄断生产商环球生命公司困在地牢。龙龙和他的伙伴在与环球生命公司展开你死我活的斗争中,又意外发现 AHB 横行的可怕真相……

　　作家写作的目的,是给读者以现实的启迪。唐哲在《未来拯救》中提出:拯救未来的唯一办法是改变现在。这句话让人浮想联翩:为了明天更美好的生活,我们必须从现在开始努力。

　　一部优秀的作品,值得我们反复阅读,而每读一次都会有新的发现,《未来拯救》是一部常读常新的作品。故事讲完了,还有许多值得回味的东西,比如书中洋溢的浓浓的母子亲情。龙龙得知即将失去妈妈时,并没有沉溺于痛苦,坐以待毙,而是积极采取行动;比如深厚的友情,诗诗、壮壮知道好朋友龙龙的不幸遭遇,决心与他一起冒险寻找良药；如果说亲情、友情是儿童文学作品反映的惯常主题，不足为奇，那么，在这部书中还隐藏着一个主题，一个很大的社会问题——医药垄断。

现实生活中，一些个人或集团为了自身利益，垄断某一行业或产业，以期获取暴利。更鲜为人知的是，他们甚至违背人伦道德，成为谋财害命的元凶。正如小说中所揭示，AHB 重病之所以在几十年后全球泛滥，正是因为环球生命公司在生产治疗 AHB 药物的同时，还在偷偷制造传播 AHB 的病毒。

如何把这样严肃复杂的社会问题传达给小读者，需要作家高超的写作技巧。孩子从小在父母家人的羽翼下成长，对社会知之不多。阅读是他们全面认知社会的一条重要途径。作家书写的责任，在此自然体现出来。

幻想不是信马由缰的胡思乱想，它应植根于现实。《未来拯救》以现实做基础，具有丰富的现实内涵和意义。《未来拯救》是唐哲幻想文学的重要作品，是他纯熟的写作手法、独特的创作风格的集中体现。回顾唐哲近些年的儿童文学创作，从探险系列《功夫女生》《怪兽星球》《龙迹》，到"金牌三人组"悬疑系列《网络大营救》《兵马俑密码》《一号追杀令》《仙家奇兵传》《神探狗嘟嘟》等，都不难发现这个特点。它使读者在阅读精彩故事的同时，开阔视野，增长知识。这也是唐哲的儿童文学作品近年来风靡校园，深受读者喜爱的原因之一。

让我们想象一下，去到未来，遇到未来的自己，是一件多么有趣的事情。在现实中不可能发生的事情，在这部小说中发生了。龙龙、诗诗、壮壮不但去到 20 年后，还遇到了 20 年后的自己……面对如此紧张刺激的故事，愉快的阅读由此开始！

【作者简介】

王晋康：中国作家协会会员，中国科普作家协会会员兼科学文艺委员会委员，河南省作家协会会员，曾获得科幻小说银河奖、全球华语科幻星云奖终生成就奖。

和外星人一起长大

——评《我爸我妈的外星儿子》

马光复

　　由名而知，这是一部描写外星人的幻想色彩很浓的小说。应该说，外星人的题材在儿童文学乃至整个文学样式中不算新鲜，甚至是"很不新鲜"。但是这部小说给我的感觉却是"很新鲜"！因为它所讲的故事，以及讲故事的态度和角度都很特别，也很有趣。

　　我以为，这部小说的特别和有趣之处，主要体现在一个词儿上，这个词儿就是"贴近"。而这种贴近又分这样三个层面。

　　第一个层面，是空间距离上的贴近。我们知道，外星人距离我们很遥远，甚至跟"神""仙"一样的遥远，因为谁也没有见过真正的外星人，也许他们真的存在于宇宙的某个遥远的地方，也许他们只存在于我们的想象之中。这样距离遥远的外星人一方面让人觉得他们非常神秘，而与此同时，也会因为他们太过遥远太过神秘，而使人觉得太虚幻，跟自己无关，或者至少是关系不大。而故事所描写的人物一旦让读者产生了与己无关的虚幻之感，就很难真正地打动人心，难以产生情感共鸣。而在这部小说中，作者不但让外星人来到了地球上（当然，这是绝大多数外星人故事的必用手法），更让他进入了地球孩子的日常生活之中，进入了地球孩子的家庭、学校，从而让读者们可以近乎零距离地观察和感受外星人的神秘，这无疑对小读者们是一个新鲜、有趣，甚至是很刺激的阅读体验。

　　第二个层面，是情感上的贴近。只有空间上的贴近，显然还无法完全激发读者的阅读兴趣和阅读情感，仍然无法真正地打动小读者的心，只有在情感上的无限接近，才能让他们真正与作品、与作品中的人物同喜同悲，相遇相知。所以这部小说从一开始，就让主人公——地球孩子郝奇在对外星人"老大"充满了好奇的同时，也对他充满了同情甚至是怜悯之心。一般来说，在同类题材的作品中，在地球人与外星人的相互关系中，地球人往往是处于一种"仰慕"或者是戒备和恐惧的状态中。而在这部小说中，外星人"老大"则是以一种举目无亲的异乡小孩子的状态出现的，他的父母亲人都在飞船的事故中丧生，只有他被地球人捉获，被关进冰冷无情的研究所里，成为地球人的研究对象。这种处境在功利的成年人眼里，是很容易理解的事情。而在天真的孩子眼里，这个外星人则很容易变成被同情的对象。地球孩子郝奇和外星人"老大"为我们提供了一种新的非常独特的地球人与外星人的关系模式。同时，对孩子而言，这种关系也是可信的，更是可亲的。而这种关系又会与地球上的成年人的观念和看法自然而然地产生矛盾，从而非常自然地产生戏剧冲突和戏剧效果。

　　第三个层面，是人性上的贴近。在我们的文学作品中，外星人必须是"人"。虽然他们是外星生物，但是只要他们是出现在地球人的文学作品中，就一定要有地球的"人气"和"人性"，这是我对文学作品中的外星人的基本认识。回想一下我们所熟悉的有关外星人的作品，那些让你记忆犹新，能够打动你的外星人，往往不是能力多么出众、多么神奇的，而是那些有人情味儿的、有人性的光辉或者有人性弱点甚至是缺点的外星人。在这部小说中，外星人"老大"充满了神秘和神奇的色彩，具备一些令地球人无法想象的能力和特点，但是与此同时，他也具备了许多我们所熟知的人的优点和缺点。也只有这样，他与地球孩子郝奇之间，才能建立起令人信服的友谊和感情，也才能因为这种友谊和感情的存在，而擦出心灵的火花，演绎出动人的故事。

　　当然，除了上述的"贴近"，小说从一开篇就充满了悬念，有很强的故事性。个人认为，儿童文学必须要具备的要素之一，就是故事性，这也是其区别于成人文学的一个重要的特征。这部小说的故事情节称得上是环环相扣，吸人眼球，情节设置自然合理，推进的节奏张弛有度，逻辑性强，细节真实饱满，生动鲜活。每本的结尾都留有强烈的悬念，既为下一本的故事设置了开放性的入口，也让小读者们充满了期待。

再有，这部小说的另一大特点是，对少年儿童的心理把握准确、生动。在国内的儿童文学作家中，刘东是非常注重对人物的心理描写和把握的。一部儿童小说要好看，首先要有好看的故事。要有好看的故事，则离不开独特而可信的人物。而人物个性的体现，除了要有可信的言行做支撑，也离不开这些言行的心理基础。这种对人物心理的描写和把握，不但使小说更具特色，也在无形中提升了小说的文学品位，使小说在好看好玩的故事背后，具有了一些更深厚的内涵。这部小说所讲述的，绝不仅仅是一个好看好玩的外星人的故事，还是一个有关成长的故事。来阅读这个故事吧，它会让你和外星人一起成长！

【作者简介】

马光复，儿童文学作家，中国作家协会会员，享受国务院特殊贡献津贴，作品曾获全国优秀少儿图书奖、冰心图书奖大奖、团中央"五个一工程奖"。

和新智人一起心灵觉醒

——评《真人》

王卫英

这是一篇以 13 岁左右少男少女为主角的故事：

一位 13 岁中学生纪媛媛参加了一个由军方组织的 VIP 级别的"潜能激活"夏令营，参加者共七人，都是有特殊才能的孩子，比如有人能感觉到磁场，有人能进行快速心算，有人能轻松分辨所有香水的香型……夏令营的目的，是激发每一个孩子的潜能，学到其他孩子的本领。夏令营设在一个与世隔绝的湖中小岛，其实是一个绝密的军事基地。但军方指导老师庄姐姐只主持了第一天活动，让各人表演了自己的特殊才能，然后她就离开了，把这个小岛全部留给孩子们，保证他们有绝对的自由。

纪媛媛的父亲是中科院大脑研究所所长。她临行前从父亲那儿接受了一项特殊使命，原来所谓的"潜能激活"只是掩护，真实目的是要对一个新智人（即大脑用生物和非生物方法改造过的人）进行"真人版图灵测试"，而那个新智人就隐藏在七个营员之中！纪父告诫女儿要重视这个工作，因为，新智人如能通过图灵测试，将成为新智人发展史上一个重要节点。

纪媛媛进行着潜能激发的同时，悄悄进行着测试调查。一位绰号龙蛋的伙伴主动告诉她，自己也负有这个秘密使命，原来他爷爷是大脑研究所前任所长，与纪父同为新智人的创造者。两个孩子先用"特殊方法"排除了对方的"新智人嫌疑"，然后合力对其他人进行排查。

随着调查的进行，他们渐渐感到夏令营的某些可疑之处：这儿严格与世隔绝，庄姐姐号称离开但夜晚会来秘密监视，秘密摄像头遍布全岛……原来，在第二层秘密之中还罩着第三层秘密，这才是这个军事夏令营的真正目的。那位新智人原来并不知道自己的身份，但在基地的防范与监视中逐渐展露了异于人类的心理，也与人类（主要是人类中的成人）的矛盾逐渐激化……

所幸，由于这些孩子们的爱心，也得益于他们的聪明，故事最终是一个温馨的结局。

虽然这部作品的主人公是 13 岁的少年，但读者是老少咸宜的。因为年幼的读者会读到一个紧张的童趣盎然的故事；而大一点儿的孩子除了上述收获外，还能从一些涉及少年青春觉醒的情节中产生心灵的共鸣；而成人读者则可以从故事之外读到对生命的思考，因为作者实际是以少年的青春觉醒来暗喻新智人的心灵觉醒，又以母子之间的爱和对抗来暗喻人类与新智人之间的关系。不过总的来说，13 岁左右的孩子应该是本书最合适的读者。

这部小说语言质朴流畅而又俏皮风趣，情节紧张刺激，也含着一定的科学知识，包含着作者对新智人的思考。作者是一位年近七十的著名科幻作家，其长篇神话历史小说《古蜀》曾获评大白鲸原创幻想儿童文学钻石鲸作品。这部作品《真人》虽然篇幅较短，内容也相对简单，但当我们阅读时，除了能感到十二三岁少男少女的好奇的热烈的目光，也能感到在这些目光之上，实际还有一双饱经沧桑、看破宇宙之道的老人的目光，他的目光是平静的、冷静的，蕴含着对世人尤其是孩子们的爱。

【作者简介】

王卫英：副研究员，中国科普研究所博士后，科幻评论家。

假如人类突然消失

——评《重返地球》

杨　鹏

很多人都听过这么一个故事：古时候，有一个樵夫进山砍柴，看见俩神仙下棋，看得忘了时间，等神仙的棋下完了，樵夫发现自己手里的斧子把儿已经烂掉了，回到家时，外界千年已逝，沧海桑田，他的家人已无处寻觅，也没有人认识他了。这个故事叫《烂柯记》，是俗语"山中方七日，世上已千年"的来源。

由著名儿童文学作家彭绪洛创作的《重返地球》，是现代版的《烂柯记》。作家运用科幻的手法，讲述了这么一个故事：主人公"我"是一名宇航员，我和一个国际组织一起去外太空寻找新的可以供人类生存的星球，当飞船驶出了太阳系后，突然遇到了一股未知引力，之后飞船失控，宇航员全部昏迷。等我醒来时，发现其他队友还在沉睡，而飞船已经从外太空回到了太阳系，在唤醒其他队友无果的情况下，我只得把飞船开回地球基地。当我回到地球后，发现人类已经从地球上消失了，于是我开始了苦苦的探索和寻找……

科幻小说的魅力，就是通过科学的思维和逻辑，把不可能的事情（至少是靠现在的科技尚无法实现的事情）写得合情合理，让读者信以为真。在这篇小说中，当主人公"我"回到地球时，呈现在眼前的，是一片末日景象："许多房屋都已经破败不堪，窗户上的玻璃也残缺不全。原来栽种的绿化树已经是参天大树，十几层的楼房上也爬满了藤蔓植物，跑道上面杂草疯长……不远处的空地上停着几架直升机，已完全看不出原来的颜色，满身的锈痕以及断掉的螺旋桨……另一侧有一排像报废的车辆，车胎都已经干瘪，车身也是锈迹斑斑……就像是一个历史博物馆，在向我展示曾经的过去。"而地球上的人类，全部消失了，一个都看不见！为什么会这样？地球人都上哪里去了呢？孤单的宇航员该怎么办？……巨大的悬念由此产生，牵引着读者迫不及待地想读下去。

科幻小说既是充满想象力的文学，也是最没想象力的文学！说它有想象力，是因为它能把读者强行从现实生活中拉出来，让读者摆脱地心引力，到一个思绪可以任意驰骋的幻想世界中去；说它没有想象力，是因为当代科幻小说大多数的创意、构思、幻想元素……都被过去一百多年的科幻前辈写过了，甚至写滥了，近几十年影视科技的飞速发展，各种级别科幻电影的层出不穷，也让当代科幻小说中出现的各种场景、设定、道具……都令经常阅读科幻小说和看科幻电影的读者有似曾相识之感。平心而论，"重返地球"的创意，以及开篇的末日景象，在经典科幻小说、好莱坞影片、美剧、英剧、漫画里看得太多太多。但是，这不是作者所能主导的，除非作者能穿越时空，到科幻刚诞生的时代去写科幻小说，或者不写科幻小说，否则，就无法避免重复！

太阳底下已经没有新故事了，真正考验作者和小说的，是虽然使用了一个并不新鲜的创意，但是怎么把这个不新鲜的创意写出新意来。也即写作者们经常说的："不在于写什么，而在于怎么写。"

在悬念被推到极致后，就要看作者"抖包袱"的技巧了，包袱抖得好，故事就好看，包袱抖得不好，就会变成陈词滥调。所幸作者是一位有多年写作经验、深受少年儿童喜爱的儿童文学作家，作者很聪明地通过"我"的个人视角，像抽丝剥茧一样，将秘密一点儿一点儿地揭开：作者先运用侦探小说的写法，带着读者回到"我"的老家、老宅，去寻找线索，读者的心随着作者的跌宕起伏的笔触时沉时浮，最后，"我"找到了儿子的信，通过劫难亲历者——主人公儿子的信，把"我"不在场时发生的事情，讲给读者听。原来，由于"核泄漏"，环境被污染，地球不再适合人类生存；由于来自外太空的神秘力量，越来越多的地球人失踪；由于外星人的帮助，部分地球人移民外星球……

秘密被部分揭开，如果故事到此戛然而止，任谁看了都会觉得不过瘾！因为看小说并不仅仅是要发现秘密，还要获得一些特殊的体验，阅读科幻小说更是如此。作者深明此道，因此，将读者又带到了"地下龙城"。作者是一位探险小说作家，在故事的后半段，历险开始了，一个又一个"两难选择"出现了，正义和邪恶的交锋产生了……小说的节奏变得紧张、曲折、扣人心弦！

当故事走向尾声时，作者安排主人公"我"与儿子重逢，也给了故事一个光明的结局。不过，身为有多年写作经验的资深作家，作者的写作并没有停留在热闹、紧张和神奇的层面上，而是引导读者去深思：对于人类来说，发展与环境，究竟什么更重要？好的科幻小说，一定是能让人思考的科幻小说。相信《重返地球》在给你惊心动魄体验的同时，也能让你获得展望未来的深思。

寻回生命存在的本源性力量

——评《地球儿女》

李利芳

  《地球儿女》是一部关注人类社会未来发展的作品，自然这种关注是以对当下人类生存现状的批判反思为基础的。人类对物欲的贪婪、人性中的残酷与虐杀基因、人类所创造的科技文明对人的异化等，这些极具现代性的命题是作者生成这部作品的思想关键。作者很有创建性地将这些问题现状的"后果"向后做了时间延伸，大胆地想象与预测了未来人类社会的存在格局。这种格局看起来很美好，但它"先天性"地存在着致命的缺失，导致了人类生命体面临着"价值中空"的悲剧结局。发现并阐释未来人类身体内所"缺失"的基因构造，在此基础上追溯缺失的成因，并重新寻回生命原初的存在形态，就成为这部作品基本的叙述线索。

  这是一部以思想性见长的幻想小说。它的精彩构思与其文字的呈现方式都显著地体现出这一点。作品为我们提供了一个非常"前瞻"的幻想世界，但这个虚构世界的获得有着严密的逻辑前提，它不是无中生有，而是具有艺术真实的合理性。这个世界的新颖性首先体现在作者为我们勾画出了人类自我生产方式的一种全新蓝图，这一彻底变化也是未来人类全新生活方式的基本起点。所以故事便从地球大主管罗列夫的"大产房"开始讲起。

  当人不是通过自然"怀孕生子"这一途径，而是在实验室里被批量生产出来时，人类的进化已经的确到了更高的一个阶段，这意味着人类能够以"科学"的方式来自如地选配基因，制造出让地球主管满意、优秀的产品。且此时的人类社会已经没有物质贫瘠的困扰，没有战争，没有劳动与工作的压力，衣食无忧，完美的基因组合与健康美丽的身躯，最适宜的生存环境……这样的理想状态不正是人类苦苦以求的吗？在进化的链条上，当人类社会那些所有的"负面"特征都被掠去，甚至包括人类的生命本源——"爱情"也随风而逝时，一种完全纯净的、新生的人类状态被缔造出来时，世界将会变得怎样？

这是作者的一次大胆想象。她思考的是人类生命与社会的复杂性，以及在此复杂性中个体生命的价值与意义。她在为生命存在寻找本源性力量，这种力量的基质是情感，而爱情居于这种情感的核心。千万年来，人类正是依靠这种动力及其延伸、传承的生命关系走到了今天，也为个体生命的过程注入了充沛的意义。但是，物欲横流、人性的贪婪却逐渐让人类迷失了自我，失去了最纯真的男女之爱……世界进化到了实验室生产的时代，完美的个人化时代，当社会的复杂性、人与人的关系突然被抽空，人被完全孤立地凸显为纯粹的"人"时，我们震惊地发现，人的形象却被"虚化"了，他们是飘忽的，非实体的。这就是"大产房"生产出来的孩子们所遭遇的境况。在作者笔下我们看到，那些走向"自解"的孩子们是没有"形象"的，我们对他们所能获得的只是一种人的轮廓，甚至这种轮廓很快也被"解体"了。

作者写出了一种生命的幻美。但这种美无法让她挺立起一个人物形象，这是她处理的小说主题为她带来的悖论。小说的叙事转折就是在突破大产房的"虚幻"，让人物与故事变得"掷地有声"，于是有了"爱情基因"的植入，于是有了艾林与海帘这一对"地球儿女"的叛逆出场。在作品中，一切的叙事元素都被掌控在作者的思想视界之内，所以情节、细节、人物身份，还有地点，一些意象，都被高度抽象化了，充满了象征性。当故事不易在"文学性"的自然维度被协调推进时，小说便不得不被充满了"作者"的声音，我们看到了大段的人物对话，这是作品值得商榷的一个地方。

但毫无疑问作者的创作思想是很可贵的，且她碰撞的是一个巨大的存在命题。她以"幻想"来思考解决这个命题，不失为一个很好的途径。在文中我们看到了作者深深的忧虑，她注视的是当下人类的精神生态。她触及到了人类在"自取灭亡"的道路上的"存在之轻"，她努力将这种"飘忽"的身体意象拉回到大地。因此她的"幻想"是一种完全"清醒"的走出，是一种承载着责任与使命的意义探求之旅。由创作主题的思想深度所决定，作者难免要在故事中引入一些"思想资源"，如中国传统文化、外星文明等，这样的引入是充满了挑战的，作者已经做了积极的尝试，但也是其未来创作需要突破的地方。

一个充满想象力的游戏世界

——评《突如其来的明天》

杨　鹏

通过抽签的方式来选一位总统，会是怎样一个情景？而抽签选出的总统，只是一个 11 岁的小男孩，又是怎样一种情形？还有，这位酷爱玩游戏的小总统，会给这个世界带来怎样一场翻天覆地的变化？……这些趣味盎然的故事，就出现在谭丰华的这部科幻小说——《突如其来的明天》当中。

通过这部作品，读者将进入一个五彩斑斓的游戏世界。以抽签方式产生的小总统的就职，宣告世界进入"游戏纪元"，孩子们成为全世界真正的主人；小总统通过游戏选出的领导人集体，都是全世界最会玩游戏的小孩，他们充分发挥自己的想象力，按照自己对世界的独特理解，对人类社会的运行和管理进行了全新的设计，一切以"好玩""有意思"为出发点，把整个世界搞得风生水起，并且全面、深刻地改变了人类的精神理念、生活方式，最终彻底改变了整个世界的面貌。

游戏，是高等动物与生俱来的生命现象，在人类社会生活中具有极其重要的地位，游戏赋予人类的生命以更丰富、更有趣、更有厚度的意义和价值。古希腊哲学家柏拉图说过，"生活必须作为游戏来过，玩游戏，做祭献，唱歌跳舞，这样，人才能抚慰神灵，才能免于敌人的侵犯并在竞争中获胜"。按照 18 世纪德国思想家席勒的说法，游戏是人的动物性生活，是"剩余精力"的发泄。而根据精神分析学派创始人弗洛伊德的理论，儿童尤其是幼儿的行为主要受"快乐原则"

驱使，但成人又总以社会规范去要求和束缚他们，这就让他们时时遭遇挫败感。这种矛盾如何调和，孩子们又如何实现"自我"？只有通过游戏。可见，游戏是孩子寻找"快乐"的出口，以及实现"自我"的主要途径。在本书的故事中，孩子们完全按照自己近乎"疯狂"的意愿来设计世界的宏伟蓝图，建设了一个崭新的世界，将游戏精神发挥到了极致，他们从中得到了快乐、成长和价值实现，世界也因他们而变得精彩纷呈。

当然，正如书名"突如其来的明天"所预示的，这个游戏世界不可避免地会发生许多意外。孩子们为了建"世界最大的游乐场"，竟然将刚建起来三四年、一百八十八层的国际金融中心大楼炸毁了；为期七天的"世界冰淇淋节"之后，一亿个孩子的身体出现了不适，甚至还有不少孩子生命垂危；在"宇宙先到先得"计划中，孩子们所代表的地球人类遭遇了一系列情理之中、意料之外的事件，直到最后，他们虽然依靠自己的智慧和力量在浩瀚宇宙中生存了下来，但是，展现在他们面前的，依然是一个充满意外的未来和深不可测的宇宙……这一切都可以理解为，整个宇宙的本质就是游戏；而那些光怪陆离的意外，正是孩子们在成长和创造世界过程中必不可少的重要组成部分。

作者以游戏的主题贯穿全书，通过有趣的故事呈现了游戏在孩子世界中的独特魅力，然而我认为，该书中游戏的价值，远远不止是"有趣"。

实际上，游戏，恰恰是孩子发挥自身天性、培养自由意识、训练提升想象力的重要路径。孩子们取消全世界的学校、在城市最高的两座建筑之间搭起一个巨无霸的秋千、设立一个拥有五十万个专用广场的"世界冰淇淋节"，甚至提出石破天惊的"宇宙先到先得"计划，充分体现了孩子们自身的想象力和创造力。孩子们创造的世界，是充满童趣的世界，是真正"异想天开"的世界，也是令孩子们心驰神往的精彩世界。这个精彩世界，是孩子们天马行空的想象力的胜利，是他们的自由天性得到淋漓尽致地发挥的结果。在现实中，整个世界不可能交由孩子们来掌控，但每一个孩子心中，都渴望拥有一个自由的世界，一个能激发和满足他们想象力的精彩世界。想象力能统治世界，能创造无限的奇迹，能让未来更值得每一个人去向往、去追求。作为一部科幻小说佳作，该作品中洋溢着浓郁的科学精神，充满了对科技、对未来、对宇宙的大胆而合理的想象。书中对于科技和宇宙的汪洋恣肆的想象力，融入精彩纷呈的故事中，既彰显了孩子们生机盎然的童趣童真，又体现了他们对人类社会甚至宇宙伦理的认真思考；既表达了孩子们对整个世界满满的爱心，又表明了孩子们对某些"不好的现象"进行批判的鲜明立场；既惊险刺激、扣人心弦，又为读者提供一个巨大的想象空间，如同想象力的过山车，让读者尽阅孩子世界的绝美风景，体会所谓的"脑洞大开"，并带领读者一步步走向"突如其来的明天"。整个作品洋溢着满满的正能量和不俗的思想艺术品位，足以让读者读有所乐、读有所思、读有所悟、读有所益，因此，我真诚地向广大读者推荐这本书。

瑰丽的想象，哲理的追求

——评《冰冻星球》

乔世华

　　马传思是近年来少儿科幻文学界杀出的一匹"黑马"。如果以出生年代论，他属于不折不扣的 70 后。在常人看来，这个年龄来"混"文学这个大江湖，恐怕都已经没有什么优势了——现在领文坛风骚的随便拈出几个都是 80 后、90 后作家了，甚至 00 后都来凑热闹崭露头角了。可就是这样一个在少儿科幻写作上起步时间较晚的作家，却有着很高的起点。近年来其接二连三出版的几部少儿科幻小说从读者、评论界所获得的良好口碑就都是实证：《海盗船长女儿的夏天》获第二届大白鲸原创幻想儿童文学金鲸作品；《你眼中的星光》获评第三届大白鲸原创幻想儿童文学玉鲸作品，并获第七届全球华语科幻星云奖最佳少儿图书奖；《冰冻星球》获第四届大白鲸原创幻想儿童文学玉鲸作品，还入围第八届全球华语科幻星云奖最佳少儿中长篇奖。通读马传思上述这些少儿科幻作品，就会感觉他能取得如此成就也是实至名归，这是一位有故事、有思想、有追求的作者。在这里不妨以其近作《冰冻星球》来加以说明。

　　首先，《冰冻星球》讲述了一个情节非常曲折的故事。在拉塞尔星这个冰冻星球上，少年塞西和好友伊吉、恩雅两个同伴一起去巨石高地抓捕波波鸟，却遭逢了一场突如其来的冰雪暴，伊吉因此失踪，恩雅受伤。幸存的两个孩子巧遇一位好心的隐居者，在他的帮助下，寻找同时遭遇了冰雪暴以及另一种袭击而消失了的族人们。这一场寻找族人的旅程注定是艰难的，因为接下来拉塞尔星遭遇了阿贝尔星上的大红斑的冲击，塞西们遭遇可怖的诺姆，还遇到了外星人……种种迹象表明，拉塞尔星的末日即将来临，而如何避免这个星球文明的毁灭，成为小小少年塞西不能不面对的棘手问题。

必须承认，较之一般的少儿科幻作者，马传思更善于讲故事，特别是讲述那种繁复的一环紧扣一环的故事，这是他的拿手好戏，而且这一切会被他调度得有条不紊，读者是难以从小说前面的叙事揣度到接下来的事件发展趋向的，至于最终的结局更是出人意料。作为读者的我们（自然包括那些可尊敬的小读者们）的好奇心会被不断地掀起，虽说也会不断地猜谜似的参与判断着作者接下来会使出怎样的情节招数，但最终都只能别无选择地紧紧跟随着作者的叙述脚步，急巴巴地渴望知道后来究竟发生了什么。能把故事经营得如此娴熟、并无半点儿牵强附会，这不能不让人感叹于写作者的巧妙而精心的情节构思和悬念设置。作者是太了解读者特别是小孩子的阅读心理了，引人入胜的故事是这部作品取胜的一个重要因素。而且，一般的类型小说写作很容易就自我重复以致陷入蹈袭的套路了，但《冰冻星球》和作者前面两部同样精彩纷呈的作品《海盗船长女儿的夏天》《你眼中的星光》所讲述的故事截然不同，它们共同展示出写作者异常灿烂的结构故事的能力。

而与此相关的是，作为一部科幻作品，马传思的想象之奇特瑰丽也是让人叹赏不已的。譬如，拉塞尔星人拥有四条下肢、四条上肢，上肢由粗壮而长的手臂、半月形的腕骨和手掌构成，幼年拉塞尔星人的手掌末端只有两根指爪，到成年时将增长为三根；他们的下肢上面覆盖着特殊的角质层，不仅保暖，而且防滑，即使在冰冻星球上也不会因为冰层太滑而摔跤。譬如，每天东升西落的阿贝尔星所发射的光芒是没有一丝热量的蓝色冷光。还有被称作"隐居者"的人，他们和拉塞尔星人们没有太大差别，只是体表没有一层美丽的细鳞，而是长着一层厚厚的、已经严重硬化的角质层，看上去就像一条巨型的节肢状爬虫。塞西要抓捕的波波鸟并不是一种纯粹的鸟，而是在被科学家植入合成细胞和合成器官之后形成的半是生物体半是机器的半机械化的鸟。诺姆是一种身体由三部分组合而成的节肢动物——前端长着锋利的口器和无法闭合的眼睛；第二部分下面长着六条腿；身体后端的第三部分则高高向上翘起，尾端细长坚硬。塞西在寻找族人之旅中所经过的尼克冰原尽是大片的雪白和蔚蓝，上面布满了纵横交错的冰痕，如同一幅神秘感十足的线条画。身高一米四的塞西在地球上，其实不过是一点四厘米的微型生物。即将走向垂暮的老爹若用地球上的时间来衡量，只不过活了九百多个小时……

自然，作为一部科幻作品，这当中对于未来科学技术的幻想与书写同样是具有"硬科幻"的品质的，譬如其中讲述的隐形飞船是一种具备自我智能操控系统的无人飞船，在遇到危险时会对危险系数进行评估，而后采取最合适的应对方式；再如运用和存储精神意念的超级意念感知技术，等等。作者对外星球、外星人以及未来科技的种种想象并非漫无边际随心所欲的，而是合乎逻辑的，能够很好地与小说本身所讲述的故事自洽，同时给我们带来新异的阅读感受。

要看到，马传思从来不是一个仅仅满足于讲述惊险离奇故事的作者。他每讲述一个故事，总要想着如何让这些故事能对读者的精神、心灵发生益处，换言之，"寓教于乐"是他一直以来的写作追求。譬如，当老爹身处困境之际，塞西理当伸出援手相助，但他却临危胆怯，那实在是源于一段童年创伤记忆的突然唤醒；借着这个有意味的情节，作者对复杂的人性内容进行了深度的探测与拷问。当然，塞西在经历了一系列磨难之后变得成熟勇敢，而且勇于面对死亡一类沉重的现实。这该是一部地道的成长小说了。当读到小说结局，读者惊讶地得知卡杜纳集市上出现的那些可怖的怪人，甚至就连塞西和恩雅这些地表人竟都是人类的一场生化实验的不幸产物时，则读者能不对人类的诸种破坏环境的活动如生化实验等发出质询？从这一点来说，保卫地球、保护生态，又是一个亟待面对的严肃问题了。

而且，马传思也不满足于在作品中留给读者单一的教益，这部作品更包括了很多其他的内容或意义指向。比如融入了非常有必要的生命哲理的话题：我们究竟应该如何看待死亡——亲人、爱人和朋友的不幸离去？这是很残酷的事实，却又是每一个人包括小孩子都不可能回避开来的严肃话题。这其实也是生命教育的一个部分，一个很重要的部分。就像老爹在尼克冰原上说的那番话："正是人们的不断离去，组成了生活的全部；不管我们愿不愿意，都是如此。"就像老爹那样当拉塞尔星毁灭的瞬间，面带着平静的笑容看着整个世界的瞬间崩塌。还有与此相关的其他问题，譬如如何看待命运的公平与否？就像伊吉在花季里的早早凋谢、像拉塞尔星的孩子在星球即将走向毁灭之时睁开双眼，这一切都谈不上公平；还有更加惨烈的拉塞尔星球的毁灭……这些描写的确是让人感到痛心而哀婉的。但当一切都确确实实地发生了，与之相关的人应该怎么办？如何对待？作者通过相关描写，其实很明显地表达了这样的态度——要学会积极而坦然地面对。作者是有着恻隐之心的，所以会在小说开头和结尾有这样的描写：拉塞尔星遗存的人类在后来来到了地球上——这是值得乐观的，尽管看上去这只外星人的飞船只有地球人的锅盖那么大——似乎有些滑稽，但终于也算是达到了圆满，一个宜居的星球毁灭了，而生命的火种得到了维系和传承。作者在这样一部描写星球毁灭的作品里没有（也不可能）直接去书写地球文明的毁灭或地球人的毁灭，但是借助了拉塞尔星上所发生的一系列催人泪下的故事暗暗表明了他的担忧，这种担忧不是无谓的，而是一种必要的警告，拉塞尔星是作为地球人类的殷鉴而存在的。这就是这部看似悲观、绝望，实则表达了一种美好愿望的作品存在着的意义。再譬如作品所表达的对"爱"与"善"的追求，这首先是可以在作品中通过塞西和老爹等人的相处中体会得到的，作者似乎唯恐小读者会忽略这样一点，而在小说结尾借着塞西摆弄老爹送给他的意念圆环时所发现的一句话"我穿行于每一个世界，所有的世界都真假难辨；我在真实与假象之间颠沛流离，去追寻着那最高的指引"来特意点明，"或许有一天，塞西会明白：爱与善，就是那需要用尽全力去追寻的'最高指引'"。可以说，这也是画龙点睛之笔。而综上所述一切，都可以让我们感知得到马传思对写作所抱持的神圣感和对自身责任的努力担当。

很明显，马传思是有追求的，这种追求不仅仅是前面所提到的对作品思想意义、对读者心灵教诲上的追求，也同时是有着艺术方面的纯美的追求的。《冰冻星球》的语言和叙事都是很考究的，作者力求以最准确最动情的表达来达至对人心的直接穿透。仅仅以小说后记中那首拉塞尔星球民歌来说，就是非常具有感染力且催人泪下的："育空河里流淌的水呀，/你可曾记得春天的模样？/梦境弥漫的深渊里，/沉睡的野草长出翅膀。/那来自童年/来自故乡的呼唤响起时，/冰层上泛起流年的光。/育空河上吹拂的风啊，/你可曾亲吻少年的脸庞？/那来自远方/来自清晨的微光，/在他眼眸深处闪亮。/大风来临的日子里，/如同风中微尘，他漂泊四方。/快，趁时光还在徜徉，/趁生命依然散发芬芳，/趁你发梢的温暖还在我指尖流淌，/握住我的手，/在风的国度里飞翔。"

这首凝结着作者心血的诗作是对生命的咏叹、对逝去的美好的感慨、对爱与温情的召唤，是对发生在冰冻星球上的一切美好和美丽故事的情感总结、回放和升华，当它以"拉塞尔星球民歌"的形式被收录时令这颗冰冻星球的生与灭一定程度上带有了"史诗"的色彩。这首诗本身是带有浓郁的音乐特质的，读者阅读至此，不经意间会由视觉的文字翻译成为久久回荡在我们耳畔的跳动的音符，它给我们读者留下的是美丽的忧伤和不尽的回味。

【作者简介】

乔世华：著名儿童文学评论家，辽宁师范大学文学院副教授。